polar VERLAG

DARK PLACES

Anthony J. Quinn

Frau ohne Ausweg

Aus dem Englischen von Sven Koch
Herausgegeben von Jürgen Ruckh

Polar Verlag

Originaltitel: Border Angels
Copyright: © Anthony J. Quinn, 2013
First published in the United States in 2013
by Mysterious Press.com / Open Road Integrated Media
First published in the UK in 2015 by Head of Zeus Ltd

Deutsche Erstausgabe, 1. Auflage 2023
Aus dem Englischen von Sven Koch
Mit einem Nachwort von Christian Koch

www.polar-verlag.de

Redaktion: Andrea Stumpf
Korrektorat: Gabriele Werbeck
Umschlaggestaltung: Britta Kuhlmann
Coverfoto: © StockPhotosLV /shutterstock
Autorenfoto: © Eileen Quinn
Satz/Layout: Martina Stolzmann
Gesetzt aus Adobe Garamond PostScript, InDesign

Druck und Bindung: Nørhaven, Agerlandsvej 3, 8800 Viborg, DK
Printed in Denmark 2023

ISBN: 978-3-948392-85-7

Für Clare

1

Grenzland war ihr vertraut. In jenem, das hinter ihr lag, in den schneebedeckten Eichen- und Kiefernwäldern, die ihre Heimat vom Rest der Welt trennten, gab es Wölfe, Bären und vergrabene Landminen.

Während ihres erzwungenen Aufenthalts in einem verfallenden Cottage träumte sie von ihrem Land, bis die Schatten der Bäume von dort in das neue Grenzland fielen. In einem dunklen Winkel ihres Bewusstseins erschien ihr das vergessene Licht des Bauernhauses ihrer Großmutter am Fuß eines bewaldeten Bergs. Doch wenn sie die Augen aufschlug, sah sie nichts als eine gesprungene Fensterscheibe, die im Mondlicht glänzte, und die Gestalt eines weiteren Mannes, der seine Hose hochzog, sich das Hemd in den Bund stopfte und zur Tür hinauswankte.

Als Teenager hatte sie sich danach gesehnt zu reisen, hatte sich aufmachen wollen zu faszinierenden farbenfrohen Orten. Sie wollte den Wäldern entfliehen, die ihr Dorf umgaben, und dorthin reisen, wohin der Krieg nicht gekommen war, wo die Menschen sich nicht um Politik scherten und wo die ganze Nacht Musik spielte. Sie vertrieb sich die Zeit damit, auf die wahre Liebe zu warten oder auf ein Abenteuer, das ihr Leben auf den Kopf stellte und ihr half, woandershin zu gelangen. Wie hatte sie ahnen können, dass die Grausamkeit eines einzelnen Mannes diesen Traum so schnell wahr machen würde.

Um sich selbst zu schützen, verdrängte sie nach zwei Monaten in dem Farmhaus-Bordell das, was mit ihr geschah. Ein Teil von ihr blieb unberührbar und unveränderlich. Sie sah einfach zu. Es war November. Die Schlehen in den dornigen Hecken waren tropfnass vom Regen. Spätnachts hörte sie von ihrem Fenster aus das Rauschen des Flusses, der die Dunkelheit an der inneririschen Grenze verschlang.

2

An Wochenenden riss der abendliche Strom an Scheinwerfern, die über die von dichten Hecken gesäumten Feldwege von und zu dem grenznahen Bordell schlichen, kaum einmal ab. In einem fort kurvten Jeeps und deutsche Nobelkarossen heran, und so hastig die Fahrer unterwegs rauf und runter schalteten, so Hals über Kopf parkten sie in ihrer kaum zu zügelnden Ungeduld: Reifen versanken im Schlamm und rutschten in gluckernde Gräben, Handbremsen wurden jäh angezogen, Motorhauben taten einen letzten Satz vorwärts in das tropfende Schlehdorngebüsch.

Nach nichts war Jack Fowler in diesem Moment weniger als nach Zurückhaltung. Er donnerte in seinem dicken Mercedes auf das Farmhaus zu, ohne sich darum zu scheren, ob dabei der Seitenspiegel eines Land Rovers oder BMWs dran glauben musste. In seinem teuren Anzug entsprach er ganz dem Bild des cleveren Geschäftsmanns, der gekommen war, um einen Teil seines sauer verdienten Geldes auf den Kopf zu hauen.

Als er auf das Haus zuging, folgte ihm ein Schwarm Fliegen. Trotz des leichten Schwankens und des Schweißes auf der Stirn wirkte er wie ein Mann, der alles im Griff hatte, sich selbst ebenso wie den Rest seiner Welt. Aber auf seiner Zunge lag der bittere Geschmack von Niederlage. Jetzt bedauerte er seine Gier und eine Reihe von Fehlentscheidungen auf dem Immobilienmarkt. Doch mittlerweile war es zu spät für einen Richtungswechsel, die Korrektur seines größten Fehlers, der Habsucht. Der Wert seiner Investitionen rutschte jeden Tag tiefer in den Keller, während eine Hiobsbotschaft die nächste jagte, täglich mehr Arbeitsplätze verloren gingen, Geschäfte dichtmachten und ihn der Pleite näherbrachten.

Er hatte bereits einige Whiskey gekippt, bevor er zu dem geheimen Fluchtort an der Grenze aufgebrochen war, und hinter seiner Stirn begann sich wummernder Schmerz zusammenzuballen. Das Cottage kam ihm entgegen, und wie von einer Windböe erfasst flog die Tür auf. Ein Gefühl von Schuld fuhr in ihn. Er schloss die Tür hinter sich und wartete, bis sich seine Augen an das gedämpfte Licht gewöhnt hatten.

Anfangs wollte er nur mit jemand reden. Die Frauen, die hinter dem roten Samtvorhang flüsterten, stammten alle aus Osteuropa. Kaum eine konnte so gut Englisch, dass sie ein Gespräch führen konnte. Er entschied sich für ein Mädchen namens Lena, weil ihr Blick klar war, frei von Hass oder Ekel, und ihre Augen verrieten keine Anzeichen von Drogenkonsum.

Auf seinen Gesprächsversuch ging sie nicht ihm zu Gefallen ein, sondern weil sie einsam war. Manchmal verbrachte sie den ganzen Tag, ohne mit einer Menschenseele zu sprechen. Als ihnen der Gesprächsstoff ausging, bezahlte er sie und ging. Es war das teuerste Gespräch über das Wetter, das er in seinem zweiundvierzigjährigen Leben geführt hatte.

Bei seiner Rückkehr in der folgenden Woche fragte er ausdrücklich nach ihr. Diesmal hatten sie Sex, und danach schlief er auf dem Bett ein.

Als seine Zeit um war, weckte sie ihn.

Er stand sofort auf und suchte nach seiner Kleidung, aber etwas ließ ihn innehalten. Beunruhigt beugte er sich zu ihr.

»Habe ich dir wehgetan?« Er klang wie über sich selbst erschrocken.

Sie zögerte einen Augenblick. »Nein.«

»Diese blauen Flecken.« Er streckte die Hand aus, um die Blutergüsse zu berühren, violette Striemen auf dem hellen Marmor ihres Brustkorbs. Sie hatte versucht, sie zu verbergen, aber es waren zu viele.

Sie zog die Decke um ihre Schultern.

»Der Mann, der das Haus bewacht, ist gestern Nacht zu mir gekommen. Er heißt Sergej. Weil ich hier bin, fühlt er sich wie ein Feigling. Deswegen ist er wütend und lässt das ab und zu an mir aus.« Sie streckte die Hand nach einer Zigarette aus.

»Warum bleibst du dann hier?«

Sie gab keine Antwort.

»Ich bin hergekommen, um mich zu vergnügen. Stattdessen ...« Er öffnete den Mund, schloss ihn, begann erneut. Es kam kein Wort heraus. Verwirrung sprach aus seinen Augen. Er glich einem Untergehenden, der nicht ertrinken wollte.

Sie beendete den Satz für ihn. »Stattdessen hast du nur Schmerz gefunden.« Sie zündete sich eine Zigarette an. »Die hässlichste Art von Schmerz. Denjenigen, den Männer verursachen, die Frauen hassen.« Ihre Stimme hatte einen anderen Klang angenommen, so als genösse sie die Worte wie den Tabakrauch, den sie inhalierte.

»Gibt es denn verschiedene Arten von Schmerz? Ist er nicht immer hässlich?«

Er wollte sie berühren, aber sie entzog sich seiner Hand.

Ja, die gab es. Schmerz, den die Natur verursachte, war nie hässlich, etwa wenn man barfuß durch den Schnee lief, aber das sagte sie ihm nicht.

»Du hast recht. Hier gibt es nichts als Schmerz.«

Sie ließ seine Grübeleien nicht an sich heran.

»Wie hältst du das hier nur aus?«

Sie nahm einen tiefen Zug von ihrer Zigarette, ohne den Blick von der Wand gegenüber zu wenden. »Du kennst doch den Spruch – dass man Privates und Berufliches besser trennt.«

»Den Sinn davon hab ich nie verstanden.«

»Die Wahrheit ist, dass ich mich vor gar nichts mehr fürchte.«

Er stand auf und wandte sich zum Gehen, blieb aber an der Tür stehen.

»Wie lange bist du schon hier?«

Sie klopfte die Asche ab. »Das wüsste ich selber gern. Keine Ahnung. Zwei, drei Monate. Fühlt sich aber an wie ein Jahr.«

Sein Schweigen war unangenehmer als das Schweigen, in das ihre Freier sonst verfielen. Sie versuchte, ihn mit einem Blick zu verabschieden.

»Wenn du allein sein möchtest, sag's einfach.«

»Ja. Das heißt nein. Ich will nicht allein sein. Warum bist du noch hier? Was willst du noch?«

Er ließ sich auf den Stuhl in der Ecke gegenüber dem Bett fallen.

»Ich will dir helfen.«

»Dann befrei mich aus dieser Hölle.«

Einige Minuten verstrichen, ohne dass einer ein Wort sprach. Das *befrei mich* schien zwischen ihnen in der Luft zu schweben. Sie war seine Gefangene, die ihm für die Vertraulichkeit das Versprechen von Freiheit abringen wollte.

»Im Moment kann ich nichts tun«, sagte er schließlich. Im Halbdunkel wirkte er andächtig wie ein Priester. Er setzte sich zu ihr aufs Bett. Ihre Miene war ausdruckslos. Er zog sie an sich, seine Finger strichen über sie, zuerst sanft, dann kräftig. Er wollte seine Arme um sie legen. Fast wäre es ihm gelungen. Mehrmals war sie kurz davor, sich der Umarmung zu überlassen, doch dann rutschte sie ans Bettende. Erleichtert stellte sie fest, dass sie immer noch das Herz eines Mannes erreichen, an seinen Beschützerinstinkt appellieren konnte. *Vielleicht gibt es doch einen Weg zurück in ihr altes Leben,* dachte sie.

Eine kräftige Windböe ließ die Fensterscheibe leise klirren.

»Hier ist es gefährlich«, sagte sie. »Die Leute, die im Haus das Sagen haben, sind böse und brutal.«

Er sah aus dem Fenster und nickte. Je näher man der Grenze kam, desto tiefer geriet man in den zwielichtigen Machtbereich von Terroristen und Kriminellen. Er war unruhig. In der Dunkelheit hörte er das Stöhnen des Windes und das Klagen einer Eule. Er wusste, dass draußen ein wildes Reich lag, in dem Straßen im Nichts endeten, Brücken gesprengt und Farmen verlassen waren, die dichten Wälder ein Paradies für Schmuggler und ein ideales Versteck für Schlepper. Als er seine Jacke nahm und zur Tür ging, war sein größter Wunsch, einfach mit ihr hinauszugehen. Aber das war zu gefährlich. Er musste sich etwas Raffinierteres einfallen lassen. Die Lösung lag weniger im Dunkel des Grenzlands, eher in den düsteren Winkeln seiner Vergangenheit.

»Wirst du mir helfen?«, fragte sie.

»Dazu müsste ich den Kontakt zu ein paar alten Kameraden reaktivieren«, antwortete er. »Außerdem wird es mich was kosten. Und damit meine ich nicht nur Geld.«

Er sah sie an. Bildete er sich das ein oder war sie blasser geworden? Zum ersten Mal bemerkte er die dunklen Ringe unter ihren Augen. Er fragte sich, wer diese Frau war, die ihn dazu brachte, alles, womit er mühsam abgeschlossen hatte, erneut in sein Leben zu lassen. Sie hatte einen schönen Körper und ein nettes Gesicht, aber das gab es dort, wo er verkehrte, auch nicht so selten. Obwohl sie ihn offen ansah, hatte er das ungute Gefühl, dass er für sie kaum mehr war als ein Schatten, genau wie die unzähligen anderen, die in dieses Zimmer kamen und wieder gingen. Ihn beschlich der Verdacht, dass sie ihm die blauen Flecken mit Absicht gezeigt hatte, um bei ihm Mitleid zu erwecken. Wenn er bei Sinnen wäre, würde er jetzt gehen und nie wiederkommen, weil ihn hier nichts außer Schmerz und Verzweiflung erwartete.

»Ich komm in drei Tagen wieder«, sagte er. »Bis dann sollte ich einen Plan haben.«

Vor dem Gehen schrieb er eine Handynummer auf die Rückseite einer Zigarettenschachtel.

»Wenn vorher was passiert, ruf diese Nummer an. Die gehört

einem alten Freund von mir. Er hat Kontakte. Er sollte dir helfen können.«

Danach schlief sie vor Unruhe kaum mehr. Die Aussicht auf Flucht versetzte selbst ihr Unterbewusstsein in Aufruhr. Sie lag im Bett und wartete auf seine Rückkehr. In der Dunkelheit wanderten ihre Gedanken zum Elend der verschleppten Frauen. Sie stellte eine Liste der Mädchen auf, die zur Arbeit im Bordell gezwungen worden waren, und ergänzte sie mit den Kontaktdaten von Verwandten zu Hause in Kroatien. Sie befragte sie zu Josip Mikolajek, dem Mann, der sie verführt hatte, von Kroatien nach Irland zu reisen. Alle kannten seinen Namen. Jeder hatte er etwas versprochen – wenn nicht Liebe, so zumindest Arbeit oder eine Chance, der Armut zu entfliehen. Doch stattdessen hatte er allen ihre bisherige Welt geraubt. Ihr sträubten sich die Nackenhaare. Mikolajek war ein Raubtier, und sie alle waren seine Opfer. Sie hatte ihn bei mehreren Gelegenheiten gesehen, als er spätnachts durch das Farmhaus gegangen war. Sein Gesicht war in einem Türspalt aufgetaucht, als er die Mädchen, die er ins Verderben gestürzt hatte, mit stechenden Wolfsaugen musterte. Die in ihr aufgestaute Wut brach sich in alle Richtungen Bahn und drohte jeden zu verletzen, der in ihre Nähe kam – sie selbst, die anderen Mädchen, die Zuhälter und Freier, sogar ihren Retter. Doch eigentlich kannte ihre Wut nur ein Ziel, und das war Josip Mikolajek.

An ihrem Zimmerfenster stehend, blickte sie auf die Schwärze der Welt draußen. *Das ist ein dunkles Land,* dachte sie, *voll von Geistern und gefährlichen Männern.* Sie wollte nicht Teil seiner schmerzvollen Geschichte werden. Der Wunsch zu handeln brannte in ihr. Ihr wurde klar, dass sie dieses Farmhaus und die damit verbundenen schrecklichen Erinnerungen nie ganz hinter sich lassen konnte, wenn sie sich nicht an den Männern rächte, die ihr und vielen anderen alles geraubt hatten. Dabei würde sie gut aufpassen und im geeigneten Moment zuschlagen müssen. Sie starrte auf ihr Spiegelbild, von der Schwärze des Fensters umrahmt, so als wollte sie die Männer anlocken, die durch das Grenzland streiften. Sie sah, wie der Wind Schneeflocken um ihr dunkles Gesicht blies. Die Vorstellung von Rache belebte sie. Das Töten fiel einem leichter, wenn ein Teil von einem selbst bereits tot war.

An dem Abend, an dem Jack wieder kommen sollte, schlich Lena ins Nebenzimmer und setzte sich auf die Bettkante. Als das dort liegende Mädchen aufwachte, nahm Lena ihre Hand.

»Hast du dich entschieden?«

»Ja. Ich will dir helfen, sie zu töten. Jetzt. Heute Nacht.«

»Wir müssen den richtigen Zeitpunkt abwarten. Wir müssen wie Jäger die Beute erst anlocken.«

Sie strich dem Mädchen über die Wange und gab ihr eine kleine Stoffpuppe. Darin war ein Zettel mit der Telefonnummer, die Fowler ihr gegeben hatte, sowie Informationen zu den Frauen, die Mikolajek eingeschleust hatte. Das Mädchen schob die Puppe unter ihr Kissen.

»Wir tun da was ganz Schreckliches«, sagte das Mädchen.

»Die haben uns auch gezwungen, schreckliche Dinge zu tun«, erwiderte Lena.

»Dann müssen wir es tun.«

Im Stillen wiederholte Lena die Worte, während sie auf Jacks Rückkehr wartete. Die Stunden dehnten sich, noch immer hatte sie kein Zeichen von ihm erhalten. Nach Mitternacht stand sie auf und setzte sich ans Fenster. Sie wartete darauf, dass die Scheinwerfer seines Wagens auf der schneebedeckten Straße erschienen. Fast war sie eingenickt, als sich eine gebückte Gestalt in ihrer Scheibe spiegelte. Sie erschrak. Es war Sergej, ihr Zuhälter. Er grinste über ihren überraschten Gesichtsausdruck.

»Komm. Wir machen einen Ausflug.«

»Einen Ausflug? Wohin denn?« Sie beschlich das furchtbare Gefühl, dass ihre Pläne aufgeflogen waren.

Ohne ein weiteres Wort führte er sie zu seinem Auto. Er öffnete ihr die Beifahrertür, doch sie setzte sich auf den Rücksitz. Er warf ihr einen ärgerlichen Blick zu und zündete sich eine Zigarette an. Im Aufflammen des Feuerzeugs sah sie, dass seine Augen unruhig hin und her huschten und er nicht weit von einem Ausraster entfernt war.

»Zieh deine Schuhe aus«, knurrte er.

Sie gehorchte.

»Damit du nicht auf die Idee kommst wegzurennen.«

Er setzte sich ans Steuer und betrachtete sie eine Weile im Rückspiegel. Die nackten Füße untergeschlagen, saß sie da wie ein Kind. Daraus schloss er, dass sie sich wie alle anderen an das Gefangensein gewöhnt hatte. Ganz egal, wie groß der Wunsch zu fliehen war, keins der Mädchen würde die Furcht bezwingen. Er schaltete die Scheinwerfer an, und vor ihren Augen entstieg der Wald den Tiefen der Nacht.

Nachdem er losgefahren war, lehnte sie sich in dem kalten Ledersitz zurück und bemühte sich, einen klaren Gedanken zu fassen. *Es ist besser, kein unkalkulierbares Risiko einzugehen und nichts zu überstürzen,* dachte sie. Zugleich wusste sie, dass alles verloren war, wenn sie nicht bald floh. Sie versuchte, ihre Unruhe zu zügeln und sich zu konzentrieren.

Plötzlich bremste das Auto. Die Straße, die sich vor ihnen aus der Dunkelheit wand, stoppte wie ein angehaltener Film. Die Scheinwerfer erfassten einen Lastwagen, der auf der schmalen Straße quer stand. Daneben ein neu aussehender Mercedes, halb in den Straßengraben gerutscht. Das Erkennen traf sie wie ein Schlag in den Magen. Es war Jacks Auto, doch von ihm war nichts zu sehen. Nur ein Polizist stand mitten auf der Fahrbahn und schwenkte eine rote Leuchte.

Sergej drehte sich um und sah sie grimmig an.

»Ich wusste es. Nie hätte ich mit dir aus dem Haus gehen dürfen«, schnauzte er. »Du bringst nur Unglück.«

Er legte den Rückwärtsgang ein und fuhr ohne Wenden zurück.

Sie zog am Türgriff, aber die Tür ging nicht auf. Das Auto kam ins Schlingern und schleuderte, als er fester aufs Gas trat. Tiefe Verzweiflung überkam sie. Sie begann ihn zu schlagen, aber er schlug mit seiner freien Hand zurück. Das Auto folgte den Kurven, als würde es sie auswendig kennen.

»Die Polizei ist das Letzte, was wir brauchen«, versuchte er eine Erklärung, während er ihre Schläge abwehrte.

Jetzt schien sogar das Auto, das Schwierigkeiten bekam, auf der Straße zu bleiben, sie anzufauchen und zu brüllen. Sie hörte ein Knirschen, als die Reifen auf den schneebedeckten Randstreifen kamen, dann kratzten Äste an der Karosserie. Im selben Moment, in dem sie sich hinter die Frontsitze duckte, verlor Sergej die Kontrolle über den Wagen. Das Heck brach aus, das Auto krachte in die Hecke, schleuderte und donnerte gegen einen Baum.

Als sie wieder zu sich kam, griffen der Schnee und der kalte Nachtwind durch das zerschmetterte Seitenfenster nach ihr. Sergej hing über dem Lenkrad und war nur halb bei Bewusstsein. Sein Kopf zeichnete sich dunkel gegen die Scheinwerfer eines nahenden Autos ab. Eine Phalanx dornenbewehrter Äste und Zweige hatte das Stoffverdeck des Cabrios zerrissen. Über das Heck kletterte sie hinaus und taumelte zur Straße. Der Wagen hatte sein dorniges Gehege mit glitzernden Glasbröckchen und stechendem Benzingeruch erfüllt.

Über dem Geräusch des herannahenden Fahrzeugs war der Wind zu hören, der durch die schneebeladenen Äste fuhr. Sie fragte sich, ob der Tod so klang, wenn er sich an die Lebenden heranmachte.

Die Fahrertür des Unfallwagens ging auf, und Sergej beugte sich heraus. Er spie einen Mund voll Blut aus, dann sammelte er sich, griff nach einer Zigarette und ließ das Feuerzeug aufflammen. Als er sah, dass sie sich rückwärts gehend von ihm entfernte, trat ein verächtlicher Ausdruck auf sein Gesicht. Die Zigarette glomm auf. Im nächsten Augenblick ging das Auto in Flammen auf, eine Walze aus Feuer rollte darüber hinweg und verschlang Sergejs gebeugten Rücken, die Schultern und schließlich das Gesicht.

Die anbrandende Hitze schleuderte Lena rückwärts in die Dunkelheit, und sie versuchte, den Sturz mit den Armen abzufangen. Durch die Nachtluft schwirrten Geräuschfetzen – das Rutschen eines bremsenden Fahrzeugs, gefolgt von den hektischen Rufen des Polizisten, die in einer Explosion untergingen.

Meine Ohren müssen mir einen Streich spielen, dachte sie. Die Stimme des Polizisten kam ihr bekannt vor. Sie meinte sogar zu hören, dass er ihren Namen rief.

Sie warf einen letzten Blick auf das brennende Auto, in dem die züngelnden Flammen die Ledersitze erfassten, sich die Arme ihres Zuhälters hochfraßen und das Gesicht erreichten, das hinter einer Maske aus Flammen verschwand, der Mund weit aufgerissen, aber mittlerweile verstummt.

Dann begann sie barfuß loszulaufen. Im ersten Moment fühlte sich der Schnee weich an, doch bald schnitt ihr die bittere Kälte wie ein Fangeisen in die Füße. Sie war noch nicht weit von dem Farmhaus entfernt, doch statt in diese Richtung rannte sie zwischen die Bäume, die feinen Schnee auf sie rieseln ließen. Ihr Fliehen schreckte den stillen Wald auf, ihre kältetauben Füße stapften durch Schneewehen, Zweige schlugen ihr ins Gesicht. Barfuß durch einen Wald zu laufen war nichts Neues für sie. Das Einzige, was mit ihr Schritt halten konnte, war das frostige Auge des Mondes, das zwischen den zitternden Bäumen hindurchblinzelte. Sie lief immer weiter, wachsam lauschend, ob ihr Schritte folgten.

Instinktiv wusste sie, wo sie sich verstecken konnte, und sie kannte die Gefahren des Grenzlands – gesprengte Brücken, verfallende Scheunen und Hütten, in denen Bewaffnete hausten, die Autos und Lastwagen der Schmuggler, die in mörderischem Tempo dahinrasten – genauso wie die natürlichen Hindernisse der Berge, Wälder und Flüsse. Auf der Suche nach einem Versteck rannte sie hinein in die tiefsten Schatten. Sie wusste genau, dass ein menschliches Leben im Grenzland nicht sehr viel galt. Menschen ohne Pässe oder Ausweisdokumente verschwanden leicht.

Mit brennender Lunge erreichte sie einen Abgrund in der Dunkelheit. Vor ihr toste eine noch tiefere, schäumende Finsternis: der Grenzfluss. Trotz der Stromschnellen und der nicht zu ahnenden Tiefe war er womöglich zu durchschwimmen. Eine Welle schwappte über ihre Füße. Sie holte tief Luft, doch die Kälte raubte ihr den Atem, und sie begann am ganzen Leib zu zittern. Im Grenzland war der Tod das letzte Versteck. In der Ferne blitzte eine Taschenlampe, die Rufe des Polizisten kamen näher. Kurz setzte ihr Herz aus, zwischen Vergangenheit und Zukunft schwankend. Ehe sie einen Entschluss fassen konnte, durchzuckte ein stechender Schmerz ihre Füße, und sie verlor den Halt.

3

Als Inspector Celcius Daly die Haustür seines Cottages nahe dem Südufer des Lough Neagh öffnete, stand ein Korb mit Forellen davor. Er vermutete, dass sie ihm sein Nachbar Owen Nugent, seit vierzig Jahren begeisterter Angler, nach einer Nacht des Wilderns im Blackwater River gebracht hatte. Daly schnupperte an den Fischen. Offenbar waren sie erst vor wenigen Stunden gefangen worden. Für alles, was Fäulnis, Tod und Verderben betraf, war sein Geruchssinn gut ausgeprägt. Mehrmals hatte er ihn schon gewarnt, als er im Begriff gewesen war, sich in Gefahr zu begeben. Vor allem den gewaltsamen Tod umgab eine feuchte Klebrigkeit, die auch noch nachdem die Leiche entfernt worden war, in der Luft zu haften schien.

Leider hatte er ein weniger gutes Gespür für die Tücken und Fallstricke im Umgang mit Lebenden, insbesondere mit den Frauen in seinem Leben. Im vergangenen Jahr war seine zehnjährige Ehe mit Anna zerbrochen, und sein Herz war von der unschönen Trennung noch immer wund.

Anna hatte ihn am Vorabend angerufen, um zu besprechen, was mit den Kartons, Relikten seines früheren Lebens, geschehen sollte, die auf ihrem Speicher kostbaren Platz wegnahmen. *Immer nur weg mit dem Alten und her mit dem Neuen,* hatte er hinterher gedacht. Doch am Telefon hatte er nur mit verblüfftem Schweigen reagiert und sich nicht entscheiden können, was er mit diesen Kartons voll Erinnerungen machen sollte. Sie hatte erklärt, sie sei keineswegs hartherzig, sondern blicke mutig und entschlossen nach vorne. *Sonst erstickt uns die Vergangenheit irgendwann,* hatte sie gewarnt. Sie hatte sogar angeboten, die Kartons selbst zur Müllkippe zu bringen. Aber eine Art Feigheit hatte ihn den Vorschlag ablehnen lassen. Obwohl er an der Vergangenheit festhalten wollte, war er nicht bereit, sich dem darin verborgenen Leid auszusetzen. Es war dieselbe Trägheit, die ihn daran hinderte, sich zu entscheiden, was er mit dem heruntergekommenen Cottage seines Vaters anstellen sollte. Seine Ex-Frau hatte sich den Spott nicht verkneifen können, als sie erfuhr, dass er es noch immer nicht verkauft hatte und einen weiteren Frühling hinter diesen kalten Mauern erdulden wollte. Als er den Hörer auflegte, überfiel ihn Unzufriedenheit, und er sehnte sich nach menschlicher Wärme und dem Geruch des Lebens.

Doch auch den Gedanken an gebratenen Fisch zum Frühstück fand er an diesem Morgen verlockend. Daly trug die Forellen in die Küche und schnalzte vor Vorfreude mit der Zunge. Er verspürte einen Anflug von Stolz auf seine Häuslichkeit, über die sich seine Ex-Frau entweder lustig gemacht oder geärgert hätte. Er stellte das Gas an. Es war Februar, und der Fisch musste fett und saftig sein. Von der Fensterbank nahm er etwas von der dort überwinternden Kresse. Dann filetierte er die Fische und legte sie mit der Hautseite in die geschmolzene Butter in der Eisenpfanne. Obwohl es schon fortgeschrittener Vormittag war, musste er das Licht einschalten, um zu sehen, was er tat. Seit Sonnenaufgang hatte das Wetter umgeschlagen, und ein hoffnungsvoller sonniger Morgen hatte sich in etwas Düsteres und Grimmiges verwandelt. Schwere Wolken zogen über den Himmel. Neuer Schnee fegte gegen die Fensterscheiben. Daly röstete etwas Brot in Olivenöl und wollte gerade den Fisch mit der Kresse anrichten, als das Telefon klingelte.

Es war Detective Derek Irwin.

»Erinnern Sie sich noch an die Beschwerden über ein Bordell in der Nähe von Dunmore?«

Daly musste kurz nachdenken, ehe sein Gedächtnis auf Trab kam. Im vergangenen Jahr war die Zahl der Beschwerden über illegale Bordelle angestiegen, vor allem entlang der Grenze zwischen Nordirland und der Republik Irland.

»Dem müssen wir mal einen Besuch abstatten.«

»Warum?«

»Ein gewaltsamer Tod. Ein Mann in einem ausgebrannten Auto.«

»Und was hat das mit dem Bordell zu tun?«

»Wir gehen davon aus, dass er Zuhälter war.«

»Einer von hier?«

»Nein, vermutlich Kroate.«

»Okay.«

Nach dem Anruf legte Daly die gebratenen Filets auf einen Teller, deckte sie ab und hoffte, etwas später am Tag diesen kulinarischen Höhepunkt der Woche nachzuholen.

Weil Irwin den Verdacht hegte, dass der Tote ein fremder Staatsangehöriger war, legte Daly einen Zwischenstopp an der Polizeistation ein und suchte die neu ernannte Antirassismus-Beauftragte auf. Zwanzig Minuten später stieg Constable Susie Brooke mit geradezu schulmädchenhafter Begeisterung zu Daly in den Wagen. In der Stadt war sie schon zu den Tatorten vieler rassistisch motivierter Verbrechen mitgekommen – Vandalismus, Brandstiftung, tätlicher Angriff –, aber jetzt kam sie zum ersten Mal ins Grenzland, und es war ihre erste Beteiligung an Ermittlungen in einem gewaltsamen Todesfall. Sie legte den Gurt an, machte es sich bequem und lächelte ihn gewinnend an. Ihr Parfüm erfüllte den Wagen, und damit ging eine seltsam gefährliche Vertrautheit einher.

»Eigentlich ermitteln wir ja wegen einer schweren Straftat, aber vielleicht kommen Sie vorsichtshalber mal mit«, sagte er. »Wollen wir hoffen, dass das nicht der Anfang ist.«

»Der Anfang von was?«

»Weiß ich nicht«, murmelte er. »Das Grenzland ist ziemlich ungemütlich. Vor allem für Leute, die da nicht hinpassen.« Dann fügte er warnend hinzu: »Das wird nicht schön werden.«

Sie schien unbeeindruckt und freute sich weiterhin, dass sie in die Ermittlungen einbezogen wurde. Ihre blauen Augen strahlten.

»Wenn sich das als was Ausländerfeindliches erweist, muss ich mir den Tatort sowieso irgendwann ansehen«, sagte sie. »Bei uns kommen Ausländer und Migranten viermal so oft gewaltsam zu Tode wie Iren. Selbst auf dem Land.«

Daly antwortete nicht. Auch wenn sie wie eine Statistikerin geklungen haben mochte, sah sie nicht wie eine aus. Er wandte den Blick ab und legte den ersten Gang ein. Er fragte sich, ob er unbeholfen rüberkam oder sogar steif, und suchte nach einem charmanteren Gesprächsthema, während sein Blick ab und zu über die Windschutzscheibe wanderte, um ihr Profil zu betrachten, die Adlernase, die schwarzen Locken, die strahlenden Augen. Ihre Lippen bewegten sich leicht, aber sie sagte nichts. Vielleicht wartete sie, dass er das Gespräch fortsetzte, doch irgendwie war er in die längst überwunden geglaubte jugendliche Schüchternheit zurückgefallen und verstummt.

An einer Kreuzung bog er rechts ab, und wieder warf er einen Seitenblick auf ihre prägnante Nase. Bei einer anderen Frau wäre ein so auffälliges Merkmal vielleicht ein Makel gewesen, aber bei Constable Brooke war es eher ein zusätzlicher Reiz, an dem das Auge hängen blieb. Er verschaltete sich zwischen zweitem und viertem Gang, dann drehten die Reifen durch, doch zuletzt waren sie unterwegs in Richtung der Hügel von South Armagh.

Je näher sie der Grenze kamen, desto höher wand sich die immer trostlosere Straße. Die zerklüfteten Schneeflecken wurden größer und bedeckten das Gras und die Mauern am Straßenrand, bis bloß noch hier und da Schlehdorn und Weißdorn aus dem Weiß hervorragten. Nichts bewegte sich auf den Feldern, nur der Wind trieb Schneeflocken vor sich her.

Zehn Minuten später fuhren sie hügelabwärts in ein Tal, und ein heruntergekommenes Farmhaus wurde erkennbar. Sie hielten hinter einem Krankenwagen und einem Streifenwagen, die bei einem verzogenen Eisentor parkten. Daly konnte Detective Irwin nirgends sehen.

Als Daly aus dem Auto stieg, fegte eine Böe einen eisigen Schneeklumpen von einem Baum auf seine Schultern. Der kalte Schauer ließ ihn erschreckt zusammenzucken.

Mit erstauntem Gesichtsausdruck stieg ein Sanitäter aus dem Krankenwagen. Daly stellte sich vor und wurde an das Ende der Straße verwiesen, wo ein ausgebranntes Autowrack dalag wie eine ausgeworfene Patronenhülse. Ein feuchter scharfer Geruch, der an eine Schießanlage erinnerte, stach ihm in die Nase.

Der Brand war heftig gewesen, hatte aber nicht sehr weit um sich gegriffen und vor allem das Auto in ein schwarzes Gerippe vor schneeweißem Hintergrund verwandelt. Der Fahrer war bis zur Unkenntlichkeit verbrannt. Die Leiche lehnte wie eine riesenhafte Schabe gegen den Metallrahmen des Lenkrads. Daly warf einen Blick auf das Gesicht, das aber nur eine schwarze, vom Schädel gerutschte Maske war, die Augenhöhlen dunkler als jede Blindheit.

»Na, ist Ihnen eine Schafherde in die Quere gekommen?«, fragte eine Stimme von der Hecke her.

Detective Derek Irwin trat aus einer Lücke zwischen den Ginsterbüschen, unter denen er Schutz gesucht hatte. Die Frage war typisch für ihn, ein wenig subtiler Versuch, Daly das Gefühl zu vermitteln, er sei mal wieder zu spät in der Schule.

In Daly stieg ein bekannter Groll auf, als er in das selbstzufriedene Gesicht des jüngeren Detectives blickte. Der Special-Branch-Mann hatte den Trick raus, wie man andere von Anfang an in die Defensive brachte. Es war eine Polizeitechnik, die er aus dem Verhörraum in sein Leben überführt hatte.

»Ganz im Gegenteil«, erwiderte Daly mit einer Geste in Richtung Constable Brooke, die vorsichtigen Schritts zu ihnen kam. »Ich wollte unsere neue Antirassismus-Beauftragte mitbringen.«

Irwin schien gar nicht zuzuhören. Aufmerksam und mit einem Ausdruck leichter Bewunderung in den Augen beobachtete er, wie sich die hochgewachsene Gestalt näherte.

»Wer ist die Lady mit diesen superpraktischen Latschen?«, fragte er ein bisschen zu laut.

Peinlich berührt sah Daly zur Seite. Für dümmliche Bemerkungen schien Irwin ein besonderes Talent zu haben.

Beim Anblick des verbrannten Autos verzog Brooke das Gesicht. »Ich bin Leichen nicht gewohnt«, sagte sie mit einem Anflug von Scham. »Das sieht kaum aus wie ein Mensch.«

»Das ist für jeden ein schockierender Anblick«, beruhigte Daly sie.

Auch wenn er seit sechs Monaten nicht mehr geraucht hatte, verspürte er plötzlich das dringende Bedürfnis nach einer Zigarette. Der Anblick der Leiche rüttelte an den Pfeilern seiner Selbstbeherrschung. Ein Mord war der größte denkbare Regelbruch. Wenn jemand sogar diese Grenze überschritt, warum sollte er sich dann Zurückhaltung auferlegen? Das Anzünden einer Zigarette war im Vergleich dazu doch nur ein läppischer Verstoß, eine hohle Trotzhandlung.

Er wollte schon zu seinem Auto zurückgehen und die halb leere Zigarettenpackung suchen, als er etwas bemerkte, das ihn schlagartig innehalten ließ. Er starrte auf den Boden. Im Schnee eingeprägt war der nackte Fußabdruck eines Kindes oder einer Frau. *Die Kälte muss wie ein Schnitt in die Füße gewesen sein,* dachte er. Er entdeckte weitere Fußabdrücke. Die Person war gerannt, womöglich in der Dunkelheit. Ein wilde, panische Flucht wie die eines verschreckten Tiers. An einem Schlehdorn fand er auf halber Höhe einen Stofffetzen und eine dicke Strähne schwarzen Haars.

Ein Mädchen oder eine Frau, dachte er. Er stellte sie sich vor, ihre Kleidung, das blaue Kleid, das sich mit ihren Haaren im dornigen Gestrüpp verfangen hatte. Er sah auf und ließ den Blick über den dunklen Hügelkamm schweifen. Er seufzte. Die Zigarette würde auf den nächsten seelischen Notfall warten müssen.

Von dem Schlehdorn weg folgte er den Fußspuren zu einem Feldrand und in den Wald, wo der Schnee stellenweise kleine Verwehungen bildete. Er spürte eine mysteriöse Verlockung, weiter zwischen die Bäume vorzudringen. Die Sorge um das unbekannte Mädchen hatte alle Gedanken an die Kollegen, die Spurensicherung, die Fotografen und alle Vorschriften, wie mit wichtigen Beweisen zu verfahren war, verdrängt. Mit gesenktem Kopf, die Arme ausgestreckt, um sich gegen Äste und Zweige zu schützen, ging er weiter. Am Ufer eines schnell fließenden Flusses verlief sich die Spur. Der Schnee auf der anderen Seite war frisch und unberührt. Der Fluss rauschte in seinen Ohren. Ein halbe Stunde suchte er das Unterholz und die Sträucher nach abgeknickten Zweigen ab, weil er hoffte, dass die Spur wiederauftauchen würde, aber vergebens.

Als er zu dem ausgebrannten Auto zurückkehrte, kam ihm Irwin entgegen und nahm ihn beiseite. Auf seinem Gesicht lag ein ungläubiger Ausdruck.

»Wie sollen wir denn mit den Mordermittlungen vorankommen, wenn uns Miss Politisch-Korrekt ständig über die Schulter schaut?« Er deutete mit dem Daumen auf Constable Brooke.

»Seien Sie nett zu ihr. Wir wollen doch zeigen, dass die Polizei das Rassismusproblem ernst nimmt.«

»Sie hätten sie nicht mitbringen dürfen. Das ist eine Mordermittlung. Das hat nichts mit Rassismus zu tun. Sagen Sie ihr, dass wir ihre Hilfe nicht brauchen.«

»Regen Sie sich nicht künstlich auf«, fuhr Daly ihn an. »Sie könnte durchaus nützliche Informationen beisteuern. Vielleicht hat sie ja Einblick in das Leben dieser Leute.«

»Ich reg mich überhaupt nicht auf«, maulte Irwin. »Ich will nur nicht, dass sie uns im Weg rumlatscht.«

Sie gingen zurück zu dem Wrack.

»Erzählen Sie uns, was wir über den Toten wissen«, bat Daly.

Irwin trat gegen das Autoheck, und ein Schauer von Metallteilchen rieselte auf den Boden.

»Bis wir den Toten nicht identifiziert haben, gibt's nicht viel zu sagen. Aber ich weiß, dass er ein Audi-Cabrio fuhr. Schickes Gefährt. Solang's noch eins war. Es ist doch immer dasselbe. Je niedriger die Lebensform, desto teurer der Geschmack.«

»Auf wen war es zugelassen?«

»Einen Sergej Grgić. Vorbestraft wegen Nötigung und Körperverletzung. In unseren Akten steht, dass er auf einer Geflügelfarm in der Gegend arbeitet.«

»Reicht ein Job als Hühnerfänger für ein schickes Cabrio?«

»Vielleicht wenn er viele von den Viechern fängt?«, meinte Irwin. »Wir haben auf der Farm nachgefragt, ob Mr. Grgić heute zur Arbeit erschienen ist, aber sie meinten, dass keiner ihrer Arbeiter so heißt. In den Akten ist auch ein Foto von ihm, aber darauf sieht er leider nicht aus wie ein Kohleklumpen.«

Irwin drehte sich um und starrte Brooke mit dem Blick eines Kurzsichtigen an. Sie ignorierte ihn, so als könnte man ein Raubtier durch Nichtbeachten zum Verschwinden bringen. Daly räusperte sich.

Rasch wandte Irwin seine Aufmerksamkeit wieder dem Tatort zu. »Seit gut einem Monat versuchen wir schon, das Bordell zu schließen«, sagte er. »Und dann kommt die Unterwelt daher und erledigt das in einer Nacht.«

»Meinen Sie, dass Rivalitäten im Milieu dahinterstecken?«

»Die Indizien weisen doch darauf hin.«

»Ich habe gelernt, dass Indizien allein nie die ganze Wahrheit verraten.«

»Dann hören Sie sich das an. Die Feuerwehr hat sich bereits die Brandstelle angesehen, und sie haben was entdeckt.«

»Und das wäre?«

»Es gab zwei Arten von Brandbeschleuniger. Benzin und Diesel. Sie glauben, dass der Diesel aus dem Tank des Autos kam, aber anscheinend wurde zusätzlich ein Molotowcocktail ins Feuer geworfen. In der Nähe des Autos hat die Feuerwehr Scherben und einen angekokelten Stofffetzen gefunden.«

»Warum sollte man so was tun?«

»Tja, vielleicht wollte wer nicht nur jemand umbringen, sondern auch alle Hinweise auf die Identität des Opfers und andere Spuren im Auto beseitigen.«

Daly wies Irwin auf die Fußspuren im Schnee hin.

»Es war jemand bei ihm, vermutlich eine junge Frau.«

»Ohne Schuhe«, erwiderte Irwin. »Wer auch immer sie war, sie stand am Ende der Nahrungskette. Eine Prostituierte, schätze ich. Oder die Freundin des Opfers. Vielleicht sogar eine Verwandte.« Er grinste. »Oder alles zusammen. Bei diesen Leuten weiß man nie. Aber in diesem Fall müssen wir wohl ein bisschen weiter oben in der Nahrungskette anfangen, um den Täter zu finden.«

Das Grinsen auf Irwins Gesicht wurde breiter, als er Brooke einen Blick zuwarf. Sie ging an ihnen vorbei zum Krankenwagen und hatte dabei leichte Schlagseite, so als müsste sie sich gegen die Erdanziehung stemmen. Ihre grimmige Miene sagte alles. Die Welt hatte die Maske abgenommen und ihr grausames Gesicht offenbart.

»Hab ich sie irgendwie beleidigt?«, fragte Irwin.

Daly richtete den Blick wieder auf die Fußspuren und versuchte, sie mit dem ausgebrannten Auto und der Leiche in Verbindung zu bringen. Jeder Schritt war gut erkennbar vor den anderen gesetzt worden – *eine gute Läuferin*, dachte Daly. Genau an der Stelle, wo er stand, war die Lebensreise eines Menschen unvermittelt zu Ende gegangen und die eines anderen hatte eine ganz neue Richtung genommen. Hier war etwas geschehen, was das Leben zweier Menschen für immer verändert hatte. Ein großer und ein kleiner Tod. Er ging in die Hocke und berührte die Fußabdrücke.

»Ich würde gern wissen, was danach passiert ist«, sagte er.

»Warum soll danach noch was passiert sein?«, fragte Irwin.

Daly sah den jüngeren Detective an. Bildete er sich das ein oder hatten sie sich seit der Begrüßung am ausgebrannten Wrack wirklich nur gekabbelt? Irwins Ton war ruhig und gefasst, doch dahinter meinte Daly eine leichte Anspannung zu spüren. Eine Unterströmung. Irwins Ablehnung von Dalys Art zu arbeiten hatte sich noch einmal verschärft, seit er im vergangenen Jahr an die Special Branch überstellt worden war.

»Hier hat die Reise der jungen Frau begonnen«, sagte Daly. »Dass sie keine Schuhe anhatte, lässt vermuten, dass sie in einer ziemlich schwachen Position gewesen ist. Wir sollten rausfinden, woher sie kam.«

Sie gingen zurück zu der Straße, die zu dem verlassenen Farmhaus führte. Die Türen standen offen, die Fenster waren eingeschlagen, dennoch war die Luft darin abgestanden und muffig. Daly schnupperte. Der Geruch von Gefangenschaft. Im ersten Zimmer bewegte sich ein Samtvorhang in der Zugluft. Dahinter hingen mehrere fadenscheinige Hausmäntel an einer Reihe Wandhaken. Irwins Augen schossen nach links und rechts. Seine Wangen waren vor Aufregung leicht gerötet. Insgeheim schien er Gefallen an der Ermittlung zu haben.

»Das also war das Bordell?«, fragte Daly.

»Sieht ganz so aus. Willkommen im Albtraum jedes Kriminaltechnikers. Stellen Sie sich nur das Geplätscher der Körperflüssigkeiten vor, die hier zu finden sind.«

»Besudelte Spuren.« Daly trat von einem Fuß auf den anderen, um sich warm zu halten.

Durch eine Seitentür gingen sie in ein winziges Zimmer, in dem gerade genug Platz für einfallslosen Sex auf einer schmalen Matratze war.

»Wir haben einen Haufen Kondome und Sexspielzeug gefunden«, sagte Irwin stolz. »Und dazu eine Menge Bargeld und Schmuck. Vermutlich Geschenke von spendablen Freiern. Sie sollten sich die Unmengen von Reifenspuren vorne ansehen. An Wochenenden muss es zugegangen sein wie in einem Taubenschlag.«

»Wie sieht das für Sie aus?«, fragte Daly.

»Na ja«, sagte Irwin. »Da hängen sechs Hausmäntel an der Wand. Sechs Mädchen zu je fünfzig Pfund die Nummer. Ich würde sagen, das war eine Goldgrube.«

»Und was ist mit den Frauen passiert?«

Irwin zuckte mit den Schultern. »Einer unserer Leute meinte, er hätte gesehen, wie sich in einem der Schuppen ein Schatten bewegt hat.«

Sie sahen zum Fenster hinaus. Der Himmel hinter einer Reihe von Schuppen und einer Lastwagengarage verdüsterte sich. Einige Gebäude waren halb eingefallen, andere standen voll mit verrostetem landwirtschaftlichem Gerät. *Hier gibt's überall Schatten,* dachte Daly.

»Dann schauen wir uns das doch mal an«, sagte er.

Sie waren auf dem Weg hinaus, als auf einem kleinen Beistelltisch ein Handy klingelte. Daly nahm den Anruf an.

Die Stimme des Anrufers war rau und unsicher.

»Ist da der Paradise Club?«

»Nein.«

»Club Tropical?«

»Nein.«

»Oder Simply Heaven?«

Der Anrufer ratterte noch ein paar Namen herunter, so als wären es Passwörter fürs Paradies, aber das Bordell gewordene

Farmhaus war davon meilenweit entfernt. Für Daly war es eher wie der Vorhof zur Hölle. Aber das war vermutlich Absicht: Prostitution wurde mit den schillerndsten Namen in Zeitungsanzeigen annonciert, um den Freiern die nötige emotionale Distanz zu verschaffen.

»Das ist ein Bordell«, erklärte Daly dem Anrufer trocken. »Betrieben von Kriminellen.«

»Wer ist da? Wo ist der Chef des Ladens?«

»Der kann gerade nicht. Er ist tot.«

Der Anrufer legte sofort auf. Daly steckte das Handy in eine Asservatentüte. Die Spurensicherung würde sich um die Anruferliste kümmern.

Er ging mit Irwin nach draußen. Am Hoftor fummelte er an dem vereisten Riegel herum und kletterte dann darüber. Als er sich den Schuppen näherte, wurde der Schnee plötzlich grünlich, und er sank ein. Schnell tat er einen Satz zur Seite.

»Güllegrube«, rief er in Irwins Richtung. »Passen Sie auf, dass Sie nicht in Kuhscheiße ersaufen!«

Aus einem Krähennest löste sich ein Klumpen aus Zweigen und Erde, klatschte auf ein Blechdach und rutschte scharrend hinab. Bei dem Geräusch schreckten die Detectives zusammen und wechselten einen Blick.

Vorsichtig trat Daly in den ersten Schuppen. In der Dunkelheit war es, als tauchte er in ein Becken aus Dung und Tiergeruch. Er hörte ein feuchtes Schnauben und erstarrte, während er wartete, bis sich seine Augen an das Dämmerlicht gewöhnt hatten. Vor ihm war das dungverklebte Hinterteil einer Kuh, die sich an einem Heuballen rieb, um sich zu wärmen. Durch den Mist watend ging er zurück in den Hof. Irwin stand grinsend am Hoftor. Daly setzte die Suche fort. In den anderen Schuppen fand er die gesammelten Überreste des jahrzehntelangen Scheiterns landwirtschaftlicher Unternehmungen – Hühnerkäfige, Futtertröge, Kartoffelsäcke und einen staubbedeckten Haufen Torf, nur keine Anzeichen von Leben.

Daly ging zu der windschiefen Lastwagengarage und zog das klapprige Rolltor auf. Die verschreckten Gesichter einer Gruppe junger Frauen blickten ihn an. Er atmete die stickige Luft, die nach einer Mischung aus Essensresten, Parfüm und Alkohol roch, ein und fühlte sich erleichtert. Der in ihm schwelende Verdacht von etwas Düster-Bedrohlichem, das von dem alten Farmhaus ausging, hatte sich bestätigt. Und jetzt hatte er den Grund für dieses Unbehagen entdeckt. Mehrere Sekunden verstrichen, ohne dass jemand etwas sagte. Die Augen einer jungen Frau schwammen vor Tränen oder vor Kälte. *Sie sehen aus wie Ware, die aus einem Laster heraus verkauft werden soll,* dachte Daly.

»Woher seid ihr?«, fragte Irwin, der von hinten dazugekommen war.

Die jungen Frauen drängten sich enger aneinander wie eingeschüchterte Schulmädchen auf einem Ausflug, der in einer Katastrophe geendet hatte. Sie schienen Irwins Frage nicht zu verstehen. Ihre Gesichter waren verschlossen.

Dann fasste eine Frau Mut. »Wir sind aus Kroatien, Albanien, Serbien.«

»Und die Namen?« Daly drehte sich zu Irwin um. »Manche sehen so jung aus, dass sie nicht mal einen Führerschein kriegen könnten.«

»Die Zuhälter nehmen allen die Pässe weg, wenn sie denn je einen hatten«, sagte eine Stimme hinter den Detectives. Brooke war zu ihnen gestoßen. »Damit die eingeschleusten Frauen nicht weglaufen und zur Polizei können, weil sie keinen rechtlichen Status haben.«

In der Lastwagengarage herrschte die unvermeidliche Unordnung von einem knappen Dutzend auf engem Raum eingepferchten Menschen. Zeitschriften und Kleidungsstücke lagen zwischen

Kosmetikverpackungen und leeren Wodkaflaschen. In einer Ecke brannte ein Gasofen auf niedriger Stufe. Brooke wirkte gefasster in dieser weiblichen Umgebung, auch wenn alles ein heilloses Durcheinander war. Sie ging zu den Frauen und bot ihnen Kaugummi an. Dann sprach sie in holprigem Deutsch zu ihnen.

»Die Frauen haben Hunger«, verkündete sie. »Seit dem Unfall verstecken sie sich hier.«

Irwin sah Brooke kurz an, dann zwang er sich, den Blick abzuwenden, weil er sich erinnerte, dass sie ja nicht offiziell zum Team gehörte.

»Sie haben alles gemacht, was der Zuhälter verlangt hat«, sagte Brooke. »Wenn er gewollt hätte, hätte er sie auch in Stacheldraht einwickeln können.«

Mit den geröteten Augen blinzelnd, kamen die jungen Frauen aus der Garage. Sie hielten sich an den Händen, als sie durch den nassen Schnee stapften.

»Männer!«, rief Brooke aus.

»Männer«, wiederholte Daly. *Wieder mal eine Enttäuschung,* dachte er, aber er hatte selbst genug Fehler, über die er grübeln konnte, als dass er zusätzlich die seines Geschlechts hätte schultern wollen. Er zog den Mantelkragen höher, um sich gegen den kalten Wind weiblicher Verachtung zu schützen.

»Wie kann ein Mensch nur hierherkommen und diese jungen Frauen so brutal benutzen?«, fragte Brooke. »Schauen Sie nur, wie elend sie aussehen.«

Daly musterte sie. Obwohl sie kaum mehr als Teenager waren, hatten ihre Gesichter alles Weiche verloren, die Kinnpartien und Wangen wirkten kantig und hart. Unruhe flackerte in ihren Augen. Zwei trugen kurze Röcke, und die Beine darunter waren glatt und straff, aber fleckig von der Kälte und von Schlägen. Daly wandte den Blick ab. Die Kluft zwischen ihm und diesen verängstigten Frauen schien unüberwindbar.

»Das ist mir ebenfalls ein Rätsel«, sagte Daly, dann zuckte er mit den Schultern. »Aber das ist eben das Sexgeschäft.«

Constable Brooke bedachte ihn mit einem angewiderten Blick. »Mir ist schleierhaft, warum ein Mann meilenweit an so einen gottverlassenen Ort fährt, nur um gewalttätigen Kriminellen sein Geld zu geben. Das ist doch kein Geschäft. Das ist ein fürchterliches Experiment menschlicher Grausamkeit.«

Sie funkelte Daly an.

»Mich brauchen Sie nicht zu fragen, warum jemand in so ein Haus geht«, sagte er.

Auch wenn er ruhig geantwortet hatte, schienen die Worte in der Luft nachzuhallen. Er sah weg. In der Hecke hingen gefrorene Schlehen von den Zweigen. Aus den Tiefen der Sträucher kam das verlorene Gurren einer Taube.

Brooke hat recht, dachte Daly, *die Farm ist ein düsterer Ort, aber das hier ist eben das Grenzland.* Damit Prostitution in so einer Gegend blühen konnte, musste sie von gewalttätigen Kriminellen im Verborgenen betrieben werden, genau wie der Schmuggel oder Terrorismus. Im Gegensatz zu Städten, wo Sex offener gelebt und in Zeitschriften oder mit Neonschildern grell beworben wurde und zum abendlichen Unterhaltungsangebot gehörte. Im Grenzland zeigte sich käuflicher Sex nur im Dunkeln und roch nach Trunkenheit und Vieh.

»Fragen Sie sie doch mal nach dem Mädchen, das mit dem Zuhälter unterwegs war«, sagte Daly.

Eine Frau antwortete. Sie hatte ihn verstanden. »Sie heißt Lena Novak. Sie hat gesagt, dass sie zurückkommt und uns holt, wenn sie ihren …« Sie suchte nach den richtigen Worten. »Ihren Prinz trifft, der sie rettet.«

Irwin schnaubte. »Sie war eine Prostituierte ohne Schuhe, nicht Cinderella.«

Daly sprach langsam und betonte jedes Wort. »Sie sind in Sicherheit. Sie müssen nie wieder hierher zurückkommen. Es kann Ihnen niemand etwas tun.«

»Doch, das können sie«, widersprach die Frau. »Egal, wohin wir gehen. Sie kennen unsere Familien. Wir schulden ihnen Geld.«

Die Frauen drängten sich enger zusammen, ihre besorgten Blicke verrieten, dass ihre Probleme mit jeder Minute größer wurden. Daly sah sie an, blickte zu dem heruntergekommenen Haus, zurück zur Straße, zu dem verbrannten Auto und den mysteriösen Fußspuren und fragte sich, ob ein Muster oder ein Zusammenhang zu erkennen war. Kaum, jedenfalls für den Augenblick nicht. Er hatte nur einen kleinen Fetzen, eine einzige Strähne. Eine Prostituierte auf der Suche nach einem rettenden Prinzen.

4

Beim ersten Teammeeting der Ermittler kam ein Thema immer wieder zur Sprache, und zwar das Fehlen belastbarer Indizien. Es war, als sprächen die Spuren, die die Kriminaltechniker am Autowrack und im Farmhaus gesichert hatten, eine Fremdsprache, die von den Detectives erst einmal zu entziffern war. In einem räumlich so eng umgrenzten Bereich hätten der oder die Mörder eigentlich eine Leuchtspur hinterlassen müssen.

Daly hatte schon mehrfach versucht, der Ermittlung eine klare Richtung zu geben und die anstehenden Aufgaben genau zu bestimmen, aber er war jedes Mal gescheitert.

»Hatte bei den Frauen in der Garage noch jemand außer mir das Gefühl, dass sie nicht alles sagen?«, fragte er.

»Ich glaube, sie haben uns nicht ganz vertraut«, meinte Brooke.

»Vielleicht. Aber es muss noch einen anderen Grund geben.«

»Welchen denn?«, fragte Irwin.

»Weiß ich nicht. Es ist nur ein Gefühl. So wie sie sich als Gruppe verhalten haben. Da war was, das sie zusammengeschweißt hat. Ich hab's in dem Moment nur nicht genau kapiert.«

»Sie sind weiter unter Polizeischutz. Wir können sie befragen, wann immer wir wollen«, sagte Irwin.

Daly schnaubte. »Vielleicht gab's auch nichts, und ich dichte es mir nur hinterher so zusammen.«

Er fuhr fort mit der Bemerkung, dass ohne belastbare Indizien nur die Spuren im Schnee ein Erfolg versprechender Anhaltspunkt für die Ermittlungen waren.

»Letztlich«, sagte er, »ist das nicht nur ein Mord, sondern auch ein Vermisstenfall. Lena Novak mag keine Freunde oder Verwandten haben, die nach ihr suchen, und vielleicht ist sie sogar illegal ins Land gekommen, aber das bedeutet nicht, dass wir uns nicht um sie und ihre Schwierigkeiten kümmern müssen.«

Eine erste schnelle Suche am Fluss und im Wald hatte jedoch zu keinen neuen Erkenntnissen geführt.

»Wir haben nicht genug Mann für eine groß angelegte Suchaktion«, klagte Irwin.

»Der Fluss ist die Grenze zur Republik«, sagte Daly. »Deswegen müssten wir auch die Garda drüben einbeziehen.« Er bat Ciara O'Neill, sich mit der Garda-Station in Monaghan in Verbindung zu setzen. »Wir sollten uns ganz vorurteilsfrei an die Arbeit machen, aber für mich steht außer Frage, dass die vermisste Frau der Schlüssel ist, um rauszufinden, wie der Zuhälter Grgić zu Tode kam«, fügte er hinzu.

»Das Problem ist nur: wo anfangen?«, sagte Irwin.

O'Neill ergriff das Wort. »Eine der Frauen hat angegeben, dass sie Lena für tot hält. Noch in der Tatnacht haben die Frauen ihre Schubladen und Koffer durchwühlt. Es gab sogar Streit um die zurückgelassenen Klamotten.«

»Vielleicht haben da eher Sie eine Intuition, Susie«, sagte Daly. »Wo könnte Lena Ihrer Meinung nach sein?«

»Angenommen, sie ist noch am Leben, dann wird sie als Ausländerin in einer der gefährlichsten Gegenden im Land vermisst«, erwiderte Brooke. »Und die Einzigen, an die sie sich wenden kann, sind ihre Kidnapper. Ihre sonstigen Kontakte sind andere verschleppte Zwangsprostituierte und ihre Freier. Wir wissen nicht mal, ob sie Englisch spricht.«

Im Raum wurde es still. Die Ermittlung lief erst seit einem Tag, aber schon jetzt machte sich unter ihnen Pessimismus breit. Die meisten erwarteten größere Schwierigkeiten als bei einer Routineermittlung zum Tod eines armseligen kleinen Zuhälters. Eine junge Frau war barfuß aus der gefährlichen Welt international agierender Krimineller geflohen, in der die bedrohlichen Mächte von Sex und Geld herrschten. Wenn sie nicht bereits erfroren war, war sie vielleicht gefangen oder, schlimmer noch, ermordet worden.

»Wir haben uns die Farmen und Scheunen in der Umgebung vorgenommen, aber komplette Fehlanzeige«, sagte Irwin. »Niemand hat was gehört oder gesehen, außer dass es nicht allzu weit vom Bordell entfernt einen Unfall mit einem Pkw und einem quer stehenden Laster gegeben hat.«

Daly nickte. Die braven Bürger von South Armagh sprachen ungern über Bordelle und verschleppte Frauen. Sie mochten sich nicht vorstellen, dass es so was vor ihrer Haustür gab.

»Wir sollten uns den Unfall und die beteiligten Fahrer genauer ansehen«, sagte er.

»Dazu gibt's aber keinen Polizeibericht«, erwiderte Irwin.

»Vielleicht wollten die Fahrer das unter sich ausmachen und haben bloß Adressen und Versicherungsdaten getauscht«, pflichtete O'Neill bei.

»Auf der Straße fahren oft Laster, die noch die Morgenfähre in Newry erwischen wollen«, sagte Daly. Er bat O'Neill, bei den örtlichen Speditionen nachzufragen, ob ein Fahrer einen Unfall gemeldet hatte.

Danach wurde darüber diskutiert, welches Motiv der Mörder von Grgić gehabt haben könnte.

»Vielleicht irgendeine Drogenfehde oder ein Streit um eine Frau. Vielleicht hat der Zuhälter wen angepisst«, mutmaßte O'Neill.

»Er hatte bestimmt Feinde, aber mit welchem Motiv sollten sie ihn umbringen, noch dazu so?«, fragte Daly.

»Unsere einzigen Informationsquellen sind die Frauen aus dem Farmhaus und ihre Stecher«, sagte Irwin.

Brooke blätterte in den Notizen aus ihren Gesprächen mit den Frauen. Kaum Informationen zu Lena Novak. Keine Frau konnte sich Lenas Fußabdrücke neben dem Auto von Grgić erklären. Ihre Geschichten folgten alle demselben Muster, in jeder kam ein Mann namens Josip Mikolajek vor, und jede handelte davon, wie er sie überredet oder verführt hatte, ihre Dörfer oder Bauernhöfe in Kroatien und Albanien zu verlassen.

»Haben wir irgendwas über Mikolajek?«

»Es gab ein paar Anfragen zu einer möglichen Beteiligung an Kreditkartenbetrug und Passfälschung«, sagte Brooke. »Aber nichts, was auch nur annähernd für eine Festnahme gereicht hätte. Offiziell ist er Geschäftsführer einer Agentur, die Reinigungskräfte und Pflegepersonal vermittelt. Sie bringen Kroatinnen ins Land und lassen sie Häuser und Büros putzen und in Pflegeheimen arbeiten.«

»Ich will, dass Sie diesen Mann ausfindig machen und seine Geschäfte unter die Lupe nehmen«, sagte Daly zu den Detectives Brian Harland und Declan Robertson. »Klopfen Sie ihn und seine Unterlagen gründlich ab, und wenn's sein muss, schicken Sie dafür gleich eine seiner Putzkolonnen durch.«

Ihre Bemühungen, die Männer ausfindig zu machen, die an dem fraglichen Abend in dem Bordell gewesen waren, waren bisher ebenfalls erfolglos geblieben. Daly wies zwei weitere Officer an, sich darauf zu konzentrieren.

»Wir müssen diese Typen finden, vor allem die Stammgäste«, sagte Daly. »Stellen Sie eine Liste aller Anrufer zusammen, die die Nummer der Farm gewählt haben. Die halten jetzt garantiert erst mal den Ball flach, aber wir müssen sie aufstöbern. Und bringen Sie sie zum Reden. Drohen Sie denen ruhig auch mit einer offiziellen Vorladung, wenn's hilft.«

»Da werden wir vor einer Mauer des Schweigens stehen.«

»Dann reißen Sie sie eben ein.«

»Eine Frage haben wir bisher gar nicht gestellt«, sagte O'Neill. »Wie kommt es eigentlich, dass Lena Novak aus der Falle für Grgić entkommen konnte? Sie muss da gewesen sein, als der Brand ausbrach. Wie hat sie das Inferno überlebt?«

Die Polizisten sahen einander mit leeren Gesichtern an. Keiner hatte eine Idee. Sie beendeten das Meeting, und jeder machte sich an die Erledigung seiner Aufgaben.

In den folgenden Tagen wurde es immer kälter, und Daly stellte so viele Officer für die Suche nach der Vermissten ab, wie er entbehren konnte. War es nicht der eigentliche Punkt jeder Polizeiarbeit, sagte er zu seinem Vorgesetzten, als der seine Forderung nach mehr Einsatzkräften ablehnen wollte, Sicherheit zu schaffen, den Verängstigten und Verletzlichen Schutz zu bieten? Daly hoffte, dass sein Team irgendwann Erfolg hatte und sie mit Lena Novak Kontakt aufnehmen und sie in Sicherheit bringen konnten. Aber noch gab es zu viele lose Enden und fehlende Glieder in der Kette, noch lief ihre Suche ins Leere. Die Spur der vermissten Frau löste sich wie ein Geist in der Dunkelheit eines tiefen Flusses auf.

Es dauerte einen Monat, bis die ersten Hinweise zu ihrem Aufenthaltsort eintrafen.

5

Im Sommer gehörte der Pool den Kindern und ihren unzähligen aufblasbaren Spielsachen und Schwimmhilfen, aber nach dem langen kalten Winter wirkte das trübe Wasser wie geplündert. Nirgends quietschbuntes Plastik, nur ein Teppich schlaffer Blätter, die auf dem Wasser vom Wind hin und her getrieben wurden oder verrottend zu Boden sanken.

Jack Fowler hatte sich den Luxus eines seidenen Hausmantels und eines doppelten Gins gegönnt, als er zum letzten Mal um den Pool und durch den Garten ging. Mit tiefer Wehmut dachte er an glücklichere Tage und überblickte die Villa und das dem umgebenden Moorland abgetrotzte Grundstück – eine vom Wind geprägte Landschaft aus krummen Stechginster-, Schlehdorn- und Weißdornsträuchern, die hinter seinem wohlgestalteten Garten lauerten. Noch vor einer Woche hatte er sich auf derselben Runde um den weiß gefliesten Pool wie ein König gefühlt, der über ein Schlachtfeld voll niedergestreckter Feinde blickte.

Aus der Küche hörte er, wie seine Frau die vier Kinder schulfertig machte. Irgendwie musste er durch die übliche Morgenroutine kommen und die ersten Stunden dieses Tages überleben, ohne sich den fragenden Blicken seiner Kinder auszusetzen. Danach würde er es vielleicht schaffen, sich einen Plan für alles Weitere zurechtzulegen.

Er hob das Glas mit der zitternden Flüssigkeit an seine Lippen und nahm einen gierigen Schluck, doch nicht einmal die betäubende Wirkung des Alkohols dämpfte die Furcht vor der drohenden finanziellen und juristischen Katastrophe. Gestern erst hatte ihm ein Officer von der Abteilung für Betrug die Nachricht überbracht, die er am meisten gefürchtet hatte. Der Schock hätte ihn beinahe zusammenbrechen lassen.

Plötzlich riss er den Kopf hoch, blinzelte und hob einen Arm, um sich zu schützen. Ein kleiner Schwarm Krähen kreiste über seinem Kopf. Er wollte die rauschenden Schwingen wegschlagen, aber die Vögel stürzten sich mit einer solchen Verbissenheit auf ihn, dass er befürchtete, Gott habe zu guter Letzt seinen Zorn gegen ihn entfesselt. Jetzt wurde er für seine Gier und seine unselige Affäre mit dieser kroatischen Prostituierten bestraft. Reumütig dachte er an Lena Novak. Die unerreichbare Lena mit den geheimnisvollen Augen. Ihre Rettung aus einem Bordell vor einem Monat war die einzige selbstlose Tat, die er in seinem Leben zustande gebracht hatte, dachte er bitter. Kein Wunder, dass er ausgerechnet dadurch den Einsturz seines mühsam konstruierten Lebens verursacht hatte.

Seine Frau Greta war gerade fertig damit, die Kinder in ihre Schuluniformen zu stecken, als sie durch die Glasschiebetür blickte. Überrascht sah sie ihren Mann an einem so kalten Morgen am Pool stehen. Der Wind ließ seinen Hausmantel auf einer Seite flattern, auf der anderen Körperseite eng anliegen. Um seine nach vorne gebeugten Schultern schwirrten Krähen, und die Vögel kamen näher und entfernten sich, als hingen sie mit unsichtbaren Fäden an seinen Armen. Der Anblick beunruhigte sie, zumal er um diese Zeit schon geduscht und angekleidet sein sollte. Vorsichtig zog sie die Tür auf und wurde ein weiteres Mal überrascht: Er betete. Sie hatte geglaubt, dass er das schon lange aufgegeben hatte. Soweit sie wusste, hatte er seit ihrem Umzug in das neue Haus kein gottesfürchtiges Wort mehr gesprochen. Sein drängender, flehender Ton beunruhigte sie noch mehr. Sie hätte sich ins Haus zurückgezogen, wenn er sich nicht in diesem Moment umgedreht hätte. Er unterbrach sein Gebet und winkte sie zu sich.

»Was ist nur mit den verdammten Krähen los?«, klagte er, als sie zu ihm kam. »Schau dir das an, die hören überhaupt nicht auf. Sie haben schon die ganze Hecke leer gepickt, aber das reicht ihnen nicht. Warum sind die nur so aggressiv?«

Eine starke Böe von den Hügeln ließ die Vögel über dem Pool aufsteigen, dann drückte der Wind sie wieder in Richtung des Mannes. Das Krächzen schien Lücken in das unablässige Blasen zu schlagen. Greta klatschte in die Hände, und der Schwarm löste sich auf, die Vögel flogen in verschiedene Richtungen davon.

»Jetzt reicht's aber!«, sagte sie scharf. »Hör endlich auf mit den blöden Vögeln. Bist du verrückt geworden?«

Er drehte sich zu ihr, und für eine Sekunde sah sie die Verzweiflung in seinen Augen. Mit beiden Händen raufte er sich die kräftigen schwarzen Haare, als wollte er sie ausreißen. Seine Füße waren schon blau vor Kälte, der Gürtel des Hausmantels hing mit einem Ende im Pool. Sie hatte Angst, dass er jeden Moment selbst darin landete.

»Du kannst dich nicht so aufführen, das halt ich nicht aus«, sagte sie.

In diesem Moment enthüllte er ihr die Katastrophe, die über sie hereingebrochen war. Sie hatte sämtliche Bankkonten, Immobilien und Geldanlagen erfasst und griff mit verheerendem Tempo auf ihr gesamtes Leben über. Der Alkohol und die beruhigende Gegenwart seiner Frau lösten ihm die Zunge und entspannten seine Gesichtszüge. Er gestand ihr, dass ihn die Angst bankrottzugehen ausgehöhlt hatte. Es tue ihm unendlich leid und er wisse nicht, was er tun solle, um nicht verrückt zu werden. Wenn sie doch bloß in ihr früheres Leben und zu allem Vertrauten und Liebgewonnenen zurückkehren könnten.

»Die Polizei wird kommen und alles auf den Kopf stellen«, sagte er schließlich. »Und vielleicht nehmen sie mich gleich wegen Betrugs und Unterschlagung fest.«

Sie sah die Panik in seinem Blick und wollte ihn trösten, aber die Kinder warteten schon im Auto. Der Jüngste dürfte bald zu quengeln beginnen.

»Das überstehen wir«, sagte sie entschlossen. »Wir sollten uns eine Auszeit nehmen. Buchen wir uns übers Wochenende ein Hotel und lassen die Kinder bei meinem Bruder.«

Er ließ sich auf einen Liegestuhl sinken und goss sich einen weiteren Drink ein.

»Erinnere dich dran, dass wir anfangs kaum Geld hatten, und da ging's auch«, drängte sie. »Wir haben so viel zusammen durchgestanden. Alles können sie uns doch nicht nehmen.«

Er trank das Glas in einem Zug aus und stellte es neben dem Stuhl ab. »Wie geht's den Kindern?«

»Alles in Ordnung. Sie sind so mit ihren Schulaufgaben beschäftigt, dass sie kaum mitkriegen, was sonst los ist.«

»Auch Luke?«

Er war der Jüngste, der einzige Junge.

»Auch Luke.«

»Der Gedanke, dass er mich im Gefängnis besucht, ist unerträglich.«

»Hör endlich auf damit. Ich hab schon Briefe gelesen und Anrufe angenommen. Ich weiß jetzt schon viel zu viel.«

Sie ging, ohne sich noch mal umzudrehen, obwohl sie wusste, dass er das hoffte. Sie wusste aber auch, dass wenn sie sich umdrehte, sein Elend und seine Angst sie erfassen und in den Abwärtsstrudel hineinziehen würden. *Wo ist das ganze Geld nur hin,* fragte sie sich. Vor nicht allzu langer Zeit hatte ihr Mann zu den Reichsten im Land gehört, der einen Deal nach dem anderen abschloss und sich in den mächtigsten politischen Zirkeln bewegt hatte.

Greta hatte sich wieder gefasst, als sie die Kinder in der Schule abgeliefert hatte und zurück nach Hause kam. *Heutzutage haben doch alle Geldsorgen,* dachte sie. Sie waren nicht die einzige Familie, die wegen des Einbruchs der Immobilienpreise vor dem finanziellen Nichts standen.

Sie lief in den Garten, getrieben von ihrer Liebe für ihn, der auch seine Verfehlungen nichts anhaben konnten. Seine Untreue und ihre desolate Finanzlage änderten nichts an ihrer Verbundenheit mit ihm. »Wir schaffen das«, wollte sie zu ihm sagen. Doch als sie an den Pool kam, war es zu spät. Eine noch grausamere Tragödie war über sie hereingebrochen. Sie war zweiundvierzig Jahre alt, hatte vier Kinder auf die Welt gebracht, zwei Fehlgeburten erlitten und ihre Eltern sterben sehen, aber nichts davon hatte sie auf den Anblick ihres ertrunkenen Mannes im windgepeitschten Wasser des Pools vorbereitet.

6

»Diese Leute leben nicht am Arsch der Welt, sondern mittendrin im Arschloch«, schimpfte Irwin, als Daly vor das nagelneue Elektrotor fuhr. Er hatte nicht ganz unrecht. Die nächsten Nachbarn des Ertrunkenen waren Moor und Nichts. Jack Fowler war bereits mehrfacher Millionär gewesen, als er sich am Ende eines Torfstecherwegs eine dreistöckige Villa hatte bauen lassen. Sie stand auf einer Rodung in der Wildnis inmitten von hügeligem Moorland, das so unwirtlich aussah wie die aufgepeitschte See. Die schroffe Umgebung verdeutlichte nur die fragwürdige Solidität des mächtigen Hauses, in dessen großen, dreifach verglasten Fenstern sich das unstete Panorama der von Westen heranstürmenden schweren Wolken spiegelte. Nur eine schmale Hecke aus Kirschlorbeer trennte den satten Rasen vom kargen Torfmoor ringsum.

Ein Schild begrüßte sie auf Tara na Naomh, dem Hügel der Heiligen. Daly erkannte darin eine Anspielung auf den Messestein in einem Tal unweit von hier, in dessen Weltabgeschiedenheit sich während der Katholikenverfolgungen heimlich Pilger getroffen hatten. Als sie weiter auf Fowlers Haus zufuhren, stellte sich Daly die teuren Dinge darin vor – Möbel, Gemälde, Skulpturen und all die neuen Spielsachen für Erwachsene wie Kinder, die jetzt zwischen den Trümmern des Gefühlslebens einer Familie herumlagen, die gerade den Vater verloren hatte.

Daly fiel es schwer, seinen Widerwillen gegen einen so offen zur Schau gestellten Reichtum zu zügeln. Mit ihrer Gier nach Geld hatten Männer wie Fowler zu Beginn des einundzwanzigsten Jahrhunderts dem Ruf des Hügels als sakraler Ort geschadet. Vor dreihundert Jahren hatten verfolgte Katholiken in einem stillen Tal zwischen heiligen Dornbüschen heimlich Messen abgehalten – jetzt stellten ihre Nachfahren in diese Hügel Villen mit Swimmingpools, um die Ferien dann doch in Häusern irgendwo zwischen Portugal und Dubai zu verbringen.

Daly stellte den Wagen ab und stieg mit Irwin eine Gartentreppe zur Rückseite des Hauses hinauf, wo eine Gruppe von Sanitätern am Pool zusammenstand. Durch eine Glasschiebetür drang Opernmusik ins Freie, was die knatternden Böen und den stummen Flug mehrerer neugieriger Krähen surreal untermalte.

Sie sahen sich gründlich um. Der penibel angelegte Garten, die gepflasterte Terrasse mit gemauertem Grill, der Kinderspielplatz mit Schaukeln und Klettergerüst. Neben dem Pool stand ein Liegestuhl, auf den Fliesen daneben lagen ein Glas und eine halb gerauchte Zigarre. Ein zusammengerollter Sonnenschirm auf einem Tisch in der Nähe wirkte wie das letzte Überbleibsel eines Sommertraums. Eins aber fehlte der Szene, etwas, das mit schrecklicher Endgültigkeit aus der Idylle am Pool gerissen worden war.

Die beiden Detectives traten an den Poolrand und sahen die in einem ausgebreiteten Hausmantel im Wasser treibende Leiche. Niemand sagte ein Wort. Sogar tot sah Jack Fowler aus wie ein Mann, der wusste, was er wollte. Er hatte sich den besten Hausmantel ausgesucht, die beste Zigarre angezündet, die beste Musik aufgelegt und genau die richtige Lautstärke eingestellt, damit sie durch die geöffnete Tür mit Blick auf den Pool und die Moorlandschaft strömen konnte. Das Einzige, was nicht ins Bild passte, war die böse Verletzung auf seiner Stirn, die einen Kranz aus Blut um die Haare gelegt hatte. *Diese Szene ist arrangiert wie in einem Theaterstück*, dachte Daly. Eines, das zu Ende war, kaum dass es begonnen hatte.

Er warf einen Blick über seine Schulter auf die kalte Hülle des Hauses, die Fenster mit Regenschlieren, dann sah er wieder zum Pool, aus dem die Sanitäter die Leiche zogen. Der nasse Hausmantel klebte an Fowler wie eine Zwangsjacke, Blätter fielen aus den wassertriefenden Ärmeln. Daly fragte sich, ob er auf einer Fliese ausgerutscht und deswegen ertrunken war. Warum sonst sahen das Glas und die Zigarre so aus, als wären sie nur kurz abgestellt und weggelegt worden? Dazu die Villa, eine Familie mit kleinen Kindern, ein von Überfluss gesegnetes Leben.

»Sieht so aus, als wär's das mit seinen Gartenpartys«, sagte Irwin.

Ein Arzt trat hinzu und begann die Leiche zu untersuchen. Sein Stethoskop zitterte über der perlmuttschimmernden Brust, dann setzte er es auf das Brustbein. Die nervöse Hektik verschwand aus den Arzthänden. Er nahm die Ohrbügel ab und betastete eine Halsseite. Der Tote ließ ihn gewähren. Der Arzt fasste Fowler am Kinn und leuchtete ihm mit einer Stabtaschenlampe erst in den Mund, dann in die reglosen Augen. Schließlich betrachtete er die Stirnwunde und schob vorsichtig Haut und Haare hoch. Zuletzt blickte er zu den versammelten Detectives und Sanitätern.

»Ich bin hier auf unsicherem Terrain«, sagte er.

»Was soll das heißen?«, fragte Irwin.

»Medizinisch gesehen. Ich bin Allgemeinmediziner, kein Rechtsmediziner, aber meiner Meinung nach hat der Verstorbene vor dem Ertrinken einen Schlag auf den Kopf erhalten. Darüber sollten jedoch Experten ein abschließendes Urteil fällen. Was ich aber mit Sicherheit sagen kann, ist, dass Mr. Fowler tot ist.«

In diesem Moment raschelte es in der Kirschlorbeerhecke, und ein Mann stolperte in den Garten. Er blieb stehen, schüttelte sein Erstaunen ab und hob unsicher die Hand zum Gruß.

Daly trat vor ihn. »Das hier ist ein Tatort, der aufgrund polizeilicher Ermittlungen gesperrt ist«, sagte er scharf. »Was machen Sie hier?«

Der Mann verzog keine Miene. Nicht das geringste Zucken oder Blinzeln, kein Zeichen von Anspannung.

»Ich bin sein Schwager«, sagte er und starrte auf die Leiche.

»Das mag sein, aber ich will Ihren Namen wissen und den Grund, warum Sie dort in der Hecke waren.«

Der Mann nickte. »Mein Name ist Frank Cassidy. Greta hat mich gebeten, herzukommen und nach ihrem Hund zu sehen. Er ist seit heute Morgen verschwunden.«

Daly hob eine Augenbraue.

»Erzählen Sie mir was über Ihren Schwager.«

»Er ist – war Geschäftsmann«, sagte Cassidy.

»Welche Art Geschäfte?«

Mit seinem Grinsen enthüllte Cassidy eine Zahnlücke. »Die Art, bei denen man Geld in Häuser steckt, als könnten die Preise dafür immer nur steigen.«

»Immobilienentwicklung?«

»Ja. Aber er hatte auch noch andere Dinge am Laufen. Er war Vorsitzender der Gortin Regeneration Partnership. Eine von vielen Gesellschaften zur Stadt- und Dorferneuerung, die vor allem von staatlichen Fördergeldern leben.« Er spuckte auf die Fliesen. »Weiß Gott, was für Leichen Sie noch ausgraben, wenn Sie Jacks Leben auseinandernehmen. Wissen Sie, dass er damals zur Crew der *Samra Africa* gehört hat?«

Daly wusste es nicht. Cassidy erklärte, dass die *Samra Africa* 1991 mit einer 10-Tonnen-Fracht an Sturmgewehren und Semtex von Malta in See gestochen war, um sie als Geschenk der libyschen Regierung unter Oberst Gaddafi der IRA zu bringen. Allerdings stoppte die spanische Küstenwache das Boot bei Gibraltar. Es war eine der größten Waffenbeschlagnahmungen in der Geschichte der Troubles.

»Die sechs Mann Besatzung, Jack eingerechnet, saßen jeder vier Jahre in einem Knast in Málaga«, sagte Cassidy. »Die spanischen Behörden hielten sie für so gefährlich, dass sie sie alle in einen Betonbunker in Einzelhaft steckten.«

Daly ließ den Blick über das Haus schweifen, so als fiele es ihm schwer, Fowlers Vergangenheit mit dem jetzigen Prunk in Einklang zu bringen.

»Wie gut wussten Sie über sein Privatleben Bescheid?«

»Gut genug, um zu wissen, dass er eine Affäre mit einer jungen Kroatin hatte.« Cassidy zog das Foto einer Frau aus der Jackentasche. »Greta hat das auf dem Liegestuhl neben dem Pool gefunden. Sie hat mich gebeten, es einzustecken. Es ist ein Foto seiner Geliebten.«

Daly nahm das Foto. Er meinte einen Hauch von Parfüm zu riechen. Aufmerksam betrachtete er es. Es war das Bild einer attraktiven jungen Frau in einem Herrenjackett, ausgestreckt auf einem Sofa. *Sie hat die Art Körper, der in allem gut aussieht,* dachte er. *Egal, was sie trägt, alles steht ihr perfekt.* Noch einmal betrachtete er das hübsche Gesicht. Trotz des Lächelns meinte er einen schmerzenden Verlust in ihrem Blick zu entdecken, so als wäre sie erst kürzlich vor einem Krieg oder einem Massaker geflohen und gezwungen worden, es sich auf einem Sofa bequem zu machen und in das viel zu große Jackett zu schlüpfen, das so kameratauglich an ihr runterhing.

»Meine Schwester hat mich am Wochenende angerufen«, sagte Cassidy. »Sie wollte, dass ich sie zu einem Priester bringe, um sich beraten zu lassen. Sie hatte gerade rausgefunden, was Jack getan hatte.«

»Wäre ein guter Anwalt da keine bessere Wahl gewesen?«

»Meine Schwester wollte ihre Ehe retten, nicht beenden. Außerdem hätte es Jack nicht so einfach hingenommen, wenn man sein Privatleben vor Gericht gezerrt hätte.«

»Wie meinen Sie das?«

»Für die Justiz in diesem Land hatte er nicht allzu viel übrig. Und es musste alles immer nach seinem Kopf gehen.«

Daly nickte. Seine Neugier auf Fowlers Privatleben war geweckt, aber noch war es zu früh, um in der Vergangenheit des Toten herumzustochern. Es galt, Leitlinien zu befolgen, das vorgeschriebene Prozedere musste durchlaufen werden, ehe sie weitergehende Ermittlungen anstellen konnten.

»Das wär's im Augenblick, Mr. Cassidy«, sagte er und steckte das Foto der Geliebten in seine Brieftasche. »Bitte kümmern Sie sich in der Zwischenzeit um Ihre Schwester. Wir würden gern am Nachmittag mit ihr sprechen.«

»Wieso das denn? Ist ihr Leben etwa auch in Gefahr?«

»Lassen Sie sie nur nicht allein mit ihren Schlaftabletten.«

»Danke für den Tipp.«

»Wir möchten nur sicherstellen, dass sie uns ein paar Fragen beantworten kann.«

»Ich bitte Sie. Sie glauben doch nicht, dass sie das war?«

»Eine betrogene Ehefrau ist so ziemlich die größte Gefahr für den ertappten Ehemann.«

Cassidy fuhr herum und starrte Irwin an, der sich als Detective der Special Branch vorstellte.

»Warum interessiert sich die Special Branch für Jacks Tod?«, fragte Cassidy misstrauisch.

»Vor ein paar Tagen hat ihn die Fraud Squad zu einer Befragung wegen seiner Finanzgeschäfte einbestellt«, erklärte Irwin. »Leider ist er zum vereinbarten Zeitpunkt nicht erschienen. Daher war er, technisch gesehen, auf der Flucht, als er heute früh hier in seinem seidenen Hausmantel rauskam. Und deswegen haben wir ein gewisses Interesse zu erfahren, wie er gestorben ist.«

»Dann hat er also nicht nur seine Frau betrogen«, sagte Cassidy kopfschüttelnd.

»Genau das wollen wir rausfinden«, erwiderte Irwin.

Der Wind flaute zu einem Wimmern ab, das an einen kläglich jaulenden Hund erinnerte. Cassidy erinnerte sich an den Auftrag seiner Schwester und machte sich eilig davon. Ein eisiger Regenschauer jagte Daly und Irwin von dem trostlosen Pool unters Terrassendach.

»Für mich ergibt es keinen Sinn, dass jemand Fowler ermordet haben soll«, sagte Irwin. »Er erfährt, dass die Polizei seine Finanzen unter die Lupe nimmt, und seine Frau kriegt seine Affäre spitz. Dann geht er an einem eiskalten Morgen nur im Hausmantel raus zum Pool und lässt dort ein Foto von seiner Geliebten liegen. Sieht für mich nach Selbstmord aus, nicht nach Mord.«

Daly erwiderte nichts. Selbstverständlich deutete vieles auf Selbstmord hin – der Ort und die Umstände –, und das Foto war auch ein Hinweis darauf, dass Fowlers Tod das dramatische Ende hochemotionaler Vorkommnisse war.

»Wir müssen rausfinden, ob es noch mehr Anhaltspunkte für einen Selbstmord gibt«, sagte Daly. »Einen Abschiedsbrief, Anzeichen für eine Depression, frühere Selbstmordversuche, aber im Moment sehen wir uns noch in alle Richtungen um.«

»Wenn er ermordet wurde, warum dann das Foto am Pool?«

Daly dachte über diese Frage nach. »Vielleicht wollte der Mörder publik machen, dass Fowler untreu war. Oder uns auf eine falsche Fährte locken.«

Sie liefen um das Haus und stiegen die Gartentreppe wieder hinunter zum Auto. Irwin warf einen Blick auf die düstere Landschaft. »Schade, dass wir keine Nachbarn befragen können.«

»Wir müssen uns auf die Obduktion und die Aussage der Ehefrau konzentrieren«, sagte Daly.

»Sie vergessen die Frau auf dem Foto. Einer Geliebten verrät ein Mann Dinge, die er seiner Frau nie erzählen würde.«

Ihnen kam ein Officer entgegen, der an der Durchsuchung von Fowlers Haus beteiligt war.

»Sieht so aus, als hätte Mr. Fowler eine romantische Flucht geplant«, sagte er und hielt einen großen Umschlag hoch.

Darin waren Fowlers Pass und zwei Tickets für einen Flug nach Málaga am Samstag in einer Woche. Eins der Tickets war auf Fowlers Namen ausgestellt, das andere auf eine gewisse Lena Novak.

Der Name hallte in Dalys Kopf nach. Er war überrascht. Dann begriff er. Die Prostituierte hatte ihren Retter und Prinzen gefunden. Nur leider hatte Jack Fowler es nicht geschafft, die vermisste Frau aus ihrer Not zu erretten. Stattdessen hatte er sie mit einem Fuß in einem Märchen, mit dem anderen mitten in einem möglichen Tatort zurückgelassen.

7

Obwohl Ostern in diesem Jahr auf einen frühen Zeitpunkt fiel, war der Himmel über dem andalusischen Bergdorf blau, und die Sonne schien warm. Ashe vergnügte sich auf dem Gelände mit dem Schrein für La Virgen de las Nieves. Er sah zu, wie sich die Prozession der Semana Santa den staubigen Pfad entlangschlängelte, barfüßige Träger hielten Gestelle mit Kreuzigungsszenen, und die Klagemusik wurde von schrillen Schreien schwarz gekleideter alter Frauen mit wettergegerbten Gesichtern unterbrochen.

Er lehnte sich an eine Heiligenstatue und schloss sich der betenden Menge an, deren Invokationen über die vom dunklen Laub der Orangen- und Zitronenbäume gesprenkelten Hügel hinauszogen. Das Spektakel glich eher einer Massentrauerfeier als einer der betrunkenen und lärmigen Fiestas, die in dem spanischen Dorf sonst üblich waren.

Ashe überragte die meisten vorwiegend alten und kränklichen Leute, die sich dem Zug angeschlossen hatten. Seine Muskeln, die sich bedrohlich unter dem Hemd abzeichneten, wirkten für den religiösen Eifer der Prozession denkbar unpassend. Außerdem war seine Gebetsstimme schneidend, geübt und hart. Sie stach aus dem theatralischen Geheul der Mitandächtigen heraus.

Ashe hatte sich angewöhnt, an dieser jährlichen Prozession teilzunehmen und sich selbst gegenüber rituell zu bestätigen, dass er der Gewalt abgeschworen hatte. Allerdings befiel ihn ab und zu die Furcht, dass er nur deswegen daran teilnahm, um eine tief sitzende Unruhe abzumildern, die der Gesamtheit der in seiner Jugend als IRA-Killer heraufbeschworenen Dämonen entsprang.

Nachdem die Prozession vorbeigezogen war, drehte sich eine ältere Engländerin mit lavendelfarbenem Hut um und lächelte ihn an.

»Guten Abend«, sagte sie und wedelte mit einem Palmzweig.

Ihr Gesicht war von einer porzellanenen Zerbrechlichkeit, die ihn kurz bezauberte.

»Oh, hallo. Gefällt's Ihnen?«

»Es ist wunderbar. Wirklich wunderbar.« Sie schien erfreut, dass ihr diese Frage gestellt wurde.

Ein Mann, den Ashe für ihren Ehemann hielt, trat zu ihnen.

»Worüber lächeln Sie?«, fragte Ashe an sie gewandt.

»Die Prozession«, antwortete sie. »Sie war überwältigend. In solchen Momenten muss man doch einfach glauben, dass die Welt ein wunderbarer Ort ist, finden Sie nicht? Dass wir Gott ganz nahe sind?«

Ashe warf einen Blick auf die sich auflösende Prozession. Einer der Träger mit Kapuze war stehen geblieben und hatte sich gegen eine Steinmauer gelehnt. Er trug Nike-Turnschuhe und hatte eine Bierdose und eine halb gerauchte Zigarette in der Hand.

»Dann sehen Sie vielleicht nur, was Sie sehen wollen«, sagte Ashe.

Die Frau schien ihm gar nicht zuzuhören. Ihr Blick hing an der Ausbuchtung seines Hemds unter dem rechten Arm, wo eine Pistole im Holster steckte. Sie runzelte die Brauen. Ihr Mann lotste sie mit einer zurückhaltenden Geste weg, und Ashe nahm sein Rosenkranzgebet wieder auf. Schon den ganzen Abend sagte er es mit müder Beharrlichkeit auf. Transzendentale Momente waren selten und mussten mit strenger Übung verdient werden. Das wusste er bereits. Er wusste auch, dass die Frau unrecht hatte. Trotz aller Bemühungen fühlte er sich Gott nicht näher. Und die Welt war kein wunderbarer Ort. Im Gegenteil, es gab unendlich viel Böses und Schreckliches, sodass die Vorstellung des Guten so fehl am Platz schien wie der trinkende Träger der Jungfrau in Joggingschuhen.

Er steckte seinen Rosenkranz in die Hosentasche und ging leicht hinkend hinunter ins Dorf, wo wie immer um diese Zeit die Düfte von Kaffee und Knoblauch durch die Straßen trieben. Er ließ sich Zeit und mied die Bars und Restaurants, die sich allmählich mit den aus der heiligen Wacht Entlassenen füllten. In einer *heladería* kaufte er sich ein Zitroneneis, dessen säuerlicher Geschmack erfrischend real und kühl war. Auf dem Weg zu seinem Hostel fiel ihm ein Mann auf, der sich plötzlich aus der Menge löste und um eine Ecke verschwand.

Statt direkt auf sein Zimmer zu gehen, setzte sich Ashe im Foyer des Hostels auf ein Sofa und verbarg den Kopf hinter einer Zeitung. Wie ein Foto im Entwicklerbad tauchten vor seinem inneren Auge einige Abschnitte seines Wegs zurück vom Schrein auf. Es verfestigte sich der Eindruck, dass er vorhin im Ort abgepasst worden war.

Als ein Kellner kam, bestellte Ashe einen Kaffee und trank ihn schnell aus. Das Gefühl wurde stärker, dass jemand da draußen war, gar nicht weit entfernt auf der Straße. Ihm wurde klar, dass er beschattet wurde. Mehrmals im Jahr übernachtete er in diesem Hostel, fast alles darin war ihm vertraut. Die Aufregung über dieses unerwartete Gefühl half ihm ein wenig, seine innere Leere zu füllen. Er vermutete, dass die Person, die ihn beobachtete, etwas mit seiner Vergangenheit zu tun hatte, aber er war unschlüssig über die Gefahr, die von ihr ausging. Wie sollte er sich verhalten? Sollte er so tun, als fürchtete er sich, und die Flucht ergreifen? Durchs Fenster sah er, wie sich zwei Katzen um Tapasverpackungen balgten. Er beugte sich vor und starrte auf die Eingangstür. Auch wenn der Abend in Gewalt enden sollte, hatte er wenigstens den Tag mit Gebeten und Kontemplation verbracht.

Er ging zum Eingang und blickte links und rechts die Straße

entlang. Er glich einem Tier auf der Suche nach einem Bau mit vielen Ausgängen. Er verließ das Dorf durch die Oliven- und Obsthaine am Rand. Dabei ließ die Anspannung sein Knie stärker schmerzen als üblich. Hunde, die sich im Schatten der Bäume zusammengerollt hatten, sprangen auf und bellten, als er vorbeiging. In den Gräben am Fuß des Hügels plätscherte das Wasser zwischen den Bäumen mit den reifenden Zitrusfrüchten.

Er stieg den terrassierten Abhang hinauf und blieb unter den Ästen eines blattlosen Mandelbaums stehen. In der Luft lag ein trockener würziger Duft. Außer dem Baum gab es keine Deckung. Bis zu dem ein paar hundert Meter höher gelegenen schneebedeckten Gipfel war die Landschaft eine felsgraue Wildnis. Er blickte auf das fruchtbare Land unter ihm und entdeckte eine ihm aus der Vergangenheit bekannte Gestalt, die durch einen Olivenhain stapfte. Mit zusammengekniffenen Augen versuchte er, mehr zu erkennen. Der Mann hatte raspelkurze Haare – oder war er kahl geworden? Aus dieser Entfernung ließ sich das nicht sagen. Leider hatte er Ashe schon entdeckt und winkte ihm zu. Jetzt war es für eine Flucht zu spät.

»Was wolltest du denn da oben?«, fragte der Mann, als Ashe den Hang wieder hinunterstieg.

»Ich wollte beten.« Ashe klopfte sich den Staub von den Händen. »Ich bin noch nicht fertig.«

»Kein Gebet der Welt kann die Vergangenheit ungeschehen machen.«

»Das ist zweifellos richtig«, sagte Ashe und hinkte zu ihm. »Wenn ich gewusst hätte, dass du mir folgst, hätte ich mich mehr bemüht, damit du mich nicht erwischst. Ich hätte das Dorf heimlich verlassen, und du hättest mich nie wieder gesehen.«

»Du bist immer deinen eigenen Weg gegangen«, erwiderte der Mann. Trotz Ashes Hinken musste er sich beeilen, um Schritt zu halten.

»Ich bin auf einer Reise.«

»Ist denn nicht das ganze Leben eine Reise? Man weiß nur nicht, ob es eine gute oder eine schlechte Reise ist.«

»Was willst du von mir? Warum bist du hergekommen?« Ashe starrte den Mann an. Dabei wich er auch jenem Detail nicht aus, dessen Anblick er bisher vermieden hatte, die hässliche Narbe, die sich über Wangen und Nase zog. Was er sah, ähnelte einem verpfuschten Gipsabdruck des Gesichts, das er vor vielen Jahren gekannt hatte.

»Ich wurde geschickt, um dir einen Job anzubieten. Wir haben zu Hause ein Problem. Eins, das den Parteibossen unter den Nägeln brennt.«

»Ich hab meine Pflicht getan. Und ich habe dafür bezahlt. Mehr als reichlich. Fünfzehn Jahre Gefängnis. Die besten Jahre meines Lebens.«

»Gilt das nicht für uns alle?«

»Aber ich gehöre nicht mehr zur Organisation, ich bin raus. Ich war seit zehn Jahren nicht mehr in Irland.«

»Findest du nicht, dass du mir ein bisschen mehr Zeit schuldig bist? Nach allem, was wir im Gefängnis durchgemacht haben?« Der Blick des Mannes umwölkte sich kurz, ein Zucken lief über das entstellte Gesicht.

In Ashe zogen Bilder von der Zelle auf, die sie geteilt hatten, gefolgt von noch düstereren Erinnerungen an die Zeit davor – das zerbombte Haus mit aufgerissener Fassade wie bei einem Puppenhaus, der verwüstete Inhalt auf der Straße verteilt, eine zerfetzte Leiche. Er fühlte, wie sein Leben aus dem prekären Gleichgewicht rutschte.

Der Mann bemerkte Ashes Reaktion. Sein Blick wurde weicher. »Hier im Dorf muss es doch ein gutes Lokal geben«, sagte er. »Diese Bergluft macht echt hungrig.«

»Am Dorfrand gibt's eine Taverna«, erwiderte Ashe. »Der Serrano und die *huevos rancheros* dort können es fast mit einem Ulster Fry aufnehmen.«

Ashe hoffte, dass der Mann, der ihn anlächelte, sich als besserer Gesprächspartner erweisen würde als die Dämonen in seinem Kopf.

Sie aßen in einem Restaurant mit kleinem gepflastertem Innenhof voller Geranientöpfe und duftendem Jasmin. In der Mitte stand ein Springbrunnen, darauf waren drei rostige Eisenkreuze montiert.

Ashes Begleiter sah sich um, als der Kellner ihnen ihr Bier brachte. »Sehr hübsch«, sagte er. »Katholische Schuldgefühle sahen noch nie so gut aus.«

Er grinste Ashe an. »Und, genießt du das Leben hier?«

»Könnte man sagen. Früher nicht, aber ich hab mich geändert.«

»Also ist das Leben besser als in Irland?«

»Ja, natürlich.«

»Jedenfalls in dem Irland, das du kennst.«

»Für mich gibt's kein anderes.«

»Du kannst dir nicht vorstellen, wie sich alles geändert hat, zum Besseren. Hast du je dran gedacht zurückzukehren?«

»Warum fragst du das? Ich bin zufrieden hier. Ich finde fast so etwas wie Frieden, mehr, als ich mir je erhofft habe. Das einzige Problem ist das Geld. Beziehungsweise kein Geld.«

»Das dürfte mit der Rezession noch schlimmer werden.«

»Geld ist überall knapp. Es heißt, dass Geldausgeben aus der Mode gekommen ist.«

Der Mann legte eine Brieftasche auf den Tisch. »Da drin ist Bargeld, eine Kreditkarte und andere persönliche Dokumente, alle ausgestellt auf den Namen Frank O'Neill.«

»Was soll ich damit?«

»Wenn du den Auftrag übernimmst, kann ich dich zu Frank O'Neill machen. Dann kriegst du auch einen Pass auf diesen

Namen. Ich lass dir in Nordirland ein Konto einrichten, mit dem du deine Ausgaben bestreiten kannst.«

Trotz der warnenden inneren Stimme fand Ashe das Angebot verlockend. Für jemand im Exil hatte der Gedanke, mit einer neuen Identität in die alte Heimat zurückzukehren, etwas aufregend Gefährliches. Für sein Land war er tot, aber jetzt sah er eine Chance, wie Lazarus von den Toten aufzuerstehen.

»Frank O'Neill«, sagte Ashe. »Kommt mir irgendwie bekannt vor.« Er nahm die Brieftasche und sah sich die Papiere und Karten an. »Das Einzige, was mir fehlt, ist ein Zettel mit dem Wort ›Haken‹ drauf.«

Sein Begleiter gestattete sich ein kleines Lächeln. »Das aufzuschreiben wäre zu gefährlich.«

Sie näherten sich dem zweiten Teil des Angebots. Sie senkten die Stimmen.

»Okay«, sagte Ashe. »Dieses Problem, das ihr habt. Was oder genauer wer ist das?«

»Einer parteieigenen Gesellschaft zur Stadtentwicklung wurde Geld entwendet. Steuergelder der britischen Regierung.«

»Wie viel?«

»Ungefähr drei Millionen aus dem Friedensfonds.« Der Mann sah Ashe ausdruckslos an.

»Lass mich raten. Für den sozialistischen Anspruch der Partei macht sich das nicht gut.«

»Diesen Anspruch haben wir schon vor längerer Zeit aufgegeben. Jetzt sind wir alle Kapitalisten, und wie alle guten Kapitalisten wurmt es uns, wenn Geld verschwindet.«

»Wer ist an dem Betrug beteiligt?«

»Die Gesellschaft wurde von einem alten Freund von dir geleitet. Jack Fowler.«

»An Jack erinnere ich mich gut.« Ashe wusste nicht, ob er sich bei der Erwähnung dieses Namens freuen oder traurig sein sollte.

»Dann weißt du ja, wie er ist. Jack hat mit allen Geschäfte gemacht – mit Politikern, Bankern, Immobilienheinis – und sie alle über den Tisch gezogen. Niemand hat nur im Entferntesten geahnt, was für Finanztricks er auf Lager hat. Einen Teil des Friedensfondsgeldes hat er auf Konten einer Beratungsfirma umgeleitet, die ihm gehörte. Diese Firma hatte ein weitreichendes Mandat, sie sollte sich darum kümmern, das heruntergekommene Dorf Gortin wiederzubeleben und Pläne dafür zu entwickeln. Aber im Wesentlichen ging's um Grundbesitz. Und wie es scheint, hat die Firma jedes verlassene und verfallene Gebäude und jeden Fetzen Land in der Gegend aufgekauft.«

Ashe dachte kurz nach. »Klingt nach Lizenz zum Gelddrucken.«

»Genau. Geld, das für das Aufmöbeln eines runtergekommenen Dorfs bestimmt ist, wird abgezweigt, um damit Land und Häuser zu kaufen. Wenn die Investitionsvorhaben bekannt werden und die Aussichten auf Jobs und kommunale Entwicklung steigen, steigt auch der Wert der Grundstücke. Dann lässt sich alles gut an Immobilienentwickler verschachern, die dort Neubauten hinklotzen, und die entwendeten Mittel fließen an die Gesellschaft zurück, abzüglich eines hübschen Profits natürlich.«

»Jack hat immer geschaut, dass er nicht zu kurz kommt.«

»Stimmt. Doch dann kam die Finanzkrise, und der Immobilienmarkt ist kollabiert. Auf einmal war die Spekulationsblase das, was sie immer war, hohl und leer. Die Grundstückspreise sind in den Keller gerasselt, und die Firma konnte weder das Land noch die Gebäude verkaufen. Und das hat Jacks Betrügereien auffliegen lassen.«

Ashe sah sein Gegenüber an. Er bemerkte den teilnahmslosen Blick, den schiefen, eingefroren wirkenden Mund und die vernarbte Haut auf Wange und Nase, die ihm den Anschein verliehen, als kommunizierte er durch eine starre Maske. Vor langer Zeit waren sie zusammen in Long Kesh inhaftiert gewesen, während des Hungerstreiks, aber Ashe hatte den Verdacht, dass die Welt zu seinem Zellengenossen in den Jahren danach härter gewesen war als im Maze Prison. Sein Begleiter sah aus wie ein Mann, der gezwungen worden war, seine Kameraden zu fressen, um selbst zu überleben.

»Was hat Jack zu alldem zu sagen?«

»Nicht viel.« Die Runzeln auf der Stirn des Mannes wurden tiefer. »Jack ist tot. Er ist vor zwei Tagen im Swimmingpool in seinem Garten ertrunken. Abschiedsbrief gab's keinen. Nur ein Foto der Geliebten, die er sich kürzlich zugelegt hatte.«

»Mehr haben wir nicht?«

»Es könnte reichen. Die Geliebte ist eine Kroatin namens Lena Novak. Vor seinem Tod hat er ihr eine neue Wohnung eingerichtet, sie mit Kreditkarten eingedeckt und sogar zur Direktorin eines Beteiligungsunternehmens gemacht. Er hat die letzten Vermögensreste der Gesellschaft zusammengekratzt und sie auf ein Auslandskonto übertragen, das auf ihren Namen läuft. Wir haben die Unterlagen in ihrem Liebesnest gefunden.«

Wieder musterte Ashe seinen Begleiter. Er hielt eine Flasche Bier in der Hand, aber bisher hatte er sie nur einmal zu Beginn ihres Gesprächs kurz an seine Lippen gehoben. Etwas an seinem Verhalten war merkwürdig. Ashe hatte den Eindruck, dass die Worte, die er wählte, zurechtgelegt und sorgfältig einstudiert waren. Er versuchte, sich auf das Schweigen nach den Antworten zu konzentrieren. Jeder Satz des Mannes schien etwas zu abrupt zu enden, so als hielte ihn sein Gedankenfluss davon ab, einem gefährlichen Abgrund zu nahe zu kommen.

»Die Häuptlinge in der Partei sind mehr als beunruhigt. Vor allem der neue Boss Owen Higgins. Ihn greift das richtig an. Verdammt noch mal, wir sollen doch die Partei des Volks sein.«

»Wir waren mal ein Haufen idealistischer Terroristen«, sagte Ashe. »Und jetzt schau, was aus uns geworden ist. Immobiliendeals, Spesenkonten, Geliebte, Autos mit Chauffeur. Wie konnten wir nur so gewöhnlich werden?«

»Ehrgeiz ist nichts Verkehrtes.«

»Aber Gier.«

»Hör zu. Im Endeffekt geht's darum, das verschwundene Geld zu finden, und dazu müssen wir mit dieser Kroatin in Kontakt kommen. Wir haben schon alle Parteiaktivisten landauf, landab aufgefordert, nach ihr Ausschau zu halten. Ganz diskret natürlich.«

»Okay, halt dich fest. Wie wär's mit dem Szenario: Diese Lena Novak hat sich das Geld geschnappt und ist getürmt. Inzwischen ist sie überhaupt nicht mehr in Europa.«

»Das scheint nicht der Fall. Laut unseren Kenntnissen wurde das Geld nicht angerührt. Wir glauben, dass Lena Novak mit ein paar Landsleuten irgendwo in South Armagh untergetaucht ist. Wir befürchten, dass sie das Geld jederzeit abziehen könnte. Die Zeit läuft ab.«

»Für dich oder die Frau?«

»Den Parteibossen ist es sehr wichtig, dass das Geld möglichst schnell zurück an die Gesellschaft geht.«

»Wenn sie so sauer sind, warum überlassen sie es dann nicht der Polizei, die Sache aufzuklären?«

»Wir wollen die britische Regierung nicht misstrauisch machen, was die Verwendung solcher Mittel angeht. Außerdem wird die Cops das Verschwinden von Lena Novak nicht besonders interessieren, solange sie nicht denken, dass sie ein Verbrechen begangen hat. Und im Augenblick sieht das nicht so aus.«

»Wär ich ein misstrauischer Typ, dann würde ich vermuten, dass die Partei versucht, der Frau das Verschwinden des Geldes anzuhängen, damit sie selbst fein raus ist. Oder vielleicht will jemand selbst einen Teil davon einstecken.«

»Die Lage ist viel zu ernst, da geht's nicht nur um den persönlichen Vorteil oder den Ruf. Der Friedensprozess ist ohnehin in

Gefahr. Wenn der Partei auch das noch auf die Füße fällt, könnte alles scheitern.«

Ashe betrachtete das Foto. Er verspürte eine gefährliche Anziehung, die von der geheimnisvollen Lena Novak ausging. Er nahm die Brieftasche mit den Dokumenten und steckte sie in die Innentasche seiner Jacke.

»Ich kenne eine vorübergehende Lösung für die politische Krise«, sagte er.

»Und die wäre?«

»Guinness. Angeln an einem kühlen Fluss in Donegal. Frischer Lachs zum Abendessen. Und mehr Guinness.«

Der Mann grinste. Die narbige Haut auf seinem Gesicht dehnte sich wie ein zerrissenes Kleidungsstück, das die darunter sichtbare Besorgnis kaum verhüllen konnte.

»Klingt gut. Ich bin froh, dass du zurückkommst. Nach Donegal fahren wir, wenn das Problem aus der Welt ist.« Er bemühte sich, Ashes Blick standzuhalten. »Wenn wir besoffen sind, können wir in Owen Higgins' Ferienhaus anrufen und bitten, uns ein Plätzchen zum Schlafen zu reservieren.«

»Dafür würde er uns bis in die Hölle und zurück verfluchen«, sagte Ashe, und beide lachten.

8

Greta Fowlers Gesicht bestand fast nur aus Schminke und Trauer, eine Maske aus verlaufenen Tränen und bitterem Schmerz, die verrutschte, als sie heiser auflachte. Sie saß auf einer blassgrünen Couch in dem riesigen Wohnzimmer ihrer Villa. Ihre nackten Knie stießen fast an den Designercouchtisch.

Daly hatte sie um eine Liste aller Personen gebeten, die einen Grund haben konnten, ihrem Ehemann zu schaden.

»Wie viele Haare hat ein Hund?«, hatte sie abschätzig erwidert.

»Hat er in letzter Zeit Drohungen erhalten?«

Sie nickte, ohne lange nachzudenken.

»Am Abend vor seinem Tod war ich in der Küche und hab für die Kinder Abendessen gemacht.« Sie holte tief Luft. »Er hatte seine Jacke am Stuhl hängen lassen. In der Brusttasche brummte es. Sein Handy, auf Vibration gestellt. Ich bin rangegangen.«

Sie griff nach ihren Zigaretten, zündete sich eine an, inhalierte, stieß den Rauch aus. Für einen dürren Moment trat Wasser in ihre Augen. Dann setzte die Wirkung des Nikotins ein, gefräßig wie Gift, und ihr Gesicht und ihr Mund wurden hart. Die Worte sprudelten aus ihr heraus.

»Ich musste gar nichts sagen, der Anrufer hat sofort losgelegt. ›Du bist ein Schwein‹, hat er gesagt. ›Hörst du mich, Fowler? Ein dreckiges Schwein. Für das, was du getan hast, wirst du bezahlen.‹ Dann hat er aufgelegt.«

»Versuchen Sie, die Stimme zu beschreiben«, bat Daly.

»Sie war gedämpft. Tief. Mit einem ausländischen Akzent. Aber ich weiß nicht, was für einem.«

»Irgendeine Idee, wer das gewesen sein könnte?«

Sie zog an ihrer Zigarette. »Jemand aus seiner Vergangenheit?«

»Aber wer?«

»Ich kann überhaupt nichts denken.«

»Das sollten Sie zumindest versuchen, Mrs. Fowler. Sich klarmachen, was im Leben Ihres Mannes geschehen ist.«

Ein eisiges Funkeln trat in ihre Augen. Als wüsste sie, wovon er sprach. Dann kam der Rauch, und ihre schweren Lider verschlossen das kalte Licht in ihrem Blick.

»Für Jack waren Geschäftsgeheimnisse wirklich geheim. Er hielt seine Deals wohl auch für zu kompliziert, als dass sein Frauchen sie kapieren könnte.« Mit einem bitteren Lächeln wandte sie sich ab. »Eigentlich hat er fast alles geheim gehalten, das konnte er gut. Das hat er während der Troubles gelernt. Sein Leben in strikt getrennte Bereiche einzuteilen.«

»Ihr Mann war früher in einer terroristischen Vereinigung aktiv«, sagte Daly. »Was hat er da gemacht?«

»Dasselbe wie alle anderen«, antwortete sie. »Er hat Befehle ausgeführt.«

»Manchen wurde Entsetzliches befohlen.«

»Jack hat nie einen Hehl aus seiner Vergangenheit gemacht. Nicht wie die Typen, die jetzt im Land das Sagen haben.«

»Hatte er Leichen im Keller?«

»Er hat nie jemand umgebracht, wenn Sie das meinen. Er hat sich eher um die geschäftliche Seite gekümmert. Geld besorgen, Waffen organisieren, so was.«

»Ohne Männer wie Ihren Mann hätte es keine Bomben gegeben. Keine Toten.« Dalys Ton war unwillkürlich schärfer geworden.

Sie blickte angriffslustig zurück. Ihre spöttische Miene sollte bedeuten, dass er keine Ahnung hatte.

»Mrs. Fowler, ich muss mir ein Bild davon machen, was für ein Mensch Ihr Mann war und mit welcher Art von Leuten er zu tun hatte.«

Sie zuckte mit den Schultern. »Da bin ich mir selbst nicht sicher. Ich habe ihn nie ganz durchschaut. Selbst an jenem Morgen, als er am Pool stand, hat er mich überrascht.«

»Womit?«

»Er hat gebetet. Wirklich gebetet. Als ob's um sein Leben ginge.«

Wie gut kennen wir unsere Nächsten und Liebsten wirklich, dachte Daly. Er zog das Foto von Lena Novak heraus.

»Wir müssen mit dieser Frau sprechen«, sagte er. »Wissen Sie mehr über sie?«

»Bitte, verschonen Sie mich mit der.«

Daly verstand und unterließ weiteres Bohren. Sein Instinkt sagte ihm, dass es mehr schaden als nutzen würde, wenn er sie schon zu Beginn der Ermittlung gegen sich aufbringen würde.

»Jack hatte seine Fehler, aber er hat mir immer alles gestanden«, sagte sie. »Ich hab ihm geholfen, mit seinen Dämonen fertigzuwerden. Diese Frau wollte ihn sich krallen, aber er hat sich von ihr befreit.« Der Schmerz verlieh ihren harten Gesichtszügen etwas beinahe Zartes, Verletzliches. »Wir waren über zehn Jahre verheiratet, aber Jack wollte sich immer frei fühlen. Tief in seinem Innern fühlte er sich vermutlich immer noch wie einundzwanzig. Mehr kann ich jetzt dazu nicht sagen.«

Danach kehrte Daly in sein Büro zurück und setzte sich mit dem diensthabenden Inspector der nächstgelegenen Garda-Station in Monaghan in Verbindung. Es war gut möglich, dass Lena Novak nach dem gewaltsamen Tod ihres Liebhabers über die Grenze geflohen war, um sich der nordirischen Polizei zu entziehen.

Er kannte den Namen des Inspectors nicht, aber er klang freundlich. Daly stellte sich vor. Als er Fowlers Geliebte beschrieb, ertappte er sich dabei, wie er ihr Foto anstarrte, ihre schlanke Gestalt auf dem Sofa in Fowlers zu großem Jackett, die weichen Züge des hübschen, aber gelangweilten Gesichts, die halb geschlossenen

Lider, unter denen aus dunklen Pupillen Rachegelüste oder Angst hervorglimmen mochten. Was unterschied sie von den anderen Frauen, denen Fowler in Laufe seines hochtourigen Lebens begegnet war? Daly vermeinte einen verführerischen Fatalismus zu entdecken, eine Mischung aus Distanziertheit und verletzlicher Einsamkeit in ihrer Miene, die Fowlers Fantasie angeregt haben könnte. Ganz platt ließ sich Lena Novak mit einem Wort zusammenfassen. *Risiko.*

Daly war froh, Polizist zu sein und kein Hasardeur wie Fowler. Er sah die Gefahren, die derartige Abenteuer bargen, klarer und schärfer. Genauso froh war er, dass er nicht auf dem Immobilienmarkt investiert oder das verwohnte Cottage seines Vaters verkauft hatte, als selbst baufällige Schuppen sechsstellige Summen einbrachten. Die Chance, reich zu werden, hatte er verpasst. Arme Menschen konnten es sich nicht leisten, Risiken einzugehen, was sie zu schlechteren Liebhabern, aber besseren Bürgern machte.

Als Daly Lena beschrieb, hörte der Polizist am anderen Ende der Leitung aufmerksam zu. »Sie klingt hübsch«, sagte er.

»Stimmt. Wir glauben, dass sie aus Kroatien eingeschleust wurde.«

»Eine Prostituierte?«

»Sie wurde gezwungen, in einem Bordell zu arbeiten.«

»Ich setze sie auf die Vermisstenliste, aber machen Sie sich nicht allzu viel Hoffnung. So eine Frau kann problemlos untertauchen. Die braucht nur kurz den Daumen rausstrecken, dann nimmt sie schon einer mit. Wie ist ihr Englisch?«

»Weiß ich nicht, ich hab nicht mit ihr gesprochen.«

»Was hat sie angestellt?«

»Nichts. Noch nichts. Aber wir glauben, dass ihr Liebhaber ermordet wurde.«

»Lena ist in Kroatien ein häufiger Name. Genau wie Novak. Das ist wie Murphy oder Kelly bei uns.«

»Wollen Sie damit andeuten, dass es ein falscher Name ist?«

»Ich sage nur, dass es ein häufiger Name ist.«

Daly beendete das Gespräch. Er hatte keine Möglichkeit zu prüfen, ob Lenas Name echt war. Ihre ganze Identität war so flüchtig wie ein Geist. Die einzigen Beweise für ihre Existenz waren das Foto vor ihm und ein paar Fußspuren im Schnee, der inzwischen geschmolzen war. Das glich den ersten Hinweisen bei einer Schnitzeljagd. Er betrachtete erneut das Foto, die entspannte schlanke Gestalt, einen Körper, der nicht einmal ganz der ihre war. In Gedanken sah er plötzlich, wie sie ihre halb geschlossenen Lider aufschlug, sich vorbeugte und fragte: *Soll ich das Jackett ausziehen?*

Beunruhigt, als hätte er eine Tür aufgestoßen, die sich nicht mehr schließen ließ, legte er das Foto beiseite. Die Schwärze ihrer Augen hatte gedroht, ihn in einen tiefen Fluss zu ziehen, der durch die Nacht rauschte.

9

Lenas erste Empfindung nach dem Aufwachen war Wut. Wut auf die Männer im Allgemeinen, vor allem aber auf ihren Liebhaber, den Geschäftsmann, der ihr versprochen hatte, sie vor ihrem brutalen Zuhälter zu retten, ihr aber bloß noch gefährlichere Feinde beschert hatte. Dann fiel ihr ein, dass es keinen Liebhaber mehr gab. Genauso wenig wie ein Zuhause oder einen Platz, den sie als sichere Zuflucht betrachten konnte.

Sie schob einen Arm unter der Bettdecke hervor und sah auf die Armbanduhr. 7:15. Sie musste nachdenken. Das zweite Gefühl nach der Wut war bei jedem Aufwachen in den vergangenen sechs Monaten überwältigendes Heimweh gewesen. Als sie jetzt den Kristallleuchter an der Decke anstarrte, der im frühen Licht des Tages glitzerte, war es nicht anders. Obwohl der Leuchter zum Greifen nah war, war er aus einer anderen Welt. Er gehörte zu der unerreichbaren Welt von Hypotheken, gut bezahlter Arbeit und einem normalen, geregelten Alltag.

Sie hatte einen ganzen Ring mit Schlüsseln in der Handtasche und konnte sich jede Nacht eins von einem Dutzend Häusern zum Schlafen aussuchen. Alle rochen nach frischer Wandfarbe und Parkettversiegelung und waren mit sämtlichen Annehmlichkeiten ausgestattet, die man sich wünschen konnte. Was ihnen jedoch fehlte, waren die Geborgenheit und Wärme eines Zuhause. Das Haus mit dem Kristallleuchter war nicht ihr Zuhause. Das lag irgendwo in der Tiefe ihrer Vergangenheit.

Die Schlüssel gehörten ihrem toten Liebhaber Jack Fowler. Sie waren alles, was von seinem Immobilienimperium übrig war. Die Türen und alles andere, aus dem diese Häuser bestanden, gehörten den Banken. Sie besaß zwar die Schlüssel, aber in finanzieller Hinsicht waren sie für sie wertlos.

Noch ein paar Tage, dann bin ich für immer weg von hier, sagte sie sich. Sie musste nur nach Dublin fahren, sich einen falschen Pass besorgen, warten, bis sie an Jacks Geld kam, und den ersten Flug nach Hause buchen. Klar, bis dahin hatte sie noch einige Hürden zu überwinden, und ihre Lage hatte sich dramatisch verschlechtert. Jetzt war sie eine Gejagte, gesucht nicht nur von ihrem Peiniger und Zuhälter, sondern auch von der Polizei und allen, denen Fowler Geld schuldete.

Sorgfältig machte sie das Bett und schüttelte die Kissen auf, damit von ihrer Anwesenheit keine Spur zurückblieb. Und um 7:25 schlüpfte sie zur Hintertür von Nummer 84 hinaus. Wie ein schuldbewusster Partygast lief sie über den gestutzten Rasen, vorbei an geschnittenen Büschen und einem For-Sale-Schild. Auf der Straße war außer ihr kein Mensch. In einer langen Reihe identischer Häuser stand jedes seinem Abbild gegenüber, davor in jedem Garten ein müde aussehendes Verkaufsschild. Sie war zu einer Unsichtbaren geworden, die sich in einer Siedlung leer stehender Häuser, einer Geistersiedlung versteckte.

An der Hauptstraße fand sie ein Taxi. Sie stieg ein und nannte dem Fahrer eine Adresse. Nicht zum ersten Mal ließ sie sich zu Fowlers Villa bringen, aber jetzt war es wohl das letzte Mal. Nach den vorherigen heimlichen Besuchen war sie sich albern vorgekommen, war aber auch aufgeregt gewesen, weil sie sich wieder den Traum eines gemeinsamen Lebens mit ihrem Liebhaber gestattet hatte. In ihrem Kopf lief immer derselbe Film ab – sie als Cinderella und er als Prinz. Sie hatte gehofft, eines Tages, gleich nach dem Happy End, einfach Teil seines Lebens zu werden.

Doch mit diesem Besuch wollte sie sich versichern, dass das Märchen zu Ende war. Sie betrachtete die von Bäumen gesäumte Auffahrt, den weitläufigen Garten und die Front des Hauses mit der zweiflügeligen Tür, von der sie schon geahnt hatte, dass sie sich trotz Fowlers Versprechen nie für sie öffnen würde. Alles war wie erwartet. Dennoch wollte sie sich versichern. Sie zählte zwei Streifenwagen, einen Transporter, den sie der Spurensicherung zuordnete, und vier Privatautos. Sie wusste, dass der Pool auf der Rückseite lag. Sie bat den Taxifahrer, den Motor abzustellen und zu warten. Sie wollte sich von der Villa verabschieden, in der ihr Liebhaber mit seiner Familie gelebt, die Kinder abends zu Bett gebracht und ein oder zwei Glas Wein getrunken hatte, ehe er zu seiner treuen Frau ins Bett gestiegen war, während ihn seine Libido insgeheim ganz woandershin drängte.

Sie ließ das Fenster einen Spaltbreit runter, lehnte sich zurück und rutschte tiefer in den Sitz. Der Wind trug den Duft der ersten wilden Frühlingsblüten von der Hecke herüber. Emsig liefen Männer und Frauen in weißen Schutzanzügen und mit Taschen und verschiedenen Geräten auf dem Anwesen herum. Alles war still. Aber es lag keine herkömmliche Stille auf Haus und Grundstück. Diese Stille war anders. Sie ging tiefer. Egal, wie professionell die Spurensicherer waren, sie bezweifelte, dass sie die Tiefe dieser Stille würden ausloten können.

Im ersten Stock wurde ein Fenster geöffnet, so als wäre das Haus plötzlich erwacht und zwinkerte ihr zu. Ein Mädchen sah heraus. Sie schien direkt auf das Taxi zu blicken. Lena rutschte noch tiefer in den Sitz und bat den Fahrer zu fahren.

Von Jacks Tod hatte sie zufällig erfahren. Er hatte nicht angerufen und nicht auf ihre Anrufe reagiert, und dann sah sie sein Bild auf dem Titel einer Zeitung im Supermarkt. Sie verstand nicht alles, was dort stand, aber doch so viel, dass er in seinem Swimmingpool ertrunken war, vielleicht ein Selbstmord, vielleicht aber auch Fremdverschulden.

Schockiert hatte sie sich eine Flasche Wodka gekauft und war wieder hinausgegangen. Auf der Straße rasten Autos vorbei. Sie zitterte. Als sie hinter sich schnelle Schritte hörte, bekam sie Angst vor einem Verfolger und wirbelte herum, aber da war nur eine Gruppe kichernder Schulmädchen. Ihr Kleid flatterte im Luftzug eines vorbeifahrenden Lastwagens. Sie war wieder allein. Sie widerstand dem Wunsch, bei Jack zu Hause anzurufen und alle Fragen zu stellen, die ihr durch den Kopf gingen. Ihre größte Angst war, dass Mikolajek Jack gefunden und aus Rache ermordet hatte. Aber sie konnte sich kaum nach seinem Tod erkundigen, ohne Aufmerksamkeit zu erregen. Und das war das Allerletzte, was sie wollte.

Jemand tippte ihr auf die Schulter, und Lena fuhr herum.

»Gehört der Ihnen?« Eins der Schulmädchen hielt ihren Geldbeutel in der Hand.

»Oh, ja. Danke.« Der Geldbeutel war geöffnet, Jacks Foto war zu sehen.

»Ist was nicht in Ordnung?« Das Mädchen wartete unschlüssig.

»Nicht ich. Er. Ja.«

Verblüffung und Sorge spiegelten sich auf dem Gesicht des Mädchens. »Soll Sie jemand nach Hause begleiten?«

»Ich weiß gar nicht, wo zu Hause ist.«

»Äh, wie bitte?«

Lena rang sich ein Lächeln ab. »Ich hab kein Zuhause.«

»Wie können Sie kein Zuhause haben?«

Lena drehte sich um und lief weg. *Immerhin hat Jack es nach Hause geschafft,* dachte sie mit plötzlicher Bitterkeit. Selbst im Augenblick seines Todes, als er ins Wasser fiel, hätte er den Kopf drehen und mit seinem letzten Blick das Haus sehen können, das er für seine Frau und seine Kinder gebaut hatte.

Sie ging zurück in die Wohnung, die er für sie gemietet hatte, und packte das Nötigste. Über dem Spülbecken schnitt sie sich die Haare. Bald war es voll dicker schwarzer Strähnen. Sie versuchte gar nicht, sich einen ordentlichen Schnitt zu geben. Die Haare sollten nur möglichst kurz sein. Ihre Haare fielen wie ein Vorhang vor das Leben der alten Lena und all ihre in Luft aufgelösten Zukunftsträume.

Nachdem das Taxi die Villa hinter sich gelassen hatte, bat sie den Fahrer, beim Geldautomaten im Dorf zu halten. Doch der bestand nur aus einem Haufen Schutt, umgeben von Polizeiabsperrband, daneben ein verlassener gelber Bagger. Der Fahrer sagte, dass eine Bande in grenznahen Orten Geldautomaten aus der Wand riss. »Da muss wer seine PIN-Nummer vergessen haben«, scherzte er.

Weil sie sich möglichst viel Bargeld beschaffen wollte, bat sie den Fahrer, sie zu einer Tankstelle an der Straße nach Süden zu bringen. Sie erinnerte sich an einen dicken jungen Mann mit schläfrigem Blick, der dort an der Kasse stand. Jedes Mal wenn sie reingekommen war, um Zigaretten zu kaufen, hatte er sich die Jeans hochgezogen, die Haare zurückgestrichen und jede ihrer Bewegungen zwischen den Regalen verfolgt.

Auch diesmal heftete er den Blick schon beim Eintreten auf sie. Sie war nicht nervös und sagte sich, ihr jetziges Leben sei nicht das ihre. Sie zwang sich, seinen lüsternen Blick zu erwidern, und bemerkte ein kleines panisches Zucken in seinen Zügen, als sie sich ihm näherte. Sie legte die Kreditkarte mit dem Namen Jack Fowler auf den Tresen, und er sah flüchtig und mit verwirrtem Blick darauf.

Ohne eine Miene zu verziehen, verlangte sie einhundert Schachteln Zigaretten. Kingsize.

Er kratzte sich am Nacken und blickte kurz zum Büro. Dann sah er wieder auf die Karte, zuckte mit den Schultern und nahm den Kartenleser. Nachdem das Gerät die PIN akzeptiert hatte, packte er die Schachteln in mehrere Tüten. Sie war froh, dass die

Karte noch funktionierte. Sobald er mit dem Einpacken fertig war, sah er sie mit einem Stirnrunzeln an. Er schien ihr die Tüten nur ungern zu geben.

»Gibt's ein Problem?«, fragte sie.

Er versuchte ein Grinsen. »Rauchen ist ungesund, das wissen Sie, oder?«

Sie entspannte sich. »Irgendein Laster braucht man aber.«

Er seufzte. »Hm, stimmt auch wieder.«

Anschließend ging sie mit den Zigaretten zu einem Haus im Ort. Eine Frau mit angespannter Miene öffnete.

»Lena!«, rief sie überrascht. »Du kannst doch nicht einfach herkommen.«

»Ich will ja nicht bleiben.«

»Wenn du dich umbringen willst, dann bitte vor einer anderen Tür.«

»Es ist was Geschäftliches, Martha«, erwiderte sie. »Ich brauche Geld.«

Sie hielt ihr die Tüten mit den Zigaretten hin. Die Frau sah hinein und nickte.

»Du hast eine Bombe gezündet«, warnte die Frau. »Sieht nicht gut aus für dich, aber ich kauf dir die Zigaretten ab. Mehr kann ich nicht für dich tun.«

Hinterher ging Lena zum Busbahnhof. Zum ersten Mal seit Tagen fühlte sie sich gut. Unangreifbar. Herrin über ihr Schicksal. In einer leeren Zigarettenschachtel steckten über fünfhundert Euro in Scheinen.

Um sechs Uhr ging ein Bus nach Dublin. Sie kaufte sich ein Ticket und stieg ein. Sie glaubte, dass es in der Stadt nicht so bedrückend wäre wie in diesem Grenzland. In wenigen Stunden würde sie aussteigen, im Straßenlärm Dublins untertauchen und die lähmenden Ängste für immer hinter sich lassen.

Doch als der Bus den Bahnhof verließ, wurde sie unruhig. Sie betrachtete ihr Spiegelbild in der Scheibe, der geschorene Kopf hing wie das Nachbild eines unbeendeten Traums über der Landschaft. Langsam rollte der Bus dahin. Was sie belastete, waren nicht die Erinnerungen, sondern der Gedanke an das, was sie nicht zu Ende gebracht hatte. Sie begriff, dass sie noch nicht bereit war wegzugehen. Sie wusste zu viel über die Männer, die zu ihr gekommen waren. In Gedanken ging sie ihre Geschichten durch, ihre Ängste und Sorgen, das elende kleine Kreuz, das sie zu tragen hatten. Ihr Widerwille wurde immer stärker. Dieses Land hatte sie zur Beute gemacht, und ihr missfiel, dass sie in gewisser Weise auch sein Opfer war. Ihr Blick verschwamm. Ihre Fluchtfantasien erstarben, und ein noch düsterer, verzweifelterer Plan setzte sich in ihr fest. Bevor sie von hier wegging, musste sie etwas erledigen.

Sie nahm ihre Tasche, ging zum Fahrer und sagte, ihr sei schlecht. Er hielt in der nächsten Ausweichbucht und öffnete die Tür.

Noch ehe der Bus stillstand, sprang sie hinaus. *Das Leben ist ein Fallschirmsprung,* dachte sie. *Man muss nur die Nerven behalten.*

10

Auf dem Weg zum Haus seiner Ex-Frau hielt Daly an einem Blumenladen und kaufte zwei Dutzend frisch geschnittene Osterglocken. Er hoffte, dass sie Anna an jenen Frühling erinnerten, als sie sich kennengelernt hatten. Da hatten die Blumen in üppiger Fülle an den Ufern des River Lagan geblüht.

Ein junger Mann mit leeren blauen Augen und einem gut einstudierten Lächeln öffnete die Tür.

»Hallo«, sagte Daly. »Ich bin Annas Ex-Mann.«

»Oh. Ja. Sie erwartet Sie.«

»Brian, oder?«

»Nein, Tom.«

»Was ist mit Brian passiert? Immer ist ein anderer da.«

»Annas Bedürfnisse sind ziemlich komplex.« In der Stimme schwang ein leiser Vorwurf mit.

»Darüber weiß ich ganz gut Bescheid«, entgegnete Daly kühl.

»Sie ist im Wohnzimmer.«

Anna war gerade massiert worden. Sie lag mitten im Zimmer auf einer Liege. Es duftete nach Lavendelöl. Sie schlief. Daly stellte die Blumen in eine Vase und sah sich verstohlen um. Die Wände waren frisch geweißelt, die Jalousien an den Fenstern verschwunden, genau wie die meisten Möbel. Er fragte sich, warum sie in so einer Leere leben wollte. Auch die Aufteilung der Zimmer war verändert worden. Im Erdgeschoss hatte sie ein Bad einrichten lassen, und in der Küche war die Höhe der Arbeitsplatte gesenkt worden. Anna hatte ihr Leben komplett umgekrempelt. Er warf einen Blick in das Zimmer, das früher seines gewesen war. Hier hatte er sich nach der Arbeit zurückgezogen und aufs Sofa gelegt und Musik gehört. Sie hatte es in ein Wasch- und Bügelzimmer umgewandelt. Das gemütliche Haus, in dem sie zehn Ehejahre gemeinsam gelebt hatten und das viele glückliche Erinnerungen beherbergte, gab es nicht mehr.

Er ging auch in die anderen Zimmer und suchte mit scharfem Blick alles ab, so als würde er nach einem Indiz oder einem fehlenden Haushaltsgegenstand fahnden. Überall drängten sich ihm Erinnerungen auf. Gerade als er in den Speicher gehen und die ersten Kartons holen wollte, hörte er, dass sie sich rührte. Bis er die Treppe hinuntergestiegen war, hatte Tom den Rollstuhl hereingeschoben und sie so positioniert, dass er sie hochheben konnte. Er legte sich ihren Arm um den Hals und drehte sie an den Rand der Liege. Daly wollte helfen, aber im Vergleich zu Toms professionellen Handgriffen stellte er sich linkisch an. Als er sie mit den Händen am Rücken berührte, schob sie ihn weg.

»Tom ist mein Pfleger, nicht du. Ich komme auch ohne deine Hilfe zurecht.«

»Selbstverständlich«, gab er zurück. Er sah, dass sie sich die Haare ganz kurz hatte schneiden lassen. Oben standen sie stachelig ab. Auch ihr Kleidungsstil war anders, eher casual, der Schnitt enger, die Dreiviertelärmel der Bluse ließen die muskulösen Unterarme erkennen. Als sie seinen Blick bemerkte, strich sie sich über die Haare. Er vermutete, dass das neue Aussehen zu ihrem Wunsch nach einem Neuanfang gehörte, so als wollte sie mit einem neuen Look auch die schmerzhafte Vergangenheit hinter sich lassen.

Sie fuhr selbstständig in die Küche und fing an, das Geschirr aus dem Geschirrspüler zu holen und zu verräumen. Sie bewegte sich in ihrem Rollstuhl mit einer so entschlossenen Vitalität, als wollte sie demonstrieren, wie gut sie zurechtkam. Sie hatte sich eingeredet, dass sie bis auf die Unterstützung durch Pflegekräfte unabhängig war und alles im Griff hatte. Und er hatte dasselbe getan. Sie hatten sich geradezu einen Wettstreit geliefert, sich darüber hinwegzutäuschen, dass der Autounfall alles verändert hatte. Doch selbstverständlich hatte er das getan. Als sie erfahren hatte, dass sie nie wieder würde gehen können, hatte sie um sich eine Mauer errichtet, die zu überwinden sie allein den Pflegern gestattete. Er hatte geglaubt, dass die Behinderung sie verletzlicher machen würde, aber in Wirklichkeit hatte sie der Verlust härter gemacht. Sechs Monate nach der Entlassung aus dem Krankenhaus hatte sie ihrer schwierigen Ehe den Todesstoß versetzt.

»Es ist besser für uns, wenn wir uns trennen«, hatte sie ihm beschieden. »Ich kann nicht aufhören, dir die Schuld an dem Unfall zu geben.«

»Das tue ich selbst auch.«

Er hatte versucht, ihre Ehe zu retten, indem er ihr alles Mögliche versprach und vorschlug, sich auf eine Halbtagsstelle zu bewerben. Aber sie lehnte alles ab. Er fürchtete, dass der Unfall ihre Persönlichkeit verändert oder vielleicht sogar eine Art emotionale Abkapselung verursacht haben könnte. Ihre Ehe mochte nicht perfekt gewesen sein, eine Katastrophe war sie aber nicht.

»Wenn wir zusammen sind, muss ich immer daran denken, wie es war, als ich gehen konnte, aber das ist meine Vergangenheit, nicht meine Zukunft«, sagte sie. »Jedes Mal wenn du mich berührst, fühle ich mich fremd in meinem eigenen Körper.«

Die Trennung verursachte ihm körperliche Schmerzen, aber im Innern war er dafür dankbar. Auch wenn es paradox klang: Je mehr Zeit er mit ihr verbrachte, desto schuldiger fühlte er sich.

Nachdem der Pfleger gegangen war, stieg Daly wieder hinauf in den Speicher und trug die Kartons nach unten. Aus einem zog er einen silbernen Anstecker in Blattform heraus, den er als Belobigung zu Beginn seiner Polizeilaufbahn erhalten hatte. Er war immer noch makellos, anders als die meisten Dinge aus dieser Phase seines Lebens. Unten gab er ihn ihr.

»Was ist das?«

»Ein Geschenk.« Er fühlte sich wie ein Mann auf einem sinkenden Schiff, der das letzte Stück seiner wertvollen Fracht aufgab.

Zögernd nahm sie den Anstecker und legte ihn auf die Arbeitsplatte.

»Danke, dass du die Sachen abholst. Das Haus fühlt sich jetzt schon leichter an.«

Er starrte auf seine Füße, auch wenn er sich sagte, dass er kein schlechtes Gewissen haben musste.

»Brauchst du irgendwas? Soll ich was einkaufen? Irgendwas im Haus erledigen?«

»Ich hab alles im Griff.« Sie holte ein Tablett aus dem Kühlschrank. Darauf waren zwei frisch eingeschenkte Gläser Champagner. Sie reichte ihm eins und nippte an dem anderen. Er trank seines in einem Zug aus.

»Das war's also?«, fragte er tonlos. »Das ist der Schluss?«

»Nein«, erwiderte sie. »Schluss machen sollte man nur einmal. Ich wollte nur den Moment feiern, mehr nicht.«

»Soll ich gehen?«

»Ja.«

11

Schwerer Winternebel lag auf der Autobahn, als Daly über das Lenkrad gebeugt nach Hause fuhr. Die Kisten stapelten sich bis unter das Dach und versperrten ihm den Blick nach hinten. Das machte ihn nervös. Polizisten in Nordirland gehorchten dem ungeschriebenen Gesetz, bei Fahrten im Grenzland immer auch die Straße hinter ihnen im Auge zu behalten. Jetzt fürchtete er aber keine terroristischen Abweichler, vielmehr saßen ihm die Gespenster der Vergangenheit im Nacken.

Eine halbe Stunde von seinem Cottage entfernt verließ er die Autobahn und begab sich in das Wirrwarr der Nebenstraßen, die die Grenze querten. Diese kurvigen, zum Teil winzigen Sträßchen waren ihm fast so vertraut wie seine intimsten Gedanken. Weißdorn und Schlehdorn stachen aus dem Nebel heraus, und ihre in die Straße ragenden dornigen Zweige tasteten und kratzten nach dem Auto, mit dem er aus der Stadt und vor seiner Vergangenheit floh.

Ein dunkles Tal verschluckte die Straße. Er schien auf die Unterwelt zuzusteuern, als könnte er dort den Gefühlen von Schuld und Verlust entkommen, die ihm die Lebenslust raubten. Bald spritzten Kiesel und bröckliger Straßenbelag unter den Reifen. Er stoppte und schaltete die Scheinwerfer an. Wie eine unscharfe Reflexion auf dem Wasser tauchten die Umrisse eines verfallenen Farmhauses im Nebel auf. Sofort schaltete er die Scheinwerfer wieder aus. Während er hinter dem Bordell stand und wartete, beschlug sein Atem die Windschutzscheibe. Er war wiedergekommen, weil er seine Erinnerung an diesen düsteren Ort auffrischen und mehr über die festgehaltenen Frauen herausfinden wollte.

Woher kamen sie? Und warum hatten sie nicht fliehen können, obwohl sie wussten, dass ihr Zuhälter tot war? Die Fesseln der Grausamkeit waren manchmal ebenso schwer zu lösen wie die der Liebe.

Er stieg aus und vertrat sich die Beine. Das Haus und die Schuppen waren nur graue Schemen im Nebel. Die stille Luft wirkte wie gefroren. Am Ende des Gartens fiel ihm ein Haufen Baumstämme auf, die von Brombeerranken durchzogen auf dem Boden lagen. Einige Äste ragten aus dem Nebel heraus, glatt und schlank wie Glieder von verschlungenen Frauenkörpern, die sich sachte im Schlaf bewegten. Dann bemerkte er einen Geruch, einen schwachen Duft, der aus dem dunklen Farmhaus herüberwehen musste. Daly erkannte ihn sofort. Es war der des Fotos. Ein Geruch nach Rosen und Seife, eine Ahnung von Weiblichkeit und Sex. Er blieb stehen und starrte auf das Haus. Als er aus dem Auto gestiegen war, war ihm der Duft nicht aufgefallen. Vorsichtig trat er vom Kiesweg auf das Gras. In wenigen Sekunden war er durch den Garten auf die Rückseite des Hauses geschlichen. Er spähte durch die Fenster, doch es schien, als würden die eingeschlagenen Scheiben von einer Lage Schwärze ersetzt. Die Hintertür stand einen Spaltbreit offen. Er schlüpfte hinein und wappnete sich gegen eine Hand, die in der Dunkelheit nach ihm griff. Er spitzte die Ohren, dann hörte er einen leisen Schritt auf knirschendem Glas.

Etwas strich raschelnd an seinem Kopf vorbei. Dalys Herz tat einen Satz, und er duckte sich instinktiv weg. Ein dunkler Vogel, vielleicht eine Krähe, stieß ein verärgertes Krächzen aus und flatterte in den Nebel davon.

Als er aufblickte, sah er das blasse Gesicht von Lena Novak über sich.

»Wussten Sie denn nicht«, fragte sie, »dass Vögel nicht gern eingesperrt sind? Sie fliegen lieber davon, dahin wo sie wollen.«

Für einen Augenblick dachte Daly, dass auch sie verschwinden würde, doch sie blieb stehen und sah zu, wie er sich wieder aufrichtete.

»Ich bin Inspector Celcius Daly«, sagte er. »Ich bin von der Polizei.«

»Willkommen im Paradise Club, Inspector Daly«, antwortete sie und machte einen Schritt zurück, um mit der Dunkelheit des Hauses zu verschmelzen.

12

Lenas Stimme schwebte durch das dunkle Haus. »Passen Sie auf, dass Sie nicht hinfallen, Inspector. Hier herrscht das reinste Chaos.«

Daly schaltete seine Taschenlampe an und folgte ihr in die vollgestellten Räume. Kurz streifte sie der Lichtstrahl. Sie trug eine knappe Pelzjacke, Jeans und schwarze Stiefel. Ihre Haare waren grob gestutzt worden. Obwohl sie für Sorgenfalten zu jung und ihr Gesicht zu glatt war, war sie erkennbar angespannt. Aus ihrem Blick sprachen Misstrauen und Argwohn. Die dunklen Augen hatten schon vieles gesehen, und nicht alles davon war schön gewesen.

»Ich untersuche den Tod von Sergej Grgić«, sagte Daly.

»Freut mich zu hören, dass er tot ist«, antwortete sie. »Er war ein Scheißkerl.«

»Ich hab vermutet, dass Sie die Nachricht nicht besonders betrüben würde.«

»Solche Typen sollte man möglichst schnell vergessen.«

»Das kann ich nicht, Miss Novak. Es geht dabei auch um Recht und Gesetz.«

Sie setzte sich auf die Kante eines Sofas. Daly legte die Taschenlampe so auf den Sofatisch, dass sie die Wand gegenüber anstrahlte. Ein Schwarm Schatten huschte über eine Reihe von Wandhaken und Hausmänteln. Lena sah Daly an. Ihr Blick war herausfordernd und kalt zugleich.

»Ich hab auch schon irische Polizisten kennengelernt. Die sind nicht anders als die in meiner Heimat.«

»Die Menschen sind überall gleich.«

»Meiner Erfahrung nach tun sie auch überall dasselbe.«

»Was denn?«

»Über wen reden wir jetzt?«

»Irische Polizisten.«

Sie schnitt ein verächtliches Gesicht. »Was alle Männer tun, die an einen Ort wie diesen kommen. Sie sind verrückt. Verrückt nach Sex.«

Das Thema hatte sie angeschnitten. Er wollte nichts von erzwungenem Sex hören.

»Sie waren mit Sergej im Auto. Was ist an dem Abend passiert?«

»Darüber will ich nicht reden.« Sie legte die Arme um sich, so als wäre ihr kalt. »Nehmen Sie mich jetzt fest?«

Statt nach einer Frage klang es wie eine Herausforderung.

»Ich will Ihnen helfen.«

»Das hab ich schon öfter gehört.« Sie griff nach unten, zog die Stiefel aus, knetete durch die Strümpfe ihre Füße und bog die Zehen auf dem Teppich vor und zurück.

»Frostbeulen«, sagte sie. »Die kriegt man, wenn man barfuß durch den Schnee rennt.«

»Warum sind Sie zurückgekommen?«

»Ich wollte noch ein paar Sachen von mir holen.« Sie hielt eine kleine Puppe in die Höhe. »Die ist von meiner Großmutter. Die soll ich immer bei mir haben, sagte sie.«

»Ein Glücksbringer.«

»Wenn ich mich gut um sie kümmere, ja.«

»Und wie kümmern Sie sich um sich selbst?«

»Das tue ich, so gut ich kann.«

Daly meinte zu verstehen, warum sie zurückgekommen war. Die Puppe war eine Art Talisman. Eine Erinnerung an glücklichere Zeiten, die sie in ihrer trübseligen Lage aufmunterte. Ihr Leben war in Gefahr, und sie konnte jeden Trost brauchen, den ihr die Vergangenheit bot.

»Wenn ich mich so still verhalte wie sie, dann passiert mir nichts«, sagte Lena.

»Ich verspreche Ihnen, dass Sie keine Angst haben müssen. Es ist alles für Sie vorbereitet.«

»Was denn vorbereitet?«

»Ein sicherer Ort. Eine von Frauen geleitete geheime Einrichtung. Wir wollen nicht, dass Ihnen etwas zustößt, solange wir nicht wissen, wer Grgić getötet hat und was mit Jack Fowler passiert ist. Sie können dort bleiben, bis die Ermittlung abgeschlossen ist.«

»Klingt gemütlich. Und was passiert danach?«

»Wenn Sie kein Verbrechen begangen haben, kriegen Sie nach einem Besuch bei der Einwanderungsbehörde einen Flug nach Hause spendiert. Zurück in die Heimat.«

Er sah, wie sie die Schutzschilde herunterfuhr. In ihrem Gesicht spiegelten sich mehrere widerstreitende Gefühle. Er sah Heimweh und Vorfreude, Angst und Erleichterung und etwas, das Tränen sein konnten. Ihre Schönheit ließ sie auch verletzlicher erscheinen. Daly hatte das Gefühl, als sollte er dazu verführt werden, ihr einen Gefallen zu tun.

»Und was, wenn ich ein Verbrechen begangen habe? Was würde dann passieren?«

»Ich bin Polizist. Ich müsste Sie festnehmen.«

»Ich habe keinen Pass und kein Visum. Also bin ich illegal eingereist. Warum nehmen Sie mich nicht gleich fest?«

»Dafür ist eine andere Behörde zuständig. Ich bin Detective. Ich will wissen, was am Abend von Grgić' Tod passiert ist.«

Sie gab keine Antwort.

»Vielleicht war es Notwehr«, schlug Daly vor. »Hat er Sie bedroht? War Ihr Leben in Gefahr?«

Sie erhob sich und ging in Richtung Tür, so als wollte sie fliehen. Daly rührte sich nicht.

»Ich möchte Sie was fragen«, sagte sie an der Türschwelle. »Hatten Sie je Angst um Ihr Leben? Nicht nur einmal, für einen Augenblick, sondern so gut wie jeden Tag? Wegen jemand, der einem so beiläufig mit Gewalt droht, wie andere übers Wetter reden?« Sie hielt inne und sah ihm in die Augen. »Ich glaube nicht. Schauen Sie sich hier nur mal um. Dieses Haus ist nicht Teil des Landes oder des Lebens, das Sie kennen. Es gehört zu einer anderen Welt. Hier sind Sie der Fremde, nicht ich. Ich will Ihnen bei Ihrer Ermittlung helfen.«

Sie sah erschöpft aus. Unter ihren Augen waren dunkle Ringe. Die Schatten des Hauses lasteten auf ihr.

»Was war mit Jack Fowler?«

Sie zuckte mit den Schultern. »Er hat mich aus dieser Hölle gerettet.«

»Er wurde bei sich zu Hause ertrunken aufgefunden.«

»Darüber weiß ich nichts.«

»Sie müssen doch eine Ahnung haben, warum er gestorben ist. Ihr Foto wurde am Tatort gefunden.«

»Jack hat gesagt, dass er seine Frau verlassen will. Er wollte, dass ich mit ihm weggehe, aber das konnte ich nicht.«

»Wo wollten Sie beide denn hin?«

»Zuerst nach Málaga. Dann nach Kroatien. Wohin danach, weiß ich nicht. Aber ich konnte nicht sofort weg. Ich musste noch ein paar Dinge besorgen.«

»Was für Dinge?«

»Einen Pass. Und ein paar Andenken.«

»Andenken?«

»Ja. Geschenke für meine jüngere Schwester und meinen kleinen Bruder zu Hause. Sie sollten denken, dass ich in Irland glücklich und erfolgreich war.«

Daly fühlte sich vom kalten Funkeln ihrer Augen angezogen. Ihr Schmerz war Respekt einflößend, gefährlich wie eine Waffe, die er nie entschärfen könnte. Er spürte, dass er an einer Schwelle stand, vor einer Grenze, nach der es kein Zurück gab. Männer wie Fowler hatten sie überschritten. Wanderer, die ein Feuer angelockt hatte, das sie nie wärmen würde.

»Der arme Jack«, sagte sie. »Er hat sich was vorgemacht. Ich habe ihn nie auf diese Art geliebt. Nicht so, dass ich mit ihm weglaufen wollte.«

»Ihre Geschichte klingt interessant.«

»Wie meinen Sie das? Dass Sie gern in meiner Haut stecken würden?«

»Das ganz sicher nicht.«

Sie setzte sich neben ihn auf das Sofa. Unbehaglich rutschte er zur Seite. Ihn beschlich die Sorge, dass er dieses Gespräch nicht nur führte, um sie besser zu verstehen, sondern damit auch eine Art Komplize wurde. Es ging ihm viel zu nah. Sie drehte sich etwas weg, und ihre Pelzjacke verrutschte und legte dort, wo ihre schwarzen Haare achtlos abgeschnitten worden waren, einen langen schlanken Hals frei. Er wurde nicht schlau aus ihr, einmal war sie misstrauisch und vorsichtig, dann vertrauensvoll und nahbar. Er betrachtete ihren blassen Hals. Annas neuer Haarschnitt fiel ihm ein, und für einen Moment verlor er sich in Gedanken. Das Gesicht seiner Ex-Frau tauchte vor ihm auf, so voller Traurigkeit, dass er sie in den Arm nehmen und trösten wollte.

Lena drehte sich zu ihm und zuckte zusammen, so als hätte sie etwas an seinem Blick erschreckt. Um sie zu beruhigen, legte er ihr eine Hand auf die Schulter, doch sofort spannten sich alle Sehnen in ihrem Hals an. Sie sprang auf und zog die Jacke eng um sich. Er wollte etwas sagen, sprach sie aber aus Versehen mit Anna an und fluchte. Sie stürzte aus dem Haus.

»Lena!«, rief er und rannte ihr nach. Seine Stimme drang durch die kalte Nacht, aber sie war verschwunden, ihre laufende Gestalt vom Nebel verschluckt. Noch einmal rief er ihren Namen, diesmal in rauem Befehlston. Aus dem Wald hörte er ein kurzes Kreischen. Er rannte in den Nebel, bis Zweige und Äste verschwommen an seinem Gesicht vorbeiwischten. In einem Dickicht fand er die Puppe an einer Brombeerranke hängend, eine Miniaturversion von Lena, das Puppengewand von Dornen zerrissen.

Wieder rief er ihren Namen, nun nicht mehr so aggressiv. Er fragte sich, ob sie sich in der Nähe versteckte. Der Nebel lichtete sich etwas und schwebte zwischen den Bäumen davon. Nach kurzem Zögern ging er tiefer in den Wald, stolperte aber bald über Unebenheiten, Löcher und herabgestürzte Äste. Nirgends eine Spur von ihr. Genau wie der Nebel hatte sie sich in Luft aufgelöst.

Die Feuchte des Unterholzes drang allmählich durch seine Kleidung, und er fröstelte. *Der Wald bietet keinen Schutz gegen die nächtliche Kälte,* dachte er und fürchtete, dass sie ohne Hilfe vielleicht sogar an Unterkühlung sterben könnte.

»Ich will Sie nur in Sicherheit bringen!«, rief er, die Hände an den Mund gelegt. Dann bildete er sich ein, Rascheln und Schritte zu hören. Doch im nächsten Moment verlor sich das Geräusch in den Tiefen der Nacht.

Er ging zum Auto zurück. In ihm glomm ein Fünkchen Hoffnung, dass sie dort auf ihn warten würde, um mit ihm in die Wärme der Polizeistation zu fahren, sich ihm gegenüberzusetzen und zu sprechen, wenigstens mit ihren geheimnisvollen blauen Augen.

Doch am Auto war sie nicht. Missmutig schlug er die Tür zu. Bei ihrem Gespräch hatte er zu viel Zeit darauf verwendet, ihr Vertrauen zu gewinnen. Er hätte die Sache abkürzen und Informationen einfordern sollen. Angefangen mit den Namen der Leute, die sie und die anderen Frauen verschleppt hatten, bis zu den Schritten, die Jack Fowler in den Tagen vor seinem Tod unternommen hatte.

Er fuhr langsam über die Landstraße zurück, mit zunehmend schwindender Erwartung, sie im Scheinwerferlicht zu entdecken. Er beschloss, seinen Kollegen nichts von der Begegnung zu erzählen. Er konnte auch kaum davon berichten, ohne dass sie seine Fähigkeiten als Detective in Zweifel ziehen würden. Wie vielen Verdächtigen in einem Mordfall gelang schon die Flucht, wenn sie einen Polizisten vorher geradezu aufgefordert hatten, sie festzunehmen?

13

Daly saß mit Irwin in einem Verhörraum. Wenig von dem, was die Frau sagte, ergab auf Anhieb einen Sinn. Während er versuchte, ihrem Geplapper zu folgen, beugte er sich vor, goss sich aus einem Krug Wasser ein und trank einen Schluck. Es schmeckte nach Spülmittelresten. Es fiel ihm schwer, die Aussage der Frau mit den Ereignissen von vergangener Nacht in Einklang zu bringen, mit seinem Gespräch mit Lena in dem düsteren Farmhaus, der plötzlichen Flucht und dem Verschwinden im Wald, dem Schrei und der Puppe, die an einer Brombeerranke hängen geblieben war.

»Ein bisschen langsamer, bitte«, sagte er. »Geben Sie uns wenigstens die Chance mitzukommen.«

»Ich bin auf der Mullybracken Road gefahren«, begann die Frau erneut.

»Um wie viel Uhr?«

»Ungefähr um acht. Ich hätt sie beinah überfahren. Sie kam aus dem Wald gerannt und lief mir vors Auto. Ich hab das Fenster runtergelassen, aber ich hab nicht verstanden, was sie gesagt hat. Eine Ausländerin. Ich wollt sie beruhigen und überreden, ins Auto zu steigen, aber sie hatte zu viel Angst. Ihre Bluse war zerrissen. Es sah aus, als hätte wer versucht, sie runterzureißen. Sie hatte auch Kratzer am Arm. Dann hat ein Mann ihren Namen gerufen. Ich glaub, Lena.«

Daly wand sich innerlich. Er schluckte und holte tief Luft.

»Sind Sie bei dem Namen ganz sicher?«

»Ich hab's genau verstanden. Der Mann war kein Ausländer. Die Frau schien richtig viel Angst zu haben.«

»Was ist dann passiert?«

»Sie ist weggerannt.«

»Und was haben Sie gemacht?«

»Ich hab kurz gewartet und gehofft, dass sie wiederkommt. Dann hab ich selber Angst gekriegt. Ich dachte, der, der sie verfolgt, könnte auch auf mich losgehen, wenn er mich sieht.«

Als Irwin ihr ein Foto von Lena Novak zeigte, nickte sie. »Das ist sie. Nur dass sie die Haare viel kürzer hatte.«

Die Detectives verließen den Verhörraum.

»Scheint wirklich Lena Novak gewesen zu sein«, sagte Irwin. Er sah Daly an. »Sollen wir um das Farmhaus eine Personensuche starten?«

»Ich weiß nicht. Das passt alles nicht richtig zusammen.« Es fiel ihm schwer, die Aussage der Frau und seine Erinnerungen an den Vorfall zusammenzubringen.

Irwin gab keine Antwort, sah Daly nur fragend an. »Was hat die Frau Ihrer Meinung nach denn gesehen? Ein kleiner Streit unter Liebenden? Ein Versteckspiel?«

»Das ist alles recht vage. Sie konnte nicht mal angegeben, was die Frau gesagt hat. Viel können wir mit der Aussage nicht anfangen. Aber schicken wir halt ein paar Leute los und lassen sie die Gegend durchkämmen.«

Stirnrunzelnd sah Irwin ihn an. »Sie sehen aus, als hätten Sie einen Geist gesehen. Wie viel haben Sie letzte Nacht geschlafen?« Daly bemerkte, wie seine Augen über die kleinen Kratzspuren auf seinem Handrücken glitten. Irwin schwieg.

»Kann ich jetzt gehen?«, fragte die Frau, als die beiden in den Verhörraum zurückkehrten.

»Wann immer Sie wollen«, sagte Daly und ließ sich ihre Kontaktdaten geben.

Abends, kurz vor dem Einschlafen, wurde Daly vom Krähen eines Hahns aufgeschreckt. Sofort fielen ihm die Hühner seines Vaters ein. Er war so in Gedanken versunken gewesen, dass er beim Nachhausekommen vergessen hatte, sie zu füttern, und jetzt waren sie unruhig vor Hunger. Die Schar gehörte zu der kleinen Landwirtschaft, die er mit dem Cottage geerbt hatte. Aus Freude, aber auch wegen der Eier hatte sein Vater die Leghorns gehalten.

Der Hahn war augenblicklich ruhig, als Daly einen Kübel Futter in den Auslauf warf. Er leuchtete mit der Taschenlampe hinein und sah verärgert, dass der Hahn die Hennen nicht an die Körner ließ. Er scharrte und stolzierte darin herum, bis die erschreckten Hennen sich in den Stall zurückzogen. Dann fing der Hahn mit geplustertem Gefieder an zu picken. In Daly schwoll der Zorn, und er stellte sich vor, wie er dem Gockel den Hals umdrehte oder ihn hinaus in die Nacht scheuchte, wo ihn vielleicht der Fuchs holte. *Du Vieh bist nichts als ein Schulhoftyrann,* dachte er, *noch dazu einer, der seinen dummen Schnabel nicht halten kann.* Seit Langem hatte er die Nase voll von dem Gekrähe, das ihn noch traumbenommen vor Sonnenaufgang aus dem Schlaf riss. Daly steckte die Hand durch den Maschendraht, aber seine unbeholfenen Versuche, den Hahn zu packen, machten das Tier bloß aggressiv, und es klatschte mit den Flügeln. Müdigkeit und der Gedanke an die Vorwürfe seines Vaters ließen Daly von weiteren Fangversuchen absehen. Aber er warf dem Hahn einen Blick zu, der besagen sollte, dass das Maß beinahe voll war. Der erwiderte den Blick und schlug mit den Flügeln. Auf dem Weg zurück ins Haus fragte sich Daly, wer wirklich Herr über den Hof war, er oder der Hahn. Als er ins Bett fiel, brach ein Gewittersturm los.

14

In der Nacht regnete es so heftig, dass die provisorischen Raucherpavillons hinter den vielen Pubs und Clubs von Armagh unter Wasser standen und Gefahr liefen, von den Sturzfluten in den Straßen bis in den River Callan gespült zu werden. Als der Wolkenbruch endlich aufhörte, waren auch die Feiernden verschwunden und hatten eine durchweichte Stille hinterlassen, die sich in den Gullys der Stadt sammelte. Im Heckwasser der Fluten trieben Fast-Food-Verpackungen durch Gassen, schmal wie kleine Kanäle. Streifenwagen zogen Fontänen hinter sich her. Die Pubs waren so tot wie ihre Spiegelbilder in den Pfützen, und sogar die Taxibetriebe hatten bis Mitternacht ihre Dienste eingestellt.

Für die Wachhabenden in Armaghs Polizeistation war der Morgen danach erfreulich entspannt. Als Daly die Leitstelle betrat, waren alle Schreibtische verwaist. Es gab kaum alkoholbedingte Straftaten zu bearbeiten, außerdem war Zahltag. In der Kantine hatte Irwin ein paar Männer um sich versammelt, und sie besprachen, in welche Pubs sie am Wochenende gehen wollten. Daly machte einen Bogen um sie und ging in sein Büro. Er war gestern lange aufgeblieben, weil er überall im Haus Eimer und Schüsseln unter den Leckstellen des Daches verteilt hatte.

Er ging seine Nachrichten durch. Die Durchsuchung von Fowlers Haus hatte ein interessantes Ergebnis erbracht. Auch die genaueste Überprüfung hatte die Fingerabdrücke von nur einer unbekannten Person zutage gefördert. Sie hatten sich auf der Hülle der Opern-CD befunden, die lief, als Fowlers Leiche aus dem Pool geborgen wurde. Daly betrachtete das Coverfoto. Verdis

La Traviata. Er fragte sich, wer diese Oper ausgewählt hatte und was die Wahl über die Person verriet.

Auch der Rechtsmediziner Ruari Butler hatte sich gemeldet. Daly lehnte sich in seinem Stuhl zurück und rief ihn an.

»Zu Jack Fowler gibt es ein paar vorläufige Ergebnisse«, sagte Butler. »Leider sind wir uns in dem Punkt, der Sie am meisten interessiert, nicht sicher.«

»Ob er Selbstmord begangen hat oder nicht.«

»Genau. Kurz gesagt, Fowler hatte genug Alkohol im Blut, um die Promillegrenze locker zu reißen. Die Kopfverletzung könnte Folge eines Sturzes sein, etwa wenn er gegen die Tischkante oder den Beckenrand geprallt ist, aber genauso gut kann sie von einem Schlag mit einem stumpfen Gegenstand stammen. Aber die eigentliche Todesursache ist Ertrinken.«

»Also kein klarer Hinweis auf einen Mord?«

»Ich faxe Ihnen die vorläufigen Ergebnisse.«

Daly wollte gerade den Bericht lesen, als er von einer Stimme aufgeschreckt wurde.

»Kann ich Sie kurz sprechen, Inspector?«

Auf dem Teppich waren die Schritte von Susie Brooke nicht zu hören gewesen. Überrascht sah er sie an. Sie stand nur eine Armlänge von ihm entfernt, ihr Parfüm drang in seine Nase.

»Muss das unbedingt ich sein?«, fragte er etwas brüsk. »Ich stecke mitten in zwei wichtigen Ermittlungen.«

»Auch das wäre wichtig.« Sie lächelte ihn an. Sie machte das gut – statt fordernd zu insistieren nur darauf zu vertrauen, dass sie andere mit ihrem Charme für sich einnahm.

»Sie sind der Einzige in der Station, der mir diese Frage beantworten kann«, fügte sie hinzu.

»Na gut, schießen Sie los.«

Er bot ihr einen Stuhl an, aber sie blieb stehen. Etwas an ihrem

Blick machte ihn unsicher. Sie kam ihm vor wie ein Mädchen, das eine gefährliche Straße entlanglaufen wollte. Er war unsicher, ob er ihr Mut machen oder sie warnen sollte.

»Haben Sie sich in letzter Zeit die Gerichtsreportagen angesehen?« Sie legte einen Stapel Lokalzeitungen vor ihn.

Daly warf einen kurzen Blick darauf, dann sah er sie wieder an. Sie hatte sich auf das Gespräch vorbereitet.

»Nein«, sagte er.

»Fast jede Nachricht über Alkohol am Steuer handelt von Autofahrern aus Osteuropa. Ich fürchte, dass so eine Berichterstattung den Rassismus verstärkt.«

»Zeitungen drucken das, von dem sie glauben, dass es die Auflage steigert. Dafür können wir nichts.«

»Aber ich habe mir die aktuellen Zahlen zu den Vorfällen mit Alkohol am Steuer angesehen. Im vergangenen Jahr gab es bei uns zweihundertfünfzig diesbezügliche Anzeigen, davon einhundertzweiundsechzig gegen Fahrer aus Osteuropa und vierunddreißig aus der Republik Irland. Im Grunde ist also nicht die Berichterstattung voreingenommen. Vielmehr scheinen ihre Polizisten ein besonderes Interesse daran zu haben, betrunkene Ausländer zu erwischen.«

»Was wollen Sie damit sagen?«

»Die Zahlen legen den Verdacht nahe, dass Ausländer öfter angehalten werden als Einheimische. Das Verbot von Alkohol am Steuer sollte nicht dazu genutzt werden, gezielt einen Teil unserer Gesellschaft zu verfolgen.«

»Bleiben wir doch mal bei den Zahlen«, sagte Daly mit mühsam unterdrücktem Ärger. »Kein Polizist hält ein Auto an, nur weil der Fahrer osteuropäisch aussieht. Lesen Sie mal die ganzen Berichte. Da steht meistens, dass eine riskante Fahrweise auffiel, von einem Fahrzeug eine Bedrohung für den Straßenverkehr ausging oder einer aus einem Pub gestolpert kam und sich ans Steuer gesetzt hat. Alkomaten lügen nicht. Und sie sind auch keine Rassisten.«

»Das ist das, was in den Berichten steht. Aber manches wird gar nicht erst aufgeschrieben.«

Daly fiel auf, dass sie ihm trotz seines unwirschen Starrens fest in die Augen sah. Er beugte sich vor und begann in den Zeitungen zu blättern.

»Ich glaube, Sie sollten das auch als erzieherische Maßnahme betrachten.« Daly zwang sich zu einem sachlichen Ton. »Wir müssen diese Teile der Gesellschaft erreichen und ihnen vor Augen führen, dass es in diesem Land nicht nur Rechte, sondern auch Gesetze gibt. Viele dieser Leute kommen aus Ländern, in denen die Gesetze im Hinblick auf Alkohol am Steuer nicht so streng sind oder wo man das vielleicht auch kulturell bedingt weniger eng sieht.«

»Diese Leute?«

»Ja, diese Leute.«

»Lassen Sie's mich mal anders formulieren. Wenn siebzig Prozent der Strafen wegen Alkohol am Steuer gegen Katholiken verhängt würden, fänden Sie das nicht seltsam? Hätten Sie dann nicht den Verdacht, dass einige Polizisten Vorurteile haben?«

Er blinzelte. »Ich verstehe nicht, was Sie mir damit sagen wollen. Die Polizei ahndet Gesetzesverstöße und nimmt Straftäter fest – was in der Zeitung steht, juckt sie nicht. Wenn ein Osteuropäer gegen ein Gesetz verstößt und mit Alkohol am Steuer erwischt wird, dann liegt das an ihm und seiner Trinkerei und nicht daran, dass die Kollegen Rassisten sind.«

»Es haben ja nicht nur die rassistische Vorurteile.«

Ihm klappte der Mund auf.

»Was soll das denn heißen? Sagen Sie, dass ich ein Rassist bin?«

»Es ist allgemein bekannt, dass Rassismus im Polizeidienst recht verbreitet ist und dass man sich mit diesem Problem befassen muss.«

»Dann sind also alle Polizisten Rassisten.«

»Manche mehr, manche weniger.«

»Es mag Sie überraschen, aber ich glaube, ich kenne meine Kollegen ein bisschen besser als Sie. Wenn ich heute Abend diese Station verlasse, tue ich das im Wissen, dass in meiner Abwesenheit keine Horde uniformierter Rassisten die Stadt unsicher macht und mit Blaulicht durch die Gegend fährt, um Osteuropäer aufs Korn zu nehmen.«

»Prima. Sie wissen ja, wo Sie mich finden. Bitte rufen Sie mich an, wenn einer Ihrer Leute wieder eine Festnahme wegen Alkohol am Steuer vornimmt.«

Das Funkgerät neben ihm knisterte. »Sie erfahren's als Erste«, sagte er missmutig.

Der Rassismusvorwurf hatte Daly tief getroffen. Er verließ die Station und fuhr nach Armagh hinein. Auch wenn sein Handeln entschlossen wirkte, fuhr er aufs Geratewohl durch die Straßen rings um die Fleisch verarbeitenden Betriebe. Bald hatte er die ziegelroten Reihenhäuser erreicht – kleine, enge Gebäude an beiden Straßenseiten, die vor allem an osteuropäische Familien vermietet wurden. Sein Ärger war fast verflogen und durch etwas anderes ersetzt worden: Zweifel und das grimmige Eingeständnis, dass auch Polizisten Menschen waren und Ausländern gegenüber zunächst misstrauischer waren als Einheimischen gegenüber, aus Angst vor allem Fremden.

Daly nahm die tristen Straßen in Augenschein. Vor zehn Jahren war das Viertel eine Hochburg der Republikaner gewesen, mit einem eigenen Mix aus politischem Widerstand, sozialen Unruhen, Autodiebstählen, aufrührerischen Graffitis und Auseinandersetzungen mit der Polizei. Jetzt waren Menschen aus anderen Ländern zugezogen, die neue Geschichten von Diskriminierung und Ablehnung erzählen konnten.

In einem Jahr waren zweitausend Migranten gekommen. Im nächsten dreitausend. Das Leben hatte sich verändert. Man sah es an den Autos, billig wirkende Importe aus Osteuropa mit schwarz folierten Scheiben. Dieselben Autos, die den ganzen Abend die Straßen rauf und runter fuhren. *Rumlungern auf Rädern*, dachte er.

Doch am erkennbarsten waren die Unterschiede an den Menschen auf der Straße. Eine Sirene kündigte den Schichtwechsel im nahen Hühnerverarbeitungsbetrieb an, und die Anzahl und das Tempo der Fußgänger veränderte sich – unzählige zähe und hart arbeitende Frauen und Männer, alle unter vierzig, viele in Militärparkas, eine Woge von Arbeitern, die wie eine Marschkolonne aus den geöffneten Fabriktoren strömten.

Daly wusste, dass die Migranten jene Arbeiten erledigten, die kein anderer machen wollte. Sie übernahmen die längsten Schichten, ertrugen die schlechtesten Bedingungen, mussten sogar für ihre Toilettenpausen ausstempeln und gingen dann in überbelegte Unterkünfte zum Schlafen, oft in Betten, die gerade von Arbeitern in einer anderen Schicht verlassen worden waren. Ihre Nächte und Wochenenden verbrachten sie betäubt von Erschöpfung und Alkohol. In diesem Teil Nordirlands war das eine neue Form von bürgerlichem Frieden, eine gewisse demokratische Ruhigstellung.

Er hielt vor einem Off-Licence und wartete im Auto. Knapp eine Viertelstunde später torkelte ein Mann heraus. Er lehnte sich gegen einen schwarzen Lada, hob eine Schnapsflasche an die Lippen, und mit der lässigen Geste eines Schwertschluckers legte er den Kopf in den Nacken. Nach dem Einsteigen genehmigte er sich einen weiteren kräftigen Schluck. Aus einer Querstraße gellte das Geschrei fußballspielender Kinder herüber. Dalys Zorn schwoll. Er wartete, bis der Mann den Motor anließ.

Der Fahrer sah erschreckt auf, als Daly an die Scheibe pochte. Ein kantiges Gesicht mit grauen Bartstoppeln. Er sah Daly kurz an, dann hellte sich sein Blick auf, so als würden sie sich von irgendwoher kennen, wären Verwandte oder Nachbarn aus einer anderen Stadt, einem anderen Land.

Daly klopfte noch einmal gegen die Scheibe und zeigte seine Marke.

»Polizei. Bitte öffnen Sie die Tür.«

Der Blick des Wiedererkennens erlosch. Der Fahrer schraubte den Deckel auf die Flasche und schob sie zwischen seine Beine. Er wirkte wie ein Mann, der jäh aus einem Traum gerissen worden war.

Daly klärte ihn über seine Rechte auf und verkündete, dass er ihn wegen des Verdachts auf Alkohol am Steuer festnehme.

»Haben Sie verstanden, was ich gesagt habe?«

»Ja.« Der Mann fischte einen zerknitterten kroatischen Führerschein aus der Tasche, dann ballte er die Fäuste und sah Daly in die Augen. Die Traurigkeit darin war tief und allumfassend.

»In meiner Wohnung ich habe Geld. Für Sie. Es tut mir leid, wenn ich mache Probleme.« Er sprach mit starkem Akzent, die Zunge schwer von Alkohol und Schuld. Daly vermutete, dass er noch nicht lange im Land war.

»Sie nehmen mein Geld? Ja? Nein? Für Probleme?«

»Für mich ist das kein Problem«, sagte Daly. »Steigen Sie bitte aus dem Wagen. Ich bringe Sie auf die Polizeistation und lasse Sie einen Alkoholtest machen. Verstehen Sie das?«

»Ich trinke nicht mehr«, beschwor er Daly. »Ich verspreche.« Er schüttelte den Kopf.

Daly führte ihn zu seinem Wagen und bugsierte ihn vorsichtig auf den Rücksitz.

»Ich mache eine dumme Fehler«, sagte er. »Ich wohne nur eine Meile entfernt. Ich wollte Zigarette und Wodka.«

»Und warum sind Sie dann nicht zu Fuß gegangen?«

»Keine Grund.«

Sein stoppeliges Gesicht wurde rot. »Ich verliere mein Job.«

»Das ist nicht meine Schuld. Daran hätten Sie vorher denken sollen.«

»Nein, Job schon weg. Heute. Boss sagt, nix mehr Arbeit.« Er seufzte schwer und warf Daly einen so trübseligen Blick zu, dass der Detective fürchtete, er würde ihm im nächsten Moment sein Herz ausschütten und seine Sorgen und Träume offenbaren.

Doch stattdessen fuhr sich der Kroate mit der Hand über die trockenen Lippen und starrte nach unten. Plötzlich schnaubte er. Daly beobachtete ihn im Rückspiegel. Der Kroate riss die Augen auf, als sähe er ein Gespenst. Daly drehte sich um. Der Mann hielt Lenas Puppe in der Hand. Daly hatte sie ganz vergessen.

»Wem gehört das?«, fragte der Kroate.

»Einer Frau. Jemand, den ich suche.«

»Ihr Name ist Lena Novak?«

Daly trat auf die Bremse und sah seinen Passagier scharf an.

»Woher kennen Sie diesen Namen?«, fragte er.

Nach zehn Minuten holpriger Unterhaltung hatte Daly erfahren, dass ein Josip Mikolajek auf Lena ein Kopfgeld ausgesetzt hatte. Unter den Kroaten der Stadt zirkulierten ein Foto von ihr und eine Beschreibung der Stoffpuppe in kroatischer Nationaltracht, die Lena gehörte.

»Diese Puppe, ich glaube, er hat Angst davor«, sagte der Mann. »Vielleicht er ist abergläubisch. Er will Lena gefangen oder tot, egal. Aber was er noch mehr will, ist Puppe.« Der Kroate lachte. »Wenn Mikolajek sich fühlt bedroht von jemand, er lässt ihn erschießen oder erstechen. Aber Puppe? Eine Puppe man nicht kann töten.«

Daly lieferte den Mann in der Station ab und fuhr nach Hause. Er musste herausfinden, warum diese Puppe für Lena Novak und Josef Mikolajek so wichtig war. Offenbar war sie der Schlüssel zu einem gefährlichen Geheimnis, und er musste herausfinden, zu welchem.

Als er ins Schlafzimmer ging, tropfte es immer noch von der Decke. Er leerte die wassergefüllten Eimer und Schüsseln. Mitten in der Nacht erwachte er von einem lauten Klatschen. Für eine Sekunde dachte er, dass der Lough Neagh über die Ufer getreten war und durch die Wände des Cottages hereinbrach. Doch es lagen Gipsbröckchen auf seinem Bett. Im Mondschein sah er, dass ein Stück Decke in eine der Schüsseln gefallen war.

15

Drei Tage nach Jack Fowlers Ertrinken waren die Büroräume der Gortin Regeneration Partnership so von Blaulicht geflutet, dass sich die Beschäftigten kaum auf die Arbeit konzentrieren konnten. Obwohl unklar war, wie viel überhaupt erledigt werden konnte, wenn sämtliche Finanztransaktionen der Gesellschaft unter die Lupe genommen wurden. Ein Team aus Polizei und Vertretern der britischen Finanzbehörden betrat kurz vor neun Uhr morgens das Gebäude. Entgegen dem ersten Anschein war es keine spontane Razzia. Am Vorabend hatten die Ermittler einen Durchsuchungsbeschluss erwirkt, der ihnen den Zugriff auf Computer, Festplatten, Daten und E-Mails gestattete, bei denen der Verdacht auf einen Verstoß gegen den Fraud Act von 2006 bestand. Vor dem Notausgang stand ein Polizeitransporter, um die Beweismittel abzutransportieren.

»Haben Sie das fehlende Geld schon gefunden?«, fragte eine Empfangsdame, die in die Mittagspause ging, einen älteren Ermittler.

»Noch nicht.« Der Mann machte ein Gesicht, das keine große Begeisterung über seine Aufgabe verriet.

»Wenn Sie was finden, sagen Sie Bescheid, bei mir steht noch ein ganzes Monatsgehalt aus.«

»Hier wimmelt's bald von Leuten, die noch Forderungen haben. So viele wie Fliegen auf einem Haufen … na, Sie wissen schon.«

Sie seufzte. »Da fällt mir ein, was er immer gesagt hat.«

»Wer?«

»Jack Fowler. Er meinte, dass jeder, der nach dem Friedensabkommen keine Kohle gemacht hat, auch auf 'nem Kuhfladen keine Fliegen sieht.«

Seine Miene hellte sich auf, und er zwinkerte ihr zu. »Ich sag Ihnen was. Wenn ich das Geld finde, machen wir halbe-halbe und brennen zusammen durch.«

Sie sah ihn an, als wäre er nicht ganz bei Trost, und ging.

Insgesamt verbrachten Polizei und Finanzbehörden im Laufe von zwei Tagen achtzehn Stunden mit der Suche nach Beweisen. Sie luden Festplatten und Kontobücher in den Transporter, dazu Fowlers private Kontoauszüge, Kreditkartenabrechnungen und die Unterlagen zu seinen Immobilienspekulationen. Es dauerte nicht lange, bis sie merkten, dass Fowler mit dem fremden Geld nicht seine Träume wahrmachte, sondern Luftschlösser finanzierte.

»›Schnappt euch so viele Fördergelder, wie ihr irgendwie unterbringt‹ lautete die Devise aus London und Brüssel«, sagte der leitende Ermittler der Fraud Squad zu Daly. Robert Bennett hatte den Detective nach Gortin mitgenommen. Das Dorf lag im Abendlicht verlassen da. Bauschutt türmte sich vor entkernten Häusern, auf der gewundenen Hauptstraße war weit und breit keine Menschenseele zu sehen. Das Ganze erinnerte Daly an ein Dorf bei Bombenalarm. Es hätte ihn kaum überrascht, hinter einer bröckeligen Mauer ein Sprengstoffkommando in Deckung gehen zu sehen. Bennett hatte ihn hierhergeführt, um ihm zu zeigen, wie schlecht es um das Dorf stand und wie viel Geld auf Fowlers Konten versickert war.

»Und so sieht's in ganz Nordirland aus«, fuhr Bennett fort. »Eigentlich sollten verarmte Dörfer und heruntergekommene Innenstadtbezirke von dem Geldsegen profitieren. Leider wurde zwei, drei Jahre später nicht genau hingesehen, was mit dem vielen Geld passiert ist. Wir haben schon in vielen Fällen ermittelt, von bodenloser Schlamperei bis zu vorsätzlichem Betrug. Fowlers Gebaren ist definitiv kriminell.«

Überall um sie waren Schatten und Schlaglöcher, Brocken von zerbröselndem Beton und Fundamente, die unter Wasser standen und langsam in dem Nichts versanken, in das Gier und ein überhitzter Immobilienmarkt das Dorf gestürzt hatten.

Bennett runzelte die Stirn. »Es sollte eigentlich keinen überraschen, dass frühere Paramilitärs wie Fowler den Hals nicht vollbekamen, als sie ein Stück der Friedensdividende in die Finger bekamen.«

Daly musterte den Ermittler von der Seite. Er war mittleren Alters, gläubiger Protestant und Mitglied des Oranierordens. Für ihn war klar, dass Gott sein Urteil über das überwiegend republikanische Dorf gefällt hatte. Er bezog seine Moral direkt aus der King-James-Bibel.

»Selbstverständlich gab's in der IRA genauso viele Diebe wie in allen anderen Teilen der Gesellschaft«, erwiderte Daly.

Sie erreichten die einst geschäftige Hauptstraße, in deren trostloser Zeile gestorbener Läden nur ab und zu ein IRA-Wandbild für Belebung sorgte. Daly erinnerte sich, wie ihn sein Vater an Markttagen hierher mitgenommen hatte. Für einen Vormittag im Monat war die Straße eine Ausstellung von rostigem landwirtschaftlichem Gerät und Maschinen gewesen und dazu ein Zoo mit allen Arten von Geflügel und Vieh. Doch auch damals war erkennbar gewesen, dass das Dorf harte Zeiten durchlebte und der Markt fast die letzte Möglichkeit für die Bewohner war, Geld für ihren Lebensunterhalt zu verdienen.

»Mein Auftrag ist, den Weg der Gelder aus dem Friedensfonds nachzuvollziehen, die nach dem Kollaps des Immobilienmarkts verschwunden sind«, sagte Bennett. »Am Tag vor seinem Tod hat Jack Fowler den Behörden mitgeteilt, dass er keine Ahnung hat, wo die fast drei Millionen Pfund aus dem EU-Programm für Nordirland geblieben sind. Laut ihm ist das Geld verschwunden, nachdem es der Gortin Regeneration Partnership übertragen wurde.«

»Was ist da Ihrer Meinung nach passiert?«

»Dafür gibt es nur eine denkbare Erklärung. Das Geld ist wirklich verschwunden, genau wie's Fowler gesagt hat. Es hat sich in Luft aufgelöst.«

Daly blieb mitten im Schritt stehen und sah Bennett groß an. Er fragte sich, was er überhört hatte.

Bennett genoss es erkennbar, Dalys Aufmerksamkeit zu fesseln.

»Präziser formuliert: Die Mittel wurden gestohlen.«

»Wie? Da kamen ja keine bewaffneten Bankräuber.«

Bennett blinzelte in die niedrig stehende Sonne.

»Ich habe mir bereits die Kontobewegungen angesehen und von den Leuten, die für Mr. Fowler gearbeitet haben, so viele Geschichten angehört, dass es für ein halbes Buch reichen würde. Nur Stunden nachdem das Geld auf dem Konto der Gesellschaft eingegangen war, gab es eine regelrechte Kaskade von Auslandsüberweisungen. Als Erstes wurden die Mittel auf ein Konto bei einer Bank in Malta überwiesen, dann gingen sie zur Vestbank in Frankfurt. Dort wurde das Geld in Pfund Sterling umgetauscht und nach London zur Marlborough Bank transferiert. Einen Tag danach wanderte es weiter zu den Maguire Holdings, einer Mantelgesellschaft für eine Gruppe von Investmentfirmen mit einem großen Immobilienportfolio in den Countys Tyrone und Armagh.«

Sie waren an eine Zeile baufälliger Reihenhäuser gekommen. Dahinter sah Daly das spärliche Grün karger Felder, die mit Schlehdorn und Weißdorn gesprenkelt waren. Überall wucherten Brombeeren, deren dornige Ranken auf den Hosenaufschlag eines ahnungslosen Immobilienspekulanten zu lauern schienen.

»Man könnte sagen, das Geld wurde hin und her geschoben wie die Becher eines Hütchenspielers.«

Sie starrten auf die Häuser. Auf einigen der löchrigen Dächer wuchs Gras. Die Strahlen der tiefen Sonne verfingen sich in den

Glasscherben und den Spinnweben, die in der Dunkelheit hinter den toten Fenstern schimmerten.

»Mit dem Geld haben die Maguire Holdings diese Häuserzeile und fast das gesamte ans Dorf grenzende Land gekauft.«

»Für drei Millionen Pfund?«

Bennett schnitt eine Grimasse. »Das Geld ist also wirklich verschwunden. Aber der Grund war der plötzliche Kollaps der Immobilienpreise.«

Allmählich formte sich in Dalys Kopf ein klareres Bild.

Bennett fuhr fort. »Fowler hatte geplant, das Dorf von Grund auf umzukrempeln, was neue Jobs bringen sollte, neue Läden, ein Sport- und ein Gesundheitszentrum. Damit wären die Immobilienpreise gestiegen, was es ihm anschließend erlaubt hätte, diese runtergekommenen Reihenhäuser mit einem hübschen Profit zu verkaufen.«

»Aber das verstößt doch gegen das Gesetz.«

»Es ist nur so, dass zum damaligen Zeitpunkt niemand in den Aufsichtsgremien wissen konnte, ob die Mittel falsch verwendet wurden oder nicht. Und nach dem Verkauf der Häuser an neue Investoren wollte Fowler das Geld ja zurücküberweisen.«

»Daraus schließe ich, dass Fowler beim Wirtschaftseinbruch von der Realität eiskalt erwischt wurde und er nur unzählige Schrotthütten hatte, die er niemals verkaufen konnte.«

»Genau. Vermutlich lief diese Art von Betrug im großen Stil, sobald die Friedensfondsmittel ins Land kamen.«

»Ein System funktioniert so wie die Leute dahinter«, sagte Daly.

»Und genau deswegen ist es ein Problem, wenn man ehemaligen Paramilitärs Geld in die Taschen stopft.«

»Nach allem, was ich in der Zeitung lese, bekamen ziemlich viele Leute den Hals nicht voll. Und nicht alle waren vorher Freiheitskämpfer.«

»Schon richtig. Es waren nicht nur die Jack Fowlers dieser Welt, die Übles im Schilde führten. Auch Banken haben da gerne mitgespielt. Und Politiker. Sogar die Finanzaufsicht hat nicht so genau hingesehen.«

»Hat Fowler Ihnen gegenüber gestanden?«

»Ich habe kurz vor seinem Tod mit ihm gesprochen. Er war überzeugt, nichts Falsches getan zu haben, und behauptete, dass er die Mittel dazu verwendet hat, die lokale Wirtschaft anzukurbeln. Für ihn war das kein Verbrechen, sondern Pech oder schlechtes Timing. Wenn der Immobilienmarkt nur zwei Monate später zusammengebrochen wäre, hätte er die Häuser schon verkauft gehabt, und niemand hätte was gemerkt.«

Sie gingen zu einer aufgegebenen Baustelle. Ein Metallzaun und leuchtendes Absperrband umgaben Fundamente, die unter Wasser standen. Der unfertige Bau glich einem Tatort. Leblos. Es war schwer zu glauben, dass die Gier eines Einzelnen für diesen Verfall verantwortlich war.

»Fowler war von Immobilien überzeugt«, sagte Bennett.

»Er hatte auch mehr davon als die meisten.«

»Wie wichtig ist das alles für Ihre Ermittlung?«

»Ein aufgebrachter Geschäftspartner könnte etwas mit seinem Tod zu tun haben.«

»Ich kann Ihnen einer Liste aller geben, die unseres Wissens nach mit ihm geschäftlich verbunden waren.«

»Mit wem von denen sollte ich Ihrer Meinung nach anfangen?«

»Am besten mit Michael Mooney. Die beiden kennen sich seit ihrer Haftzeit in Long Kesh. Mooney ist auch ein Terrorist, der auf Immobilien umgesattelt hat. Und er ist Schatzmeister der Regeneration Partnership und Mitglied des örtlichen Aufsichtsgremiums.«

Daly ließ sich Mooneys Kontaktdaten geben.

»Ich muss Sie warnen – diese Ermittlung wird politisch mehr Staub aufwirbeln, als Sie sich vorstellen können«, sagte Bennett. »Fowlers Geschäftspartner haben vermutlich schon erste Schritte unternommen, um sich und ihren Ruf zu schützen. Sein Tod hat Schockwellen bis in die höchsten Kreise ausgesandt. Wenn es Mord war, dann werden Sie auf der Suche nach dem Mörder mehr als eine Schicht Lügen abtragen müssen.«

»Lügen finde ich ganz besonders interessant. Noch dazu, wenn sie nicht gleich zu erkennen sind.«

Die Männer sahen zurück auf das Dorf. In der Ferne war ein Röhren oder Grölen zu hören, so als würden Dudelsackpfeifen platzen. Plötzlich kam eine Kuhherde um die Ecke getrampelt, die von einem grimmig dreinblickenden Farmer und drei jungen Männern getrieben wurde. Daly hielt sie für seine Söhne. Alle hatten dieselbe leicht gekrümmte Haltung, und sie stießen mit Stöcken aus Schlehdorn gegen die Hintern der Tiere. Für einige Augenblicke dröhnte die Straße vor Leben. Es roch nach Dung, Urin rann über das Pflaster. Die Männer schienen es eilig zu haben, das Vieh in den Stall zu treiben. Sie liefen an Bennett und Daly vorbei, als wären sie Gespenster aus einem Dorf, das seit Jahrhunderten in Ruinen lag.

»Was haben Sie über Lena Novak erfahren?«

»Seine Geliebte?«

»Ja.«

»Fowler hat sie zur Direktorin seiner Holdinggesellschaft gemacht. Er ist für sie große finanzielle Risiken eingegangen, hat Konten auf ihren Namen eingerichtet und viel Geld dorthin überwiesen.«

»Warum hat er das Ihrer Meinung nach getan?«

»Ich schätze, dass er großen Spaß daran hatte, Grenzen zu übertreten. Im übertragenen wie im wörtlichen Sinne. Lena Novak ist ein typisches Beispiel für die Risiken, die er in seinem Privatleben und in seinem Geschäftsleben eingegangen ist. Die meisten Leute horten Geld und Werte unter dem Namen ihrer Frau. Fowler hat sich für eine Prostituierte entschieden.«

»Eine ungewöhnliche Wahl.«

»Offenbar fand er es aufregend, sich auf unbekanntes Terrain zu begeben und dabei seinen Instinkten zu folgen statt seinem Verstand. Leider hat sich seine Beziehung zu Novak als nicht besonders tragfähig erwiesen, wie so viele andere in seinem Leben.«

»Hatte er denn andere?«

»Schauen Sie sich doch um«, sagte Bennett und machte eine Handbewegung in Richtung der heruntergekommenen Fassaden. »Stellen Sie sich vor, was die von Gier befeuerte Fantasie eines Mannes aus diesem Ort hätte machen können. Gortin war ein Dorf im Dornröschenschlaf, und Fowler war der Prinz, der es zum Leben erwecken konnte. Doch leider gab's kein Happy End, stattdessen hat er überall zerbrochene Träume hinterlassen.«

Eine Weile standen sie schweigend da. Die Sonne war untergegangen, und die Luft war kalt und klamm. Der Wind frischte auf und fegte jammernd und jaulend durch die Fensterhöhlen und Löcher in den Dächern. Das Entweichen von Fowlers Vermögen war buchstäblich zu hören.

16

Als Daly am Samstagmorgen früh erwachte, überlegte er, dass sein Gespräch mit Michael Mooney nicht bis Montag zu warten brauchte. Während des Kaffeekochens rief er in der Station an und ließ sich Mooneys aktuelle Adresse geben. Er stand noch am Anfang der Ermittlung und verspürte die übliche Unruhe, wenn das Stochern im Privatleben eines Toten begann. Er kam sich dabei immer wie ein Ballonfahrer vor, der über unbekanntes Terrain flog und nicht wusste, wohin die Winde ihn trieben.

Der Officer in der Informationsabteilung gab ihm eine kurze Zusammenfassung von Mooneys Akte und setzte ihn vor allem über dessen frühere Zugehörigkeit zu terroristischen Paramilitärs ins Bild. Daly verkniff sich allzu schnelle Schlüsse. Seit seiner Entlassung 1983 aus Long Kesh, dem berüchtigten Maze Prison, schien sich Mooney wieder gut in die Gesellschaft eingefügt zu haben. Die republikanischen Paramilitärs hatten während der Troubles ein weitverzweigtes Netz gesponnen, in dem sich vor allem junge Frauen und Männer verfangen hatten, doch seit dem Karfreitagsabkommen war es vielen von ihnen gelungen, sich davon zu befreien und in ein bürgerliches Leben zurückzukehren. Dennoch hatte Daly auf der Fahrt in die Hügel von South Armagh das Gefühl, dass diese Ermittlung in stürmische Gewässer steuerte.

Michael Mooney wohnte in Foxborough Mews Nummer 60, einem Haus in einer auf alt getrimmten Neubausiedlung ungefähr eine Meile nach dem Dorf Keady. Der westlich gelegene Kiefernwald wirkte wie ein Schutzwall gegen die vorherrschenden Atlantikwinde, doch in den drei anderen Himmelsrichtungen war die Siedlung den Elementen ausgesetzt. Es gab keine Straßenbeleuchtung, nur unzählige For-Sale-Schilder. Eine Werbetafel an einer unbefestigten Einfahrt versprach ein tolles Leben in einer Luxussiedlung zu Preisen, die sogar die von Miami oder Los Angeles in den Schatten stellten. Die plumpe Reklame zeigte ein langbeiniges Model, das sich lasziv an einen Küchentresen lehnte, garniert mit dem Slogan »Im County Armagh werden Lebensträume wahr«. Die abgeschiedene Lage von Foxborough Mews in einer hügeligen Moorlandschaft fand die Werbetafel nicht der Erwähnung wert.

Überrascht stellte Daly fest, dass die Hausnummern mit der 60 begannen. Es gab weder eine 58 noch eine 59 oder gar eine 1. Er parkte neben einem vollen Schuttcontainer. Es war Samstagvormittag, und Mooney war in der Siedlung anscheinend als Einziger zu Hause. Kaum ein anderes Haus schien bewohnt, und es war fraglich, ob überhaupt jemand dort hinziehen würde. Als mit der Bankenkrise auch die Schwemme billiger Kredite endete, wurden Siedlungen wie Foxborough Mews zu Mahnmalen des Immobilienwahns, der das ganze Land erfasst hatte. Jetzt war es eine Geistersiedlung. Doch an den Häusern selbst war nichts geisterhaft. Foxborough Mews zählte zu den schrillsten Auswüchsen von Backstein und Mörtel, die die irische Landschaft verunzierten.

Als die Tür von Nummer 60 aufging, schlug Daly muffige Luft entgegen. Der Mann im dunklen Gang vor ihm erwiderte nichts, als Daly sich vorstellte. Er trat nur einen Schritt auf ihn zu. Als das Tageslicht auf sein Gesicht fiel, wurde sichtbar, wie entstellt es war. Die Haut war stark vernarbt und pockig, so als hätte ihm jemand einen Kübel Säure darüber geschüttet. Daly ergriff die ausgestreckte Hand und spürte eine glatte und weiche Handfläche, die sich wie eine Entschädigung für das narbige Gesicht anfühlte.

Der Mann musste sich nicht vorstellen, Daly wusste auch so, dass es Mooney war. Er hatte gehört, dass das Gesicht des ehemaligen Terroristen seit seiner Haft in den 1980ern verunstaltet war. Damals kämpften IRA-Häftlinge um die Anerkennung als politische Gefangene, indem sie die Wände ihrer Zellen mit Kot beschmierten und sich nicht mehr wuschen. Es war eine finstere Zeit, in der die Führer der Paramilitärs den Kampf aus den Städten und Dörfern in die überfüllten Zellen des H-Blocks von Long Kesh trugen. Statt mit Plastiksprengstoff und Pistolen zu kämpfen, griffen sie jetzt die Wachleute und schließlich ihre eigenen Körper an. Kot, Urin und Hunger waren ihre Waffen. Es war ein selbst gewähltes Martyrium. Für mehr als ein Jahr war auch der Körper von Michael Mooney ein Kampfplatz der IRA gegen den britischen Staat.

Die Haftbedingungen mochten hart gewesen sein, Mooneys Gesicht war jedoch von einer Hautentzündung aufgrund der mangelnden Körperhygiene verheert worden. Allerdings kam er mit dem Leben davon, anders als die zehn Freiwilligen, die ihr Hungerstreik umbrachte, während die internationale Presse das Gefängnis belagerte und Familienmitglieder daneben den Rosenkranz beteten.

»Ich bin gekommen, um mit Ihnen über Jack Fowler zu reden«, verkündete Daly.

»Wieso? Jack ist tot.« Mooney klang schroff und abweisend.

»Das ist Teil der Ermittlung, die ich leite.«

»Was für eine Ermittlung? Ich habe Inspector Bennett gestern alles gesagt, was ich weiß. Ich habe vollumfänglich kooperiert.«

»Die Fragen, die ich stellen möchte, betreffen Mr. Fowlers soziales Umfeld und die Umstände seines Todes.«

»Er hat Selbstmord begangen.« In Mooneys Stimme lag ein leichtes Zittern, ein leises Zögern, vielleicht sogar ein Anflug von Zweifel. Sein Blick wurde wachsam.

»Sie haben eng mit Mr. Fowler zusammengearbeitet. Sein Tod hat Sie doch bestimmt nachdenklich gemacht.«

Mooney starrte ihn lange an, ehe er einen Schritt zurücktrat und Daly hereinließ.

Auf einem Sessel mit teurem Bezug stand ein Tablett mit einer halb gegessenen Mahlzeit, daneben lagen mehrere Fernbedienungen. Mehrere aufgeschlagene Zeitungen waren wie ein Rettungsring rund um ein Ledersofa drapiert.

»Wir wissen, dass Mr. Fowler einen Tag vor seinem Tod mehrfach versucht hat, Sie telefonisch zu erreichen«, sagte Daly.

Mooney schwieg. Sein narbiges Gesicht verlieh ihm den Anschein emotionaler Leere.

»Mr. Mooney?«

»Was Sie sagen, ist eine Feststellung. Keine Frage.«

»Dann leugnen Sie es nicht?«

»Nein.«

»Warum wollte er so dringend mit Ihnen sprechen?«

Mooney seufzte. »Damit ich sein Lügengebäude stütze.«

Er stand auf und räumte das Tablett weg.

»Entschuldigen Sie die Unordnung. Ich bin in Trauer.«

»Wegen Mr. Fowler oder wegen Ihres Geschäfts?«

Mooney grunzte. »Beides.« Er versuchte, die auf dem Boden liegenden Zeitungen auf einen Haufen zu schieben, was ihm aber nicht recht gelang.

»Jedes Mal wenn es an der Tür klingelt, denke ich, er ist es. Dass er versucht, den Schein zu wahren, die Risse zu kitten. Jack war ein Sonnyboy, immer schon.«

»In den letzten paar Tagen habe ich ziemlich viel über Mr. Fowler gehört«, sagte Daly. »Er hat es weit gebracht seit seiner Entlassung aus der langen Haft in einer spanischen Einzelzelle.«

Ohne ein Nicken oder Stirnrunzeln sah Mooney Daly an.

»Ich hab auch ziemlich viel gehört«, sagte Mooney. Dann wechselte er das Thema. »War's schwer, hierher zu finden?«

»Nein«, sagte Daly. »Wie es scheint, gibt's hier wenig Probleme mit lästigen Nachbarn.«

Mooney stieß ein bitteres Lachen aus. »Es war Jack Fowler, der mich überredet hat, dieses Haus zu kaufen. Er war es, der die Siedlung entwickelt hat. Wer hätte ahnen können, dass es hier schlimmer ist als auf einem Friedhof.« Er sah Daly ausdruckslos an. »Oder in einer Gefängniszelle.« Sein Mienenspiel bestand aus Zuckungen, Fragmenten von Bewegungen ohne jegliche Verbindung zu den Gedanken und Gefühlen, die in ihm arbeiteten. Er ging zum Küchenfenster und deutete hinaus.

»Nachts ist es finster wie der Tod, und tagsüber sieht man nicht mal einen Hund oder ein durchfahrendes Auto. Schauen Sie sich die Fenster an – nicht eine Pflanze oder ein Vorhang weit und breit. Randalierer haben schon die ersten Scheiben eingeworfen. Angefangen haben sie mit den Häusern direkt an der Straße, dann kam die Reihe dahinter dran. Bald gibt es in der ganzen Siedlung kein heiles Fenster mehr.«

Während er sprach, schwirrte eine Schmeißfliege durch die Luft und knallte gegen die Scheibe. Mooney öffnete kurz das Fenster und schloss es gleich wieder, um den draußen lauernden Fliegenschwarm nicht hereinzulassen.

»Außer in diesem brennt in keinem Haus in einem Umkreis von fünf Meilen Licht«, sagte er. »Das zieht nachts sämtliche Fliegen und Motten der Gegend an.«

Ein Geruch wie aus einer Kläranlage zog durch den Raum. Mooney schien es nicht zu bemerken, er redete einfach weiter.

»Ich hab's auch zu was gebracht, wie viele, die sich als Freiwillige der IRA angeschlossen haben«, sagte Mooney mit einem Seufzer. »Aber das Leben hat mir einen grausamen Streich gespielt, indem es mich wieder in Einzelhaft gesteckt hat. Nur dass ich diesmal auch noch eine heftige Hypothek abzahlen muss.« Er sah Daly an. »Vermutlich wissen Sie, dass ich zwei Jahre in einem 5-Quadratmeter-Loch gesessen habe. Als einzige Gesellschaft hatte ich eine Bibel, eine Matratze, drei Decken und Jack Fowler. Wir waren republikanische Soldaten, aber die Schließer haben uns mieser behandelt als Vergewaltiger. Wie alle anderen im H-Block haben wir uns dem Dirty Protest angeschlossen. Wir haben unsere Körper als Protestmittel eingesetzt. Nachdem wir ein paar Monate lang die Wände mit unserer Scheiße beschmiert hatten, wimmelte es in der Zelle von Parasiten. Wir wurden zu lebenden Leichen. Können Sie sich vorstellen, wie es ist, wenn man plötzlich riecht, wie der eigene Körper verfault? Zuerst dachte ich, ich bilde mir das ein, aber irgendwann hat Jack zu meiner Erleichterung gesagt, dass er es auch riecht und dass es von seinem Körper kommt. Es war Verwesungsgestank. Das Gleiche riecht man, wenn man den Toten die letzte Ehre erweist.«

Daly bemühte sich, nicht das Gesicht zu verziehen, als eine weitere Kloakenwolke vorbeiwehte. *Das ist bestimmt auch keine Einbildung,* dachte er. In der Küche roch es nach Sickergrube. Diesmal bemerkte Mooney seinen Gesichtsausdruck.

»Entschuldigen Sie. Ich hab mich schon an den Gestank gewöhnt.«

Er öffnete die Terrassentür und zeigte Daly ein großes Loch im Garten, wo die Kanalisation offen lag. In der schwachen Frühlingssonne blubberte in kleinen Lachen Schmutzwasser.

Mooney sah Daly gequält an. »Das ist wirklich wie in Long Kesh um 1981. Vor ungefähr einem Monat drückte das Abwasser in die Toilette und in die Waschbecken. Als die Klempner kamen, mussten sie alle Rohrleitungen rausreißen, um die Verstopfung zu finden. Am Ende stellte sich raus, dass jemand Beton in einen Gully gegossen hatte. Vermutlich eine stinkige Baufirma, die nie Geld für ihre Arbeit gesehen hat. Die Reparatur kostet Tausende. Ich warte noch immer auf den Rückruf meiner Versicherung.«

»Erzählen Sie mir ein bisschen von Jack Fowler.«

Wieder im Wohnzimmer, ließ sich Mooney auf einen Sessel fallen. »Egal, was die Leute reden, Jack hatte wirklich eine mitfühlende, menschliche Seite. Er hat nie Nein gesagt, wenn er um eine

Spende oder um Hilfe gebeten wurde. Und es war immer sein eigenes Geld, das er gegeben hat.«

»Vielleicht wollte er sein schlechtes Gewissen beruhigen?«

»Vielleicht. Ein paar Tage vor seinem Tod hab ich bei ihm eine Veränderung bemerkt. Er schien mit irgendwas beschäftigt zu sein, fast besessen. Dieses Mädchen, die Ausländerin, hat oft an unserem Empfang auf ihn gewartet. Dann gingen sie Hand in Hand weg. Er hat sich keine Mühe gemacht, das Verhältnis zu verbergen. Außer vor seiner Frau natürlich.«

»Was hielten Sie von diesem Verhältnis?«

Mooney zuckte mit den Schultern. »Ich hab gehört, dass sie eine Prostituierte war. Anscheinend hat sie Fowler aus den Fängen ihres gewalttätigen Zuhälters gerettet.«

»Was sagt das über ihn?«

»Wie Sie eben meinten, vielleicht wollte er sein schlechtes Gewissen beruhigen.«

»Und dazu führt er die Geliebte in aller Öffentlichkeit seinen Kollegen vor? Das ist doch eine seltsame Art, sein Gewissen zu beruhigen.«

»Stimmt, da haben Sie recht. Das war reine Dummheit. Und im Hinblick auf seine gesellschaftliche Position ein Fehler. Ich fand das unmöglich. Ich kenne seine Frau recht gut. Aber der Betrug in seiner Ehe war ja nur die Spitze des Eisbergs.«

»Erzählen Sie mir von Ihrem letzten Gespräch mit ihm?«

»Das war bei der Jahreshauptversammlung der Gortin Regeneration Partnership. Wir sollten den Finanzbericht durchgehen. Es war ein sehr unangenehmes Treffen. Es sprang sofort ins Auge, wie nervös er war. Die ganze Zeit hat er mit seinem Handy rumgemacht und Nachrichten gelesen. Von seinem Charme war nichts zu merken. Mein Arbeitsleben bestand im Wesentlichen darin, seine Launen und verschiedenen Gesichter auszuhalten. Es war eine ziemlich dumme Form von Loyalität, aber für mich war er der geborene Anführer, und sein Einsatz für die Leute hier war unübertroffen. Allerdings konnte ich an jenem Tag seiner Forderung nicht nachgeben.«

»Was hat er denn gewollt?«

»Er wollte, dass ich den Finanzbericht frisiere und die Zahlen besser aussehen lasse. So als wär's nur ein Theaterstück mit mieser Handlung, die man ein bisschen umschreiben muss.«

»Was war das Miese daran?«

»Ich hatte mehrere Transaktionen entdeckt, bei denen er das offizielle Briefpapier der Wiederaufbaugesellschaft benutzt hatte, aber mit seiner Privatadresse.«

»War er da im Homeoffice?«

»Im schlimmstmöglichen Sinn des Wortes könnte man das so sagen.«

Daly sah Mooney an, aber seine Miene verriet nichts.

»Ich hab ihn deswegen zur Rede gestellt. Dass er die Mittel des Friedensfonds wie sein Privatvermögen behandelt, aber er hat sich verteidigt. Er hat gesagt, dass nichts daran falsch wäre. Er habe das Geld nur in Immobilien angelegt. Betongold. Selbst wenn der Wert kurzfristig sinken würde, würden die Preise bald wieder anziehen.«

»Und wie haben Sie reagiert?«

»Ich dachte, ich spinne. Es war wie im Puppentheater, wenn der Räuber sagt, die Kinder sollen schnell mal woandershin schauen. Als er kapiert hatte, dass ich diesen Schwindel nicht mitmache, starrte er mich an und raufte sich die Haare. ›Was soll ich jetzt machen?‹, hat er mich gefragt. ›Wir können doch nicht alles den Bach runtergehen lassen. Die jahrelange Arbeit.‹ Ich hab geantwortet, dass die Sache anders gelaufen war, als er es sich vorgestellt hatte, aber so war's eben, ob es ihm passte oder nicht. Der Verbleib der Mittel musste vor dem Vorstand und den Geldgebern offengelegt werden. Da ist er wirklich zusammengesackt. ›So soll alles enden, Michael?‹, hat er gefragt. Er sprach davon, wie wir gegen die Briten gekämpft hatten und für das Recht, selbst über unser Schicksal und unsere Gesellschaft zu bestimmen. Wie wir uns um gute Jobs und anständige Wohnungen gekümmert hatten. Immer wieder hat er mir versichert, dass der Immobilienmarkt bald wieder für uns arbeiten und für Massen von Geld und Arbeit sorgen würde. Er hat mich regelrecht angefleht, dass wir uns das Erreichte nicht aus der Hand schlagen und uns terrorisieren lassen dürften, sonst wäre alles verloren. Irgendwann wurde mir klar, dass uns das Gespräch nicht weiterbrachte. Als ich ging, hat er gesagt: ›Dann kann ich nur noch beten, Michael. Und ich werde viel beten müssen.‹ Das war das Letzte, was er zu mir gesagt hat.«

»Danach haben Sie nicht mehr mit ihm gesprochen?«

»Nein. Er hat mir am selben Abend noch mehrere SMS geschickt und auf meinen AB gesprochen. Doch zu der Zeit hab ich schon mit euren Betrugsleuten gesprochen.«

»Wusste er, dass die Polizei gegen ihn ermitteln würde?«

»Klar. Deswegen war er ja so verzweifelt. Er wusste, dass er in der Falle saß.«

»Verzweifelt genug, um sich das Leben zu nehmen?«

»Ich denke, ja.«

Immerhin ein gewisser Fortschritt, dachte Daly. Bei jemand in Fowlers Lage war Selbstmord nachvollziehbar. Nach der Auseinandersetzung mit Mooney musste er gespürt haben, dass er ungebremst auf einen Abgrund zusteuerte. Er hatte unfassbar viel Geld verloren – Millionen, die ihm gar nicht gehört hatten. Und das Einzige, was er dafür vorweisen konnte, war eine Ansammlung halb verfallener Häuser und verwilderter Felder. Bisher waren kaum ein paar Fundamente gelegt worden, und dennoch war alles Geld weg. An jenem Abend blieb ihm nur noch die Hoffnung, dass sein Leben am nächsten Tag wieder seinen gewohnten Gang ging und das Geschehen am Vorabend nichts als ein böser Traum gewesen war. Doch so war es nicht gekommen. Der böse Traum war unbestreitbare Wirklichkeit, und er war ein geschlagener Mann. Da konnten weder gute Worte noch Gebete helfen.

Ehe Daly sich von Mooney verabschiedete, fragte er: »Haben Sie je überlegt, dass Fowler ermordet worden sein könnte?«

»Warum sollte ich?«

»Ist nur eine Frage.«

»Wer sollte so was tun?«

»Das versuche ich rauszufinden.«

»Sie sollten sich hüten, das Wort auch nur zu flüstern.«

»Welches Wort?«

»Mord. Solange Sie keine stichhaltigen Beweise haben. Wenn sich rumspricht, dass an Jacks Tod irgendwas faul sein könnte, könnte das den Ruf von vielen Leuten beschädigen, von der Medienhetze ganz zu schweigen. Jack hat sich selbst gerichtet. Das ist traurig, aber mehr auch nicht.«

»Das zu beurteilen, Mr. Mooney, ist Aufgabe der Ermittlung.«

17

Ashe hatte vergessen, wie kalt der Frühling so hoch im Norden war. Nach der ersten Nacht, die er wieder auf irischem Boden verbracht hatte, fühlte er sich steif und kaputt. Um sich zu wärmen, stampfte er mit den Füßen auf der Stelle und blies sich in die Hände, dann schlich er durch den Wald und beobachtete die Stelle, an der er den gemieteten Jeep abgestellt hatte. Hinter dem Wald stand bereits die Sonne als oranger Ball am Himmel. Er wollte sichergehen, dass ihm niemand gefolgt war oder seinen Wagen observierte.

Zuvor hatte er sein Zelt sorgfältig zusammengepackt, alle Spuren des Feuers vom gestrigen Abend verwischt und den Boden nach Müll abgesucht, den er vielleicht hatte fallen lassen. Das Gute am Übernachten im Freien war, dass man sich keine Gedanken um Fingerabdrücke machen musste. Mutter Natur kannte keine glatten Oberflächen, und inzwischen wäre schon ihr stummer Putztrupp am Werk, die unzähligen Wildtiere, die von seinem Geruch angelockt seinen Übernachtungsplatz durchkämmten und letzte Hinweise auf seine Gegenwart vernichteten.

Als er sicher war, dass keine Gefahr drohte, stieg er in den Jeep und startete in Richtung Armagh. Er fuhr langsam und vorschriftsmäßig, um keine Aufmerksamkeit auf sich zu ziehen. In gewisser Weise war er genauso auf der Flucht wie Lena Novak. Er verstand ihre missliche Lage und die sich daraus ergebenden Notwendigkeiten besser als jeder andere, kannte das Misstrauen und das ständige Auf-der-Hut-Sein, das Flüchtende stets begleitete, den Kampf gegen Kontrollverlust und die immerwährende Sorge, die allem zugrunde lag – dass man eines Morgens aufwachte und von Feinden umgeben war. Die Furcht, dass man sich schlafend in falscher Sicherheit gewiegt hatte.

Bei ihr kam aber erschwerend hinzu, dass sie verschleppt worden war und ein Mensch ohne Identität war. Das Einzige, was er von ihr hatte, waren ein Foto und ein Name, der vermutlich sogar ihr richtiger war. In Irland hatte sie keine Vergangenheit, keine Familienverbindungen, keine bekannten Unterschlupfe und keine naheliegenden Fluchtmöglichkeiten. Sie konnte sich leicht mit ihrer Unsichtbarkeit abfinden. In dieser Hinsicht hatte sie die Grenze zum Menschsein schon hinter sich gelassen und glich eher einem Wildtier.

Er wusste, dass er sie in Bewegung versetzen musste. Er wollte sie aus ihrem Versteck aufschrecken, weil jemand, der sich bewegte, besser zu erkennen war als jemand, der sich am Boden duckte. Also musste er sich etwas einfallen lassen und den Boden unter ihr zum Erzittern bringen. Er hatte sich schon an der Adresse umgesehen, die er von Michael Mooney erhalten hatte. Wie erwartet hatte er in der Wohnung keine Hinweise gefunden, nur zusammenhanglose Fragmente ihres Lebens und ihres Verhältnisses mit Fowler. Auch die Polizei hatte noch keine Spur von ihr. Hätte sie in einem Hotel oder Bed & Breakfast Zuflucht gesucht, hätte man sie mittlerweile gefunden. Bestimmt hatten sie auch die Bordelle im Grenzland und die Treffpunkte ihrer Landsleute überprüft.

Am Stadtrand von Armagh hielt er an einer Altglassammelstelle. Er brach einen Glascontainer auf, holte ein gutes Dutzend leerer Wodkaflaschen heraus und verstaute sie im Kofferraum des Jeeps.

Sein Handy klingelte. Eine Inlandsnummer – das konnte nur eine Person sein.

»Hallo Michael«, sagte er.

»Wo bist du?«, fragte Mooney.

»Ich bin in Armagh.«

»Ich ruf an, um dich auf den neuesten Stand zu bringen. Hast du Zeit?«

»Ich hab alle Zeit der Welt«, sagte Ashe.

»Wir haben einen Hinweis auf Lena Novak. Vor zwei Tagen hat ein Taxifahrer sie erst zu Fowlers Villa und dann hinein nach Armagh gefahren. Sie hat bei einer Putzfirma namens Home Sweet Home Cleaners geklingelt und ist danach in einen Expressbus nach Dublin gestiegen. Wir haben jemand am Busbahnhof in Dublin abgestellt, aber sie ist da nie angekommen. Vermutlich hat sie den Fahrer unterwegs halten lassen. Seither ist sie nicht mehr aufgetaucht.«

»Es ist ziemlich schwierig, dauerhaft unter dem Radar zu bleiben«, sagte Ashe. »Früher oder später wird sie irgendwo auftauchen, wo sie früher mal war.«

»In der Stadt geht das Gerücht um, dass Josip Mikolajek, ein Schmuggler und Menschenhändler, ein Kopfgeld auf sie ausgesetzt hat. Schön langsam brennt's. Wir müssen das Problem so schnell wie möglich lösen.«

»Keine Sorge. Ich hab schon einen Plan.«

»Wär gut, wenn der auch funktioniert. Heute früh war schon ein Detective bei mir.«

»Was wollte er?«

»Er schnüffelt in Fowlers Finanzgeschäften rum. Schon der Gedanke verursacht mir Kopfschmerzen.«

»Fowler hat die Regeneration Partnership geprellt. Gibt's da sonst noch was, das er finden könnte?«

Mooney klang plötzlich defensiv. »Ich hab vor der Polizei nichts zu verbergen, aber je weniger die weiß, desto besser.«

»Kein Grund zur Sorge also.«

»Stimmt.«

»Dann kann man dich ja in Ruhe lassen.«

Hinter Ashe erlosch die frühmorgendliche Stadtbeleuchtung. Der Verkehr von Armagh Richtung Süden nahm ab. Er fuhr in die Hügel des Grenzlandes, vorbei an verlassenen militärischen Beobachtungsposten, die sich die Natur zurückeroberte. Gleich in alten Wunden verwachsene Schrapnelle ragten nur noch die Wachtürme aus dem Grün. Begleitet vom Klirren der leeren Flaschen im Heck, holperte der Jeep durch eine trübe, von Bächen und verschlammten Straßen durchzogene Landschaft. Unzählige Stellen für einen Hinterhalt fielen ihm auf: Wasserdurchlässe in Straßensenken, hohe Hecken und Felsvorsprünge, die bedrohlich dunkle Schatten warfen.

Er versuchte, sich auf die Straße zu konzentrieren, aber in seinem Kopf dröhnten die Echos von Bomben und Gewehrsalven. Obwohl er sich an das Tempolimit hielt, blieb er angespannt, weil er den Gedanken nicht abschütteln konnte, sich in Reichweite des feindlichen Feuers zu bewegen. Immer wieder hielt er und warf von versteckten Aussichtspunkten prüfende Blicke auf die Straße hinter ihm.

In den Dörfern passierte er befestigte Polizeistationen, die als Teil des Friedensprozesses aufgegeben worden waren und nun als Mahnmale inmitten neuer Wohnsiedlungen verfielen. In dem entschieden republikanischen Landstädtchen Crossmaglen hielt er, um einzukaufen. Neue Slogans und Wandgemälde an den Giebeln der Häuser kündeten von der Unterstützung für republikanische Abweichler. Er spürte eine Bitternis in der Luft, die Bitternis eines umstrittenen Friedens.

Als er sich der Grenze näherte, fuhr er auf gewundenen Sträßchen und Schotterwegen, durch Wälder und enge Täler, an deren Hänge sich verlassene Farmen klammerten. Wenn jemand Ausschau hielt, dann würde er jetzt entdeckt werden. Die Reifen der Lastwagen, die im Schutz der Nacht die Grenze passierten, hatten die Straßenränder umgepflügt – die Spuren der Benzinschmuggler, die wie moderne Straßenräuber die Hauptstraßen und Polizeipatrouillen scheuten. Tagsüber waren die nachts rege befahrenen Straßen verwaist. Mehrmals blieb er stehen und stellte den Motor ab, doch alles, was er hörte, waren Stille und das unruhige Rauschen des Windes, der durch die Hecken fauchte.

Als er im Schatten eines Schlehdorndickichts am Straßenrand hielt, drang Dieselgeruch in den Jeep. Er stieg aus. Trotz der Kälte war der Gestank stechend. Am Ende des Wegs standen mehrere Scheunen, Überreste einer aufgegebenen Farm. Er hielt sich eine Weile im Verborgenen. Während er die Gebäude mit einem Fernglas beobachtete, stiegen Bilder von bewaffneten Männern mit Barett und Sturmhaube in ihm auf. Neben einer hoch aufgeschossenen Hecke duckte sich ein Tanklaster, dessen Nummernschild von frischem Schlamm verdeckt war. Auf dem Hof stand ein Wohncontainer, darum parkten mehrere Fahrzeuge – Transporter, Pick-ups und ein Sportwagen, alle mit dem Heck zum Container für eine schnelle Flucht. Ganz hinten im Hof zeichneten sich im Zwielicht schwach die Umrisse der Auflieger zweiter Sattelzüge wie gestrandete Wale ab. Daneben stand ein ausgeschlachteter Tanklaster, aus dem Schläuche und Röhren kamen.

Der Tipp erwies sich als zutreffend. Er hatte das Schmugglernest gefunden. In einem der Farmgebäude musste ein Chemielabor sein, das den Farbstoff aus dem Agrardiesel aus der Republik Irland extrahierte, um ihn im Norden teurer als normalen Diesel zu verkaufen. Es war der einzige Bestandteil des Terrorapparats, der nie abgebaut worden war. Während der Troubles waren die Anlagen zum Entfärben von Benzin und Diesel im Grenzland ein regelrechter Wirtschaftszweig gewesen. Jetzt waren sie von republikanischen Abweichlern mit Verbindungen zu osteuropäischen Kriminellen übernommen worden. An den Stapeln leerer Flaschen sah Ashe, dass die Bande auch eine illegale Alkoholabfüllung betrieb.

Er wartete noch etwas. Wieder besah er sich die Farm genau. An einem Feldrand entdeckte er einen schäbigen Wohnwagen mit einer Wäscheleine. Überzeugt, dass es nur im Wohncontainer Anzeichen von Leben gab, startete er den Jeep erneut und fuhr weiter.

Als er vor dem Wohncontainer stand, hupte er bei laufendem Motor. Am Fenster waren eine Schachtel Zigaretten und ein Gewehrkolben zu sehen. Das Gewehr verschwand. Gleich darauf tauchte ein übernächtigter Jugendlicher mit dem Gewehr im Arm im Türrahmen auf.

Ashe ließ das Fenster herunter und grinste. »Ich hab 'ne Ladung leerer Wodkaflaschen.«

Der Jugendliche ging vorsichtig um den Jeep herum, peinlich darauf bedacht, seine weißen Sneaker nicht in den Schlamm zu setzen.

»Wir nehmen heut Nachmittag keine Lieferungen an.«

»Wo ist das Problem?«, fragte Ashe. »Ist schon eine gekommen?«

Der Junge blickte auf einen Zettel, den er aus seiner Hosentasche gezogen hatte. Er hielt ihn in der Gewehrhand.

»Hier steht nichts davon.«

»Die haben dir nicht gesagt, dass ich komme?«

Der Junge sah ihn an. Er setzte das Gewehr ab und zog ein Handy heraus. »Da muss ich Mr. Mikolajek anrufen und fragen.«

Ashe lehnte sich aus dem Fenster. »Willst du ihn fragen, warum er vergessen hat zu sagen, dass ich komme? Ist sicher besser, wenn du das machst und nicht ich.«

Der Junge zögerte. Ashe bemerkte, dass das Handy in seiner Hand leicht zitterte.

»Du kannst mir so viele Fragen stellen, wie du willst, Junge«, sagte Ashe. »Und wenn dir keine einfallen, dann sag mir einfach, was ich mit der Ladung leerer Flaschen machen soll.«

Der Junge trat von einem Bein aufs andere. Plötzlich schien er es eilig zu haben, in den warmen Container zurückzukommen.

»Wissen Sie, wohin Sie müssen?«

»Keine Sorge, ich komm zurecht. Aber prima, dass du so gut aufpasst.« Er zwinkerte ihm zu. »Ich leg bei Mikolajek ein gutes Wort für dich ein.«

Ashe fuhr weiter auf den Hof und zog seine Pistole, eine Glock 17. Er vermutete, dass die Arbeiter irgendwo in den Schuppen waren. Er inspizierte ein Gebäude nach dem anderen. In den ersten beiden Schuppen fand er nichts als verrostete landwirtschaftliche Maschinen voller Vogelkot und muffige Heuballen. Beide waren dunkel und kalt.

Der nächste Schuppen war der größte, breit und mit hohem Dach. Durch eine Plexiglasscheibe im Dach fiel etwas Licht. Beim Eintreten vernebelte ihm die Mischung aus billigem Alkohol und Dieselgestank kurz die Sinne. Er brauchte ein, zwei Momente, bis sich seine Augen an das Dämmerlicht gewöhnt hatten. Überall auf dem Boden lagen Plastikschläuche und Kabel, die an eine Batterie surrender Maschinen angeschlossen waren. Daneben standen zwei Boxen mit Katzenstreu, eine frisch und sauber, die andere rot gefärbt. Hinter der Reinigungsanlage erkannte er die Silhouetten von drei Frauen auf Stühlen, die Flaschen mit einer Flüssigkeit füllten, die das Glas von innen zum Leuchten zu bringen schien.

Als sie Ashe bemerkten, schreckten die Frauen auf. Ein Karton mit Flaschen kippte um, und die Flaschen rollten über den Beton. Etwas an der Art, wie Ashe als Schattenriss in der Tür stand, verriet ihnen, dass er nicht hier sein sollte. Die älteste Frau stieß einen Schrei aus und wollte fliehen, doch Ashe packte sie am Oberteil ihres Jogginganzugs und warf sie zu Boden. Sie stöhnte.

»Keine Sorge, Sie haben sich nichts gebrochen«, sagte Ashe.

Sie machten sich klein vor ihm.

»Jetzt kann Ihnen niemand mehr helfen«, sagte er. »Sie hätten wie Lena Novak verschwinden sollen und sich ein richtig gutes Versteck suchen.«

Als er die Waffe auf sie richtete, protestierten sie nicht. Stattdessen trat ein Ausdruck von Schicksalsergebenheit auf ihre Gesichter. Er fesselte sie rasch mit einem Seil, zog ihnen Säcke über die Köpfe und ließ sie hinten in den Jeep steigen. Er hatte viele Fragen an sie. Fragen zu Lena Novak und zu ihrem Boss Josip Mikolajek, aber das musste warten.

18

Piepend zählte die Alarmanlage die Sekunden bis zum Auslösen runter, während Daly im Dunkeln nach dem Steuerpanel tastete. Er gab den Code ein, und im Gang wurde es still.

»Sollen wir reingehen?« Er wandte sich an Irwin, aber der Special-Branch-Mann hatte die Wohnungstür schon aufgestoßen.

Daly betrachtete den edlen Parkettboden und die schicken Möbel in Jack Fowlers Liebesnest und fragte sich nicht zum ersten Mal, wie es Lena Novak so schnell gelungen war, aus einem schäbigen Bordell zu solchem Luxus zu gelangen und die unliebsamen Zärtlichkeiten von Männern, die sie ausbeuteten und benutzten, gegen die Aufmerksamkeiten eines großzügigen Liebhabers zu tauschen.

»Was wissen wir eigentlich über diese Frau?«, fragte Irwin.

»Nur das, was uns das Foto und die Dinge vor unseren Augen verraten«, sagte Daly und versuchte, seine ersten Eindrücke zu verarbeiten.

Irwin verzog den Mund zu einem dünnen Lächeln. »Ich sehe, dass sie ein reges Sexleben hatte, das ihr auch einen guten Lebensunterhalt verschafft hat. Fowler muss sie mit Geld und Geschenken überhäuft haben. Schauen Sie sich nur um.«

Von Sofa und Beistelltisch bis in die beiden Schlafzimmer verteilt lagen Parfümflakons, Krimskrams und haufenweise Designerklamotten. Die Wohnung quoll fast davon über. Eine Überfülle an Luxus und Geschenken. Systematisch verschaffte sich Daly einen Überblick und versuchte, das alles mit dem in Einklang zu bringen, was er über Lena Novak wusste. Er hoffte, irgendwo in diesem Durcheinander einen neuen Hinweis zu finden, doch mehr als der

Eindruck einer Frau, die plötzlich über Luxus im Überfluss verfügte und nicht recht damit umgehen konnte, wollte sich nicht einstellen.

Irwin unterbrach seine Gedanken. »Fowler will sie vor ihrer Vergangenheit retten, kurz darauf kommt er unter ungeklärten Umständen ums Leben, und sie verschwindet. Und mehrere Millionen Pfund dazu. Wenn ich was fürs Wetten übrighätte, würde ich darauf setzen, dass sie ihn umgebracht und das Geld geklaut hat.«

Daly nickte. Lenas Leben wirkte wie eine unendliche Abfolge von Flucht, Verrat und Verschwörung, und der Sex war dabei der Kitt, der alles verband. Dagegen war sein Leben so langweilig wie das eines Mönchs.

Er ging in das große Schlafzimmer mit einem so flauschigen Teppich, dass er einem dekadenten Rockstar gefallen könnte. Er betrachtete das Bett. Das Kissen war leicht eingedrückt, aber kalt, es war schon länger niemand mehr darauf gelegen. Dann blickte er von der Schlafstätte hinüber zu dem geplünderten Kleiderschrank. Der Duft ihres Parfüms stieg ihm in die Nase. Er fragte sich, wie lang er schon in der Luft hing. Vielleicht so lang, wie es dauerte, bis Fußspuren im Schnee schmolzen. Lang genug, um die Neugier eines Detectives zu wecken, der seit Langem die tröstlichen kleinen Details des Zusammenlebens mit einer Frau vermisste.

Als er die Tür zum direkt anschließenden Bad öffnete, ließ der Wind die Vorhänge flattern.

»Wer ist da?« Erschreckt wirbelte Daly herum, aber da war niemand.

Das Badezimmer, das so groß war wie Dalys Schlafzimmer, war ein Marmorpalast. Er betrachtete sich im Spiegel, fuhr sich mit der Hand durch die Haare und zupfte sich den Hemdkragen zurecht. Nur die Müdigkeit verschwand damit nicht aus seinem Gesicht. In seinen Augen entdeckte er einen sehnsüchtigen Glanz, ein offenkundiges Bedürfnis nach irgendeiner Art Trost. Er seufzte. Nicht nur wertloser Besitz und Krempel brachten Unruhe ins Leben von Menschen. Manchmal reichten schon Gedanken und Erinnerungen, um einen Kopf ins Chaos zu stürzen.

In der Küchenspüle sah er etwas, das nach Perücke aussah. Er stupste es an. Es waren abgeschnittene Haare.

»Wenn wir Lena das nächste Mal sehen, hat sie kurze Haare«, sagte er.

»Warum hat sie das getan?«

»Vermutlich, um ihr Aussehen zu verändern. Vielleicht wollte sie auch die Vergangenheit abschneiden.«

»Schade um die schönen Locken.«

»Das verrät sie als eine Frau mit Entschlusskraft. Sie kann sich von etwas trennen, wenn es sein muss, sogar von einem Teil ihrer Identität.«

Wenn Fowler ein Mann der Lust und Gier ist, dachte Daly, *dann ist Lena Novak eine Frau der List und Tricks.* Er fragte sich, wer wen verführt hatte.

Irwin winkte ihn zu sich. Er hatte den Fernseher angeschaltet. Die beiden Detectives sahen, wie die grauen körnigen Bilder einer Überwachungskamera auf dem Bildschirm erschienen. Sie zeigten den Eingangsbereich des Wohnblocks.

»Das ist ja live«, murmelte Irwin.

»Rund um die Uhr auf der Hut«, sagte Daly. »Das ist der Preis, den man zahlt, wenn man sich in die Abhängigkeit von Männern wie Jack Fowler begibt.«

Irwin warf die Kassette aus dem Rekorder aus, untersuchte sie, legte sie wieder ein und drückte auf Rücklauf. Die Kamera blickte von der Seite auf den Gebäudeeingang und den Weg zum Haus. Sie sahen sich das Band bis zum vorhergehenden Morgen an, dann die folgende Nacht. Zuerst bemerkten sie die Gestalt gar nicht, die reglos in der oberen rechten Bildschirmecke stand, so sehr war sie mit der Dunkelheit verschmolzen. Dann fuhr ein Auto vorbei, und Schatten sprangen aus ihren Verstecken hervor und zogen sich wieder zurück. Als sich das körnige Licht kurz in einer Pfütze sammelte, entdeckte Daly in einer Ecke die Silhouette eines still dastehenden Mannes. Sie spulten vor. Die eingeblendete Uhr verriet, dass eineinhalb Stunden vergangen waren. Das Licht zweier vorbeifahrender Autos strich über das Haus und ließ den Mann, der noch am selben Fleck stand, erneut kurz erscheinen. Dann verschwand er wieder.

»Wen haben wir denn da?«, fragte Irwin. »Macht da wer einen Selbstversuch als Pilz?«

Sie verfolgten weiter gebannt die Aufzeichnungen. Jedes Mal wenn ein Scheinwerferpaar vorbeihuschte, sahen sie die reglose Gestalt. Beunruhigend reglos. Mit angehaltenem Atem starrte Daly auf den Bildschirm. Die absolute Reglosigkeit machte die Präsenz des Mannes bedeutsam und bedrohlich. Die Nacht war voll beweglicher Schatten, aber diese Gestalt schien den Blick auf einen einzigen Punkt geheftet zu haben.

Der Wechsel aus Licht und Dunkel ließ den Bildschirm flimmern, bis Sonnenaufgang tat sich aber nichts. Die Detectives sahen zu, wie das zunehmende Licht die Hausfassade sichtbar machte. Doch da war die Gestalt bereits verschwunden. Sie sahen den Rest des Bandes im Schnelldurchlauf an, fanden jedoch nichts. Irwin steckte die Kassette in eine Asservatentüte.

In der Hoffnung auf einen Anhaltspunkt zu Lenas Aufenthaltsort setzten sie die Durchsuchung der Wohnung fort. Daly fand keine Ausweispapiere, allerdings hatte er auch nicht ernsthaft damit gerechnet. Was er fand, waren Kreditkartenbelege. Er notierte sich die Nummern, um die Karten überwachen zu lassen. Abgesehen davon gab die Wohnung nichts Verdächtigeres preis als die für ein Liebesnest üblichen Neck- und Lockmittel. Es gab keine neuen Hinweise auf das Nichts, in das Jack Fowlers Leben gestürzt war und in das Lena Novaks Leben zu folgen sich anschickte.

Als es an der Tür klingelte, erstarrten Daly und Irwin und sahen sich an. Erneut klingelte es, beinahe ungeduldig. Daly schaltete den Bildschirm an. Als er die Gestalt vor der Tür sah, schluckte er.

19

»Wer ist da?«, fragte Daly, nachdem er auf den Knopf der Gegensprechanlage gedrückt hatte.

»Ich bin ein Freund von Lena Novak«, sagte eine Männerstimme nach einer kurzen Pause.

Daly sah auf den Bildschirm. Draußen war es schön, klar und sonnig, aber die dunkle Gestalt warf einen Schatten auf den Eingangsbereich. Es war derselbe Mann wie gestern Nacht. Bei Tageslicht wirkte er seltsam konturlos, fast wie ein Sack. Irwin beugte sich nah zu Daly, so als wollte er in ein Nest oder eine Höhle mit einem gefährlichen Tier spähen.

»Was wollen Sie?«

»Ich möchte zu Lena.«

»Das möchten momentan viele.«

»Es ist wichtig.«

»Sie ist im Moment nicht da.«

Die Sprechanlage blieb still. Hätte die Kamera den Mann nicht im Eingangsbereich gezeigt, Daly hätte gedacht, er sei verschwunden. Er verfügte über den Gleichmut einer Statue. Langsam hob er den Kopf und blickte ausdruckslos in das Objektiv. Seine Haut war leicht gebräunt, sein Schädel rasiert. Er sah aus wie jemand, der viel Zeit in sonnigeren Gefilden zugebracht hatte.

»Wo ist sie denn?«, fragte er.

»Kann ich nicht sagen«, erwiderte Daly. »Nennen Sie mir Ihren Namen und Ihre Telefonnummer, dann geb ich sie ihr.«

»Warum können Sie mir nicht sagen, wo sie ist?«

Daly hielt inne. In der Stimme war ein hartnäckiger Unterton, der vermuten ließ, dass der Mann gerne die Zügel in der Hand hielt.

»Weil gestern Nacht vor dem Haus ein Fremder rumstand. Er sah aus, als würde er Lena stalken. Und er sah aus wie Sie.«

Der Blick der Kamera schien den Mann nicht zu stören.

»Was wollen Sie von Lena?«

»Sie ist für mich von Interesse.«

»Das ist sie auch für mich.«

»Warum ist sie für Sie interessant?«

Daly versuchte, ihn neugierig zu machen. »Vor einer Woche ist ein Mann gewaltsam gestorben. Er war Lenas Freund. Wenn so was passiert, müssen Leute wie Lena immer Fragen beantworten.«

»Wer sind Sie?«

»Warum kommen Sie nicht rauf und sehen nach?«

Daly sah wieder auf den Bildschirm, aber der Mann war verschwunden. *Dabei haben wir uns gerade erst kennengelernt,* dachte er.

Dann rannte er aus der Wohnung und die Treppe hinunter. Noch während seine Schritte auf den Betonstufen trappelten, hörte er, wie ein Motor hochdrehte. Er stürzte aus der Tür, als ein schwarzer Jeep von einem nahen Parkplatz fuhr. Er lief auf den Wagen zu. Der Fahrer hielt, legte den Gang ein, dann fuhr er in hohem Tempo auf Daly zu.

Für einen Moment blieb Daly unschlüssig stehen, dann drehte er sich um und rannte zurück zur Haustür. Hinter sich hörte er den getretenen Motor brüllen. Er gab alles, um schneller zu sein als das Röhren hinter ihm, aber es kam in mörderischer Wildheit immer näher. Mit dröhnendem Kopf und schweren Füßen stolperte Daly, fiel und wappnete sich gegen den Aufprall, doch im letzten Moment wich der Jeep nach links aus und umfuhr die zusammengekauerte Gestalt, um sich ein neues Ziel zu suchen, von dem Daly nichts wusste. Schwer atmend kroch er in Sicherheit. Alltagsgeräusche hüllten ihn ein, ein Hund bellte, Kinder spielten lachend, eine Tür wurde zugeschlagen, die quietschenden Reifen des sich entfernenden Jeeps nur ein immer leiserer Teil des Ganzen.

Als Daly den Kopf hob, sah er in Irwins wütendes Gesicht.

»Sie könnten ruhig etwas erleichtert dreinblicken«, schnaufte Daly. »Er hätte mich fast übern Haufen gefahren.«

»Ich konnte das Nummernschild nicht erkennen«, erklärte Irwin. »Warum, glauben Sie, ist er hinter Lena her?«

»Warum auch immer, auf alle Fälle muss er entschieden haben, dass mein Tod es nicht wert ist.«

»War aber 'ne knappe Entscheidung.«

»Wir müssen mit dem, was wir über Lena Novak wissen, an die Öffentlichkeit«, sagte Daly, nachdem er zu Atem gekommen war. »Geben wir eine Beschreibung dieses geheimnisvollen Besuchers raus an die Medien. Jetzt ist sie nirgends mehr sicher.«

Es begann zu regnen, und Daly stieg in sein Auto, schlug die Tür zu und packte das Lenkrad mit beiden Händen. Schwere Tropfen perlten an der Windschutzscheibe herab. Das Wetter hatte wie so oft in South Armagh abrupt umgeschlagen. Daly ließ den Motor an und schaltete die Scheibenwischer ein. Warum hatte der Besucher im letzten Moment beschlossen, ihn am Leben zu lassen? Auf der Fahrt zu seinem Cottage am Lough Neagh rangen Ärger und Erleichterung um die Vorherrschaft über seine Gefühle.

Zu Hause fand er in seinem vollgestellten Wohnzimmer keine Ruhe. Draußen toste der Wind und fegte durch den verwilderten Garten und zerpflückte abgestorbene Disteln und Nesseln. Die Hennen im Drahtauslauf gackerten und schlugen mit den Flügeln, in einiger Entfernung klatschten Wellen wütend an das immer dunkler werdende Seeufer. Jede Bewegung und jedes Geräusch schienen von Gefahren und Fallstricken zu künden. Sogar die hohen Bäume am Rand des Gartens schwankten, als zerrten sie an Ketten. Daly blieb kurz an der Türschwelle stehen und lauschte, dann sprang er über eine Steinmauer und lief in die buckeligen Felder seines Vaters.

20

Lena musste nachdenken und verwendete darauf alle Zeit, die sie hatte, denn wenn sie nicht überlegt handelte, würde das ihren sicheren Tod bedeuten. Jetzt war sie kein Opfer mehr, doch sie musste weiter so tun, um ihren Plan durchzuführen. Sie wusste, dass es bei jeder Jagd Momente wilder Flucht gab, aber auch Momente regloser Ruhe.

Sie ging früh in das Café und setzte sich an einen Tisch am Fenster. Es war Nachmittag, und es kamen viele alleinstehende Männer, um zu essen und eine Art ritueller Gemeinsamkeit zu finden. Sie rührte in ihrem Kaffee und zündete sich eine Zigarette an. Aus dem Fernseher in einer Ecke kam die Nachricht, dass die Polizei nach einem anonymen Hinweis eine illegale Abfüllanlage hochgenommen habe. Laut Sprecherin wurden drei kroatische Frauen vermisst, aber niemand schenkte dem Bericht Aufmerksamkeit.

Lena trug ein hautenges schwarzes Kleid und war stark geschminkt. Jedes Mal wenn sie sich auf ihrem Stuhl bewegte und ihre langen Beine neu übereinanderschlug, huschten die Blicke der männlichen Gäste zwischen zwei Bissen verstohlen zu ihr und taxierten schwelgerisch ihre Figur.

Während des Wartens auf ihren Kunden warf sie immer wieder ungeduldige Blicke zur Tür. Als eine Kellnerin sie bat, die Zigarette auszumachen, drückte sie sie in einem angebissenem Sandwich aus. In das Lokal war sie früher, als sie noch für Mikolajek gearbeitet hatte, gegangen. Jetzt hatte sie mit der Zigarette ihre Aufregung dämpfen wollen.

»Das war nicht persönlich gemeint, ist einfach Vorschrift«, sagte die Kellnerin im Gehen.

Es klopfte ans Fenster. Lena hob den Kopf und erblickte einen großen Mann mittleren Alters im Regen. Sein rasierter Schädel ließ ihn wie einen buddhistischen Mönch aussehen. Sie hob die Hand zum Gruß.

Begleitet von einer kräftigen Böe, kam der Mann herein und setzte sich ihr gegenüber. *Genauso funktioniert Prostitution,* dachte sie. *Man muss sich nur in einem halb leeren Café ans Fenster setzen.* Ihr Aussehen und ihr Verhalten signalisierten Verfügbarkeit, ganz egal, welches Gesicht sie aufsetzte.

Sie sah ihn nicht an. Beiläufig rührte sie in ihrem Kaffee, aber die Anspannung war ihr anzumerken. Ihr olivfarbener Teint war blasser geworden.

»Ich will nur reden«, sagte er. »Nichts weiter.«

Sie nickte. Noch eine einsame Seele auf der Suche nach etwas Menschlichkeit.

»Möchten Sie was bestellen?« Er beugte sich zu ihr.

»Laden Sie mich ein?«

»Wenn Sie möchten.«

»Danke, aber ich hab keinen Hunger.« Jetzt sah sie ihn an, die Brauen leicht angehoben.

»Draußen steht mein Jeep. Möchten Sie mitkommen?«

Ihre Kehle zog sich zusammen, als sie einen Mund voll Kaffee schluckte.

»Warum bleiben wir nicht hier? Zumindest ein bisschen.«

Er sah sich um. »Hier ist es ziemlich trist. Wie wär's mit was Fröhlicherem?« In der Frage schwang leichte Ungeduld mit.

Sie bestand darauf, ihren Kaffee und ihr Sandwich selbst zu bezahlen, und erhob sich. Der Mann beobachtete sie, als sie der Kassiererin eine Kreditkarte gab. Er schien seinen Blick nicht von ihr lösen zu können.

Als sie sich ihm wieder zuwandte, zögerte sie. Blinzelnd sah sie auf seine hochgewachsene Gestalt im Türrahmen und wusste nicht, was sie als Nächstes tun sollte. Wäre das alles ein Märchen, würde sie zur Puppe ihrer Großmutter greifen. Sie würde sie an ihr Ohr drücken, damit sie ihr flüsternd und mit Piepsstimme verriet, wer wirklich ihr Feind war und wie sie einer Gefangennahme entging. Doch sie war allein. Sie hatte nur ihre Instinkte, die jeden ihrer Schritte leiten mussten.

Der Mann stand weiter an der Tür. Er konnte ein Gespenst aus der Vergangenheit sein, Zuhälter, Drogenhändler, vielleicht sogar ein Mörder. Sie versuchte, die warnenden Stimmen in sich zu überhören, und folgte dem leicht Hinkenden zu seinem Jeep. Sie hatte Begehren in seinen Augen aufflackern sehen. Das war, was ihr Kraft gab. Gäbe es das nicht, hätte sie Angst, für immer zu verschwinden.

21

Sie war knapp außer Hörweite, versteckt in der stacheligen Tiefe eines Schlehdorndickichts, aber irgendwie wusste Daly, dass sie da war. Es war kurz vor Sonnenuntergang, als er das Gefieder der Henne in der Hecke erspähte, die die äußerste Grenze zwischen dem Land seines Vaters und dem Wald markierte. Er rechnete damit, dass sie die Flucht ergriff, aber sie duckte sich nur tiefer in die Dunkelheit, als wäre sie ein Geist. Sie hielt eine Überraschung für ihn bereit.

Daly hatte die Henne seit Wochen nicht mehr gesehen und war überzeugt gewesen, dass der Fuchs sie geholt hatte. Seit dem Tod seines Vaters war die Hühnerschar verstört und ängstlich gewesen, manchmal stießen sie auch Wehlaute aus, und keines hatte Eier legen wollen oder können. Die älteste Henne, eine Andalusierin, entkam immer wieder, schlüpfte durch Löcher im Zaun, obwohl Daly ihn ständig flickte. Jetzt sah er den Grund für ihre wiederholten Fluchten.

Ihr Federkleid hatte sich verändert, war dunkler geworden, so als trüge sie Trauer. Ihre glasigen Augen waren wachsam und misstrauisch. Er drängte sie zurück, bis er ein Gelege weißer Eier und zerbrochener Schalen sah. Mehrere blaugraue Küken piepten leise, als das wärmende Muttergefieder verschwand. Daly hielt den Atem an und berührte die verbliebenen Eier. Leider waren sie kalt wie Stein. Er sammelte die Henne und ihre flauschigen Küken ein und setzte sie in ein ausgepolstertes Legenest.

Nachdem er sie in den Hühnerstall gebracht hatte, ging er zur Hecke zurück und suchte nach eventuell übersehenen Küken. Als er durch die Hecke stöberte, hörte er ein schwaches Piepen. Er blieb stehen und lauschte. Das Piepen war leise und flehend. Auf sich allein gestellt würde das Küken nicht lange überleben. Es war wie ein winziges Blatt, das sich an einem toten Ast festklammerte. Plötzlich verstummte es.

Er bewegte sich nicht. Die Dornsträucher ächzten im Wind, das Wintergras raschelte auf den Feldern. Wieder Piepen. Diesmal klang es angestrengt, näher. Das Küken hing irgendwo fest. Er starrte auf die nicht ausgebrüteten Eier, und zu seiner Überraschung bemerkte er, dass eines leicht wackelte. Das Küken war noch drin, wurde ihm klar, und kämpfte darum, sich aus der Schale zu befreien. Er legte das Ei in seine Handfläche und sah zu, wie der feuchte Kopf des Kükens sich herausarbeitete. Die Augen waren verklebt, blind. Jetzt kroch es mit zitterndem Schnabel und hängenden Flügeln heraus und genoss den kleinen Zipfel Freiheit in der Wiege seiner zerbrochenen Schale.

Ihn überkam Euphorie. Das Küken an seine Brust haltend, als wäre es das Wichtigste in seinem Leben, lief er zurück zum Hühnerstall. Er bot das winzige Häufchen Leben der Mutter an, die wütend gackerte. Erleichtert sah er, dass sie ihr Nesthäkchen nicht ablehnte.

Als er noch einmal zum Nest in der Hecke ging, hörte er erneut ein Piepen. Diesmal waren die Rufe noch schwächer. Er entdeckte ein weiteres Ei mit einem winzigen Riss, aus dem sich ein Küken zu befreien versuchte. Er zerbrach die Schale, und das Küken glitt schleimig wie etwas Halbverdautes heraus. Er blies es sanft an und versuchte, es zu wärmen, als er zum Legenest eilte. Dort schob er das sich windende Küken unter das Gefieder der Henne und ging ins Cottage. Er nahm ein Stück Torf von dem schrumpfenden Haufen, den sein Vater im Sommer vor seinem Tod angelegt hatte, machte Feuer und wartete, dass die langsame Hitze ihm die durchfeuchteten Füße wärmte. Im gelbgrünen Feuerschein betrachtete er seine Hände und Arme. Blut drang aus den Stellen, wo die Dornen die Haut aufgerissen hatten.

Als seine Füße trocken waren, ging er hinaus und gab der Henne etwas Futter und frisches Wasser. Diskret entfernte er die Leiche des letzten Kükens, das er von der Hecke geholt hatte. Die Henne hatte es unter Stroh versteckt, als wäre es Abfall.

Danach blickte er auf die vertrauten Buckel in den Feldern seines Vaters. Zum ersten Mal seit seinem Einzug nach dessen Tod fühlte sich Daly nicht mehr wie jemand, der aus dem Weltall gefallen und hier ausgesetzt worden war. Noch immer wucherte Unkraut im Rasen, und die Hecken waren ein Gewirr aus Brombeerranken und Dornsträuchern, aber immerhin hatte er jetzt ein wenig neues Leben hergebracht.

Als er zurück im Cottage war und sich mit einem Glas Whiskey hinsetzen wollte, klingelte sein Handy.

»Haben Sie einen Moment, Celcius?« Es war der Wachhabende in der Polizeistation von Armagh.

»Hab ich immer.«

»Wir haben einen Hinweis auf Lena Novak.«

»Und der wäre?«

»Vor ein paar Minuten kam die Meldung rein, dass eine der Kreditkarten von Jack Fowler in einem Café benutzt wurde. Im Jenny's in Aughnacloy.«

22

Als Daly Aughnacloy erreichte, erloschen dessen funkelnde Lichter eins nach dem anderen, und das Grenzstädtchen verschwand wie ein sinkendes Schiff in der Nacht. Ein paar Männer standen im Halbdunkel vor der Tür des Cafés zusammen, aber von Lena Novak war nichts zu sehen. Das Lokal hatte schon geschlossen, die Fensterläden waren zu, und als Daly an die Tür klopfte, antwortete niemand.

Er fuhr die leere Straße hinauf. Wenn Lena die Kreditkarte selbst verwendet hatte, konnte sie nicht allzu weit sein. Er behielt beide Straßenseiten im Auge. Als er dieselbe Straße zurückfuhr, sah er aus dem Augenwinkel einen Mann und eine Frau in einer düsteren Seitengasse verschwinden. Es kam ihm vor, als müsste er mitansehen, wie ein Paar unterging, ohne dass jemand eingriff oder um Hilfe rief. Er bremste und stieß zurück.

In der Gasse lief er bis zu einer aufgegebenen Baustelle, dann tappte er vorsichtig über Bauschutt weiter. Er sah das Paar neben einem rostigen Betonmischer. Auf Daly wirkten die beiden wie zwei Leute, die etwas Geschäftliches besprachen. Er beobachtete die junge Frau im schwarzen Kleid und den Mann mittleren Alters, umgeben von Baumaschinen und gestapelten Zementsäcken. Hinter ihnen stand ein Turm aus Betonblöcken, gekrönt von einer Rolle Stacheldraht.

Daly trat zu ihnen und zeigte seine Marke. Lena drehte sich zu ihm um, aber der Mann blieb bewegungslos stehen. Nur eine kleine Kopfdrehung verriet, dass er nicht gesehen werden wollte. Lena war sofort angespannt. Sie zündete sich eine Zigarette an und blies Daly provozierend Rauch ins Gesicht.

»Ich will nicht mit Ihnen reden«, sagte sie.

»Ich will Ihnen nur helfen.«

»Das hier geht Sie nichts an. Ich versuche nur, mir das Nötigste zu verdienen.«

»Um sich den Lebensunterhalt zu verdienen, gibt es bestimmt weniger gefährliche Möglichkeiten.«

»Da vertraue ich auf meinen Instinkt. Ich komme schon klar. Die meisten Männer, die ich treffe, sind harmlos. Sie wollen sich nur was gönnen. Genau wie mein Freund hier.«

Daly sah den Mann an.

»Ich will Ihnen nicht die Zeit stehlen, Inspector«, sagte der Mann aus dem Dunkeln. Seine Stimme war wohlklingend, beinahe sanft. Er breitete die Arme leicht aus, fast wie ein reuiger Büßer. »Ich hab so was vorher noch nie gemacht, ehrlich. Ich habe diese Frau gesehen und bin spontan stehen geblieben.«

Daly glaubte ihm nicht. Schon dass er hier war, verriet, dass er sich nicht mehr im Griff hatte, sich von Sitte und Anstand entfernte und einer Grenze nahe kam, jenseits der ihm die Freuden eines glücklichen Familienlebens verwehrt waren. Als Daly näher trat, zog sich der Mann tiefer in die Schatten der Baumaschinen zurück.

»Haben Sie sich je überlegt, was ein Gerichtsurteil für Ihr berufliches Fortkommen bedeuten würde?«

Der Mann seufzte. Sein Gesicht lag völlig im Dunkeln. »Ich bin Geschäftsmann. Wenn das meine Frau und Kinder erfahren, würden sie mir nie verzeihen.«

Daly nickte müde. Vielleicht hatte er sich getäuscht und der Mann hatte in einem kopflosen Moment einen Fehler begangen. Daly wollte sein Gesicht sehen. Zwar war er nicht erpicht auf den Anblick eines zerknirschten Familienvaters, aber dass die Züge des Mannes im Dunkeln lagen, machte ihn misstrauisch. Es war, als würde er von Schattenaugen angestarrt.

»Diese Frau ist Opfer von Schleusern«, sagte Daly. »Sie trägt zwar keine Ketten, aber sie ist eine Gefangene. Eine Sklavin.«

»Wie gesagt, ich mach das zum ersten Mal.« Der Mann sprach ganz ruhig und stand nach wie vor völlig reglos da. Daly kam die Stimme irgendwie bekannt vor. Und er meinte zu spüren, wie sich der Blick langsam in ihn bohrte.

Er beschloss, die beiden festzunehmen, um zumindest die Möglichkeit zu haben, mit Lena zu sprechen und herauszufinden, was zwischen Fowler und ihr passiert war. *Sie muss endlich den Ernst der Lage begreifen,* dachte er, *und ein Verhörraum ist dafür kein schlechter Ort.* Er musste sie überzeugen, dass es für sie nicht sicher war, Freier auf der Straße aufzugabeln.

Daly bat den Mann um einen Ausweis und erklärte ihm, er sei festgenommen. Er hatte erwartet, dass der andere ihn anflehen und um eine Verwarnung bitten würde, weil eine Festnahme sein Leben zerstören würde. Stattdessen beantwortete er Dalys Aufforderung mit einem kurzen Schweigen. Dann trat er aus dem Schatten und sah den Detective mit eigenartigem Interesse an.

»Inspector«, sagte er, »was wollen Sie eigentlich von dieser Frau?«

»Wie bitte?«

Zu spät erkannte Daly die Stimme wieder, die seltsame Ruhe, die der Mann ausstrahlte. Er hatte ihn schon gesehen. In den Aufzeichnungen der Überwachungskamera in Lenas Wohnung. Er war es, der ihn fast überfahren hätte. Schlagartig verspürte Daly eine eisige Kälte in seiner Brust.

23

Das Licht einer einsamen Straßenlampe spiegelte sich in den dunklen Pfützen der verlassenen Baustelle. Die drei Gestalten standen auf einem unfertigen Fundament mit schartigen Kanten. Nichts als dunkle Löcher und Hindernisse, wenn einer von ihnen einen Fluchtversuch unternahm.

»Was wollen Sie eigentlich von dieser Frau?«, wiederholte der Mann seine Frage. »Wollen Sie sie einsperren oder in ihre Heimat ausfliegen? Oder gibt's da vielleicht noch Interessen persönlicher Natur?«

»Was geht Sie das an?«

»Das ist für mein Unternehmen von größter Bedeutung. Mein Boss hat ein großes Interesse an ihr.«

»Für wen arbeiten Sie denn?«

Auf die Frage hin glomm ein kaltes Schimmern in die Augen des Mannes auf. Seine Gesichtszüge verhärteten sich. Daly wurde plötzlich klar, dass er dessen Intentionen völlig falsch eingeschätzt hatte. Das war kein Treffen einer Prostituierten mit einem Freier, sondern etwas viel Ominöseres.

Daly drehte sich zu Lena, die langsam rückwärtsging. Furcht schlich sich in ihren Blick. *Alles dreht sich um sie,* dachte er, *ganz egal, wie sehr sie sich bemüht, Abstand zwischen sich und ihrer Vergangenheit zu schaffen.* Als ihn die Wucht des Mannes umwarf, ahnte er, dass er weder dessen Identität noch die seines Bosses erfahren würde. Im nächsten Moment hockte der Fremde auf ihm und drückte ihm das Knie in den Nacken. Daly versuchte, den Kopf zu drehen und dem anderen ins Gesicht zu sehen. Es wirkte entspannt, der Mund stand offen, so als würde der Mann gleich gähnen oder loslachen, aber er handelte energisch und zielstrebig.

Er zog ein Stück Seil aus der Innentasche seiner Jacke und befahl Lena mit vorgehaltener Pistole, Daly die Hände auf dem Rücken zu fesseln.

»Was wollen Sie von ihr?«, fragte Daly.

»Keine Ahnung.« Der Fremde richtete die Pistole auf ihren Kopf. »Ich war schon lang nicht mehr in Gesellschaft einer schönen Frau. Vielleicht sollte ich ihr Blumen schenken und sie zum Essen ausführen.«

Seine ruhige Stimme und der beiläufige Ton ließen in Daly die Hoffnung aufkeimen, dass es noch eine Fluchtmöglichkeit gab.

Dann ging der Mann wieder in die Hocke und drückte Daly das Knie in den Nacken. »Sie haben meine Frage nicht beantwortet.«

»Und die wäre?«, stöhnte Daly.

»Was haben Sie mit der Frau vor? Geht's um Sex?«

»Nein.«

Der Mann grinste. »Haben Sie in der Hinsicht vielleicht ein Problem?«

»Nein. Das interessiert mich nicht. Warum reden wir überhaupt von Sex?«

»Weil sie eine Prostituierte ist. Aber so viel haben Sie sicher selbst rausgefunden.«

Er drückte das Knie stärker gegen Dalys Luftröhre. Der Detective wollte losbrüllen und strampeln, aber dann besann er sich. Damit würde er nur weitere Gewalt provozieren. Und ehe ihm etwas anderes einfiel, wurde ihm schwarz vor Augen. Das Letzte, was er bewusst wahrnahm, war das hoch konzentrierte Gesicht des Fremden, dessen Augen ihn so unbewegt wie zwei Astlöcher anblickten und Dalys letzten Widerstand vor seinem Sturz in die Bewusstlosigkeit gleichgültig hinnahmen.

Aus einem Wirbel von Schatten tauchte Lenas Gesicht über Daly auf, zuerst nur ihre Augen, die sich als zwei Fixpunkte in einem Gestöber aus Licht und Dunkel in sein Unterbewusstes bohrten, um ihn zurück auf die eisige Baustelle zu führen. Daly wollte sich die Hände vors Gesicht halten, aber sie waren auf seinem Rücken zusammengebunden.

»Sie wollten mit mir reden«, sagte sie.

»Ja. Aber dabei hätte ich es gerne etwas bequemer gehabt. Was ist passiert?«

»Als ich Sie gefesselt habe, hab ich Ihre Waffe genommen. Und als er Sie ersticken wollte, hab ich sie ihm an den Hinterkopf gehalten. Er wollte es nicht darauf ankommen lassen.«

»Schlau von ihm.«

»Ich brauche Ihren Autoschlüssel, Celcius.«

»Was soll das heißen?« Dass sie ihn mit seinem Vornamen angesprochen hatte, schien fast genauso wichtig wie die Forderung selbst. Wollte sie fliehen oder sich ihm anbieten?

»Sie können später mit mir sprechen. Wir telefonieren. Aber jetzt brauche ich Ihren Schlüssel.«

Sie durchsuchte seine Taschen, bis sie ihn fand.

»Lena, hören Sie mir zu. Sie tun da was ganz Dummes. Wenn Sie einem Polizisten das Auto stehlen, ist das eine Straftat. Ich verspreche Ihnen, dass ich, wenn Sie mich losbinden, Sie dorthin fahre, wohin Sie wollen.«

»Nein.«

»Nein? Was soll das heißen?« Er versuchte, sich hochzustemmen.

»Dass Sie mich erst erwischen müssen.«

»Verstehen Sie nicht, was eben los war? Der Mann hatte ein Seil, um Sie zu fesseln. Der wollte Ihnen was antun. Und er findet Sie, ehe ich Sie finde.«

Sie hörte nicht zu. Stattdessen tastete sie seine Jacke ab und nahm sein Handy an sich. Den auf der Rückseite mit einem Klebstreifen befestigten Zettel riss sie ab. Darauf hatte er seine Nummer notiert für den Fall, dass er sie vergaß.

»Wenn Sie schon telefonieren wollen«, sagte er, »dann rate ich Ihnen, einen Anwalt anzurufen. Einen möglichst guten. Und er soll sich auch bei mir melden. Sie werden jeden rechtlichen Beistand brauchen, den Sie bekommen können.«

»Ich kann Sie zu Mikolajek bringen«, versprach sie. »Sobald ich meine persönlichen Angelegenheiten in Ordnung gebracht habe. Lassen Sie mir nur etwas Zeit.«

Sie drückte kurz seine gefesselten Hände. Die Berührung elektrisierte ihn. Wieder sah sie ihm in die Augen. Diesmal hatte ihr Blick alle Melancholie verloren. Daly sah, was darunter verborgen war – die Sehnsucht eines einsamen Mädchens nach Heimkehr. Und dann sah er etwas anderes aufblitzen – das Funkeln eines Raubtiers, das bereit war zu töten. Sein Mund wurde trocken, ein Schauer fuhr ihm über die Arme und den Rücken. Die psychische Verstrickung war viel schmerzhafter als seine tatsächlichen Fesseln. Ihm wurde klar, dass sie die Kunst der Intimität perfektioniert hatte, jenen gefährlichen nahen Austausch, die schnelle zärtliche Berührung. Ihre Nähe erregte ihn ebenso sehr, wie sie ihm unangenehm war.

»Sie spielen mit mir«, zischte er, aber sie war bereits verschwunden. Zurückgeblieben war nur ein Hauch ihres Parfüms. Als er hörte, wie sein Auto angelassen wurde und davonfuhr, ließ er den Kopf auf den Boden sinken, die Wangen vor Scham und Zorn gerötet.

Bald darauf hörte er Schritte. Erleichtert rief er um Hilfe. Ein älterer Mann tauchte aus den Schatten auf. Er half Daly auf die Beine und band ihn los. Sein sprühender Blick verriet, dass er geradewegs aus dem Pub kam.

»Vielen Dank«, sagte Daly.

»Alles okay mit Ihnen?«, fragte er. »Nachts kann Aughnacloy ein verdammt gefährliches Pflaster sein.« Er betrachtete Daly mit großväterlicher Sorge.

»Ich wurde überfallen. Von hinten, wie aus dem Nichts.«

»Sie sollten die Polizei rufen.«

»Ich bin von der Polizei.«

Der Mann sah ihn scharf an. »Sie sind von der Polizei?«

Daly spürte, wie sich zwischen ihnen ein Abgrund auftat. Der alte Mann musterte ihn jetzt mit wütendem Argwohn.

»Was haben Sie hier gemacht? Rumgeschnüffelt?«

»Ich hab ein Verbrechen verhindert!«

»Sie sind ein verdammter protestantischer Schnüffler.«

»Nein«, widersprach Daly. »Ich bin ein verdammter katholischer Schnüffler.«

»Die sind ja noch schlimmer.«

Langsam ging Daly zur beleuchteten Hauptstraße zurück. Dabei spürte er den stechenden Blick des Mannes in seinem Rücken. Nach ein-, zweihundert Metern sah er sich nach einem Verfolger um. Die Straße war leer. Er lehnte sich an eine Mauer und rieb seinen Nacken. Regen setzte ein und begann den Schlamm von seinen Schuhen zu waschen. Bis er zu Hause war, würde er klitschnass sein.

24

Commander Ian Boyd erhob sich nicht, als Daly am folgenden Nachmittag zu ihm ins Büro trat. Sein Vorgesetzter blieb so stocksteif sitzen wie eine Schaufensterpuppe, die von der Polizeiführung in Belfast genau in dieser Haltung auf diesen Stuhl gesetzt worden war. Boyd hatte breite Schultern, glatte zurückgekämmte Haare und ein Gesicht, das mit einem Blick ungeduldiger Effizienz einen Papierstapel anstarrte. Obwohl der Commander erst seit zwei Monaten im Amt war, stand Dalys Bild von ihm als einem notorischen Paragrafenreiter bereits fest. Er war die Art Polizist, die für die Erledigung von ermüdendem Papierkram und die strikte Einhaltung von Verfahrensregeln erschaffen worden war.

»Darf ich Sie kurz stören, Sir?«, bat Daly.

Der Commander verzichtete darauf, den Kopf zu heben. Neben ihm surrte ein Aktenvernichter neuester Bauart. Während des Lesens steckte er wie am Fließband Blatt um Blatt in den Schredder. Daly sah seinem Chef und der Maschine zu. Sie arbeiteten mit erstaunlicher Synchronizität. Beide wirkten wie Teile einer Apparatur, die von derselben Steuereinheit gelenkt wurden.

»Einen Augenblick noch, Inspector«, erwiderte Boyd. Er nahm einen weiteren Papierstapel, um ihn lesend zu schreddern. *Lies und vergiss,* dachte Daly. Der neue Police Service of Northern Ireland schien Fähigkeiten im Bereich Lesen und Schreddern für besonders beförderungswürdig zu halten.

Der vorherige Commander Donaldson, ein typischer Vertreter der alten Royal Ulster Constabulary, hatte wenigstens den Schneid gehabt, sich nicht im Geringsten um Anweisungen aus der Zentrale zu scheren. Wenn die Dinge aus dem Ruder liefen, was regelmäßig geschah, verschwand er meist wegen irgendeiner mysteriösen »absoluten Unabkömmlichkeit« von der Bildfläche und ließ seinen leitenden Ermittlern freie Hand, die Entscheidungen zu treffen, die sie für richtig hielten.

Da war Boyd ganz anders gestrickt. Sein Hauptaugenmerk galt dem Einhalten von Prozessen und Vorgaben und Budgetrahmen. Über sein Privatleben sprach er so viel wie ein Henker neben der Guillotine, auch wenn es in seinem Fall eine nimmersatte Papierguillotine war.

»Ich stör Sie doch nicht bei was?«

»Ganz und gar nicht«, sagte Boyd und steckte das letzte Blatt in den Schredder. »Eine meiner Grundregeln ist, stets eine offene Tür zu haben. Sogar wenn ein Detective kommt und mir schlechte Nachrichten über seine verpfuschten Ermittlungen überbringt.«

Daly verzog das Gesicht.

Boyd sah ihn stechend an. »Ich habe den Bericht über die Sicherstellung Ihres gestohlenen Autos gelesen. In Ihrem Fahrzeug wurden eine leere Wodkaflasche, Zigarettenstummel und die Abdrücke von Damenstiefeln auf dem Armaturenbrett gefunden. So wie es aussieht, hat diese Frau Ihr Auto gestohlen und darin eine Party gefeiert, Inspector Daly.«

»Wenn Sie den Bericht gelesen haben, wissen Sie ja auch, dass mir das Fahrzeug entwendet wurde, nachdem ich einen Versuch, sie zu entführen, vereitelt hatte. Ihre Freiheit und vermutlich auch ihr Leben waren in Gefahr.«

»Sie sind Inspector und leitender Ermittler. Wie häufig entwenden gesuchte Personen jemand in Ihrer Position das Auto?«

»Ich wurde niedergeschlagen und war bewusstlos.« Daly zuckte mit den Schultern. Egal, was er sagte, es würde immer nur nach einer matten Ausrede klingen.

Boyd musterte ihn von Kopf bis Fuß.

»Vielleicht sollten Sie sich mal eine Pause gönnen. Sie wissen doch, dass es Ihnen freisteht, sich eine Auszeit zu nehmen und sich zu erholen.«

»Ich würde lieber die Ermittlungen fortführen.«

»Und wie gedenken Sie, das zu tun?«, fragte Boyd scharf.

»Ich würde gerne eine Pressemitteilung herausgeben und die Bevölkerung um Unterstützung bei der Suche nach dem hinkenden Mann und auch nach Mikolajek bitten. Ich möchte alle Kanäle nutzen und mich wenn nötig auch mit Interpol in Verbindung setzen, um mehr über den Hintergrund der Männer zu erfahren und sie aufzustöbern. Außerdem möchte ich eine Mannschaft losschicken und in mehreren Stadtteilen Haus für Haus und Straße für Straße durchsuchen lassen, bis wir diese Gang und jene, die sie für ihre dreckige Arbeit bezahlen, aufgeschreckt haben.«

Boyd runzelte die Stirn, sagte aber nichts.

»Habe ich dafür Ihre Unterstützung?«

Der Commander sah Daly ausdruckslos an. »Meine Unterstützung nicht, aber mein Interesse.«

»Was soll das heißen?«

»Das heißt, wir werden bezüglich der gesuchten Frau nichts weiter unternehmen. Jedenfalls für den Moment.« Boyd lehnte sich auf seinem Stuhl zurück.

»Wieso das?«

»Wir können uns keinen weiteren Fehlschlag leisten. Gestern Abend hat man Sie in eine Falle gelockt, und Lena Novak konnte mit Ihrem Auto entkommen. Das lässt Ihrerseits auf schlechte Vorbereitung und eine falsche Lagebeurteilung schließen. Und es lässt darauf schließen, dass dieser Frau mehr Mittel und Möglichkeiten zur Verfügung stehen, als Sie ihr zutrauen. Ich wiederum schließe daraus, dass dieser Fall nicht so gelagert ist, wie Sie vermuten.«

»Inwiefern?«

»Ich habe die bisherigen Berichte Ihres Teams erhalten. In der Sache gibt es keine konkreten Anhaltspunkte. Die Tatorte geben nicht viel her, und die Verbindung zu Mikolajek steht auf tönernen Füßen. Damit lassen sich keine weiterreichenden Maßnahmen begründen, geschweige denn eine Medienkampagne oder gar Hausdurchsuchungen. Sie führen die Ermittlung in eine Sackgasse.«

»Ich weiß, dass es hier und da Lücken gibt, aber ...«

Boyd unterbrach ihn. »Ihr Vorhaben wird für Unruhe in der Öffentlichkeit sorgen. Wenn Sie solche Pressemitteilungen rausgeben und außerdem Türen eintreten, dann werden sich die Leute fragen, was für gefährliche Ausländer wir ins Land gelassen haben. Es ist nicht in öffentlichem Interesse, Angst und Schrecken zu verbreiten.«

»Was wollen Sie damit sagen? Dass eine Festnahme von Mikolajek Rassismus befördert?«

»Nein. Ich sage, dass das durch ungeschickte und unbeholfene Polizeiarbeit geschieht. Sie kennen diese Stadt besser als ich. In manchen Teilen stehen wir kurz vor rassistischen Ausschreitungen. Hier läuft Gesindel rum, das nur nach einem Grund sucht, die Häuser der Nachbarn wegen deren Herkunft anzuzünden.«

»Das Leben einer jungen Frau ist in Gefahr.«

»Wie schon gesagt glaube ich, dass Sie die Gefahr, in der sie sich befindet, etwas überschätzen.«

»Warum sollte ich das tun?«

»Weil Miss Novak Ihr Interesse geweckt hat. Aber das sollte keinerlei Einfluss auf die Arbeit eines Detectives haben. Wenn Sie einen stichhaltigen Beweis in der Hand hätten, der sie mit diesen Verbrechen in Verbindung bringt, oder einen Beleg, dass ihr Leben bedroht ist, dann sähe die Sache anders aus. Dann könnten Sie eine überzeugende Indizienkette entwickeln und regulär verfahren, aber was Sie mir auftischen, hat nichts mit den technischen Abläufen einer Ermittlung zu tun. Dieses Netz aus Intrigen, in das Sie die Frau« – Boyd hielt inne, um mit Genuss seine Spitze zu setzen – »und ihre geheimnisvolle Puppe verstrickt sehen, ist reine Einbildung. Das haben Sie sich zurechtgelegt, um sich die

Mühen und Formalitäten normaler Polizeiarbeit zu ersparen. Lassen Sie es mich klipp und klar sagen: Ich möchte, dass Sie die Suche nach ihr einstellen. Wir wissen, dass sie über Geldmittel und einen Unterschlupf verfügt. Wir wissen, dass sie weder verletzt noch krank ist. Unsere Männer, die Garda und die Öffentlichkeit haben eine Personenbeschreibung erhalten. Wir sollten abwarten und sehen, was sich daraus ergibt.«

»Sie haben recht, mein Interesse wurde geweckt, aber das geschah aufgrund meiner Erfahrungen und meiner Ausbildung.«

Boyd starrte Daly kalt an. »Ich denke, allmählich bekomme ich ein Bild von Ihnen, Celcius Daly. Was ich sehe, ist ein Polizist und ein Gefühl. Diese Frau ist sehr hübsch, das ist nicht zu leugnen. Und je mehr Sie nach ihr suchen, desto mehr unterliegt Ihr Handeln persönlichen Motiven.«

Daly blinzelte. Die Kritik wurde ebenfalls persönlicher.

»Wegen eines Fotos und eines Gefühls können wir keine Ressourcen vergeuden«, erklärte Boyd.

»Liegt es daran, dass sie Ausländerin ist?«

»Kommen Sie mir nicht damit, Daly.« Jetzt schnappte Boyd ein. Der gut eingeübte Anschein von Effizienz verschwand. Geschreddert zusammen mit dem Verfahrenshandbuch.

»Sie wissen doch, wie die Presse ist«, sagte Daly. »Nur die kleinste Andeutung, dass wir dem Leid der Frau keine Beachtung schenken, weil sie Ausländerin ist, und sie wetzen die Messer. Am Schluss werfen sie uns Ausländerfeindlichkeit vor.«

»Um ihre Herkunft geht es doch gar nicht. Wir haben nicht die Ressourcen, um Ihre persönliche Neugier zu befriedigen. Genau hier liegt unser Problem, viel zu viel Ineffizienz und Zeitverschwendung. Ich muss sämtliche Maßnahmen meiner Leute rechtfertigen und finanzieren. Ich will einen schriftlichen Bericht über die bisherigen Ermittlungsergebnisse und einen Grund, warum wir weitere Ressourcen darauf verwenden sollten.«

Daly runzelte die Stirn. Nicht er, sondern der Commander musste der Wirklichkeit ins Auge sehen. Seiner Meinung nach war Boyd einem krankhaften Formularzwang und Erbsenzählerei zum Opfer gefallen. Aber es war auch sehr bequem, wenn die Kriminellen aus Papier waren und die einzigen Verbrechen Zahlen, die keine glatte Summe ergaben, oder Kästchen, die sich nicht ankreuzen ließen.

Boyd reichte Daly mehrere Blätter mit der Tagesordnung für ein vertrauensbildendes Gespräch zwischen Polizei und Gesellschaft heute Abend. Auch Bürgervertreter und Lokalpolitiker würden daran teilnehmen.

»Das Gespräch beginnt um Punkt sieben«, sagte Boyd. »Ich will, dass Sie auch da sind. Republikanische Politiker haben Bedenken über die Art der Untersuchung von Jack Fowlers Tod geäußert.«

Daly überflog die Liste. Ihm fielen die Namen ehemaliger Terroristen auf, für die es vor fünf Jahren politischer Selbstmord gewesen wäre, an einem solchen Meeting überhaupt teilzunehmen.

»Gut. Ich bin da.«

»Noch ein Rat, Daly«, sagte Boyd, als sich der Detective umdrehte. »Mag sein, dass diese Frau in Schwierigkeiten steckt, aber mir scheint, dass dafür die Männer verantwortlich sind, die meinen, sie aus ihrem selbst gewählten Beruf erretten zu müssen. Wenn das nächste Mal einer meiner Leute ihr begegnet und den Verdacht hat, dass sie auf Kundenfang ist, dann will ich, dass sie wegen Prostitution festgenommen wird.«

25

Als Daly sein Büro betrat, sprang Irwin von seinem Stuhl auf. Er hatte eine Tasse lauwarmen Tee in der Hand und setzte sie neben Dalys Akten ab. Er wirkte zufrieden.

»Ich dachte, Sie kämen früher zurück«, sagte Irwin. »Aber die Tasse ist ja noch fast frisch.«

Irwin war kein Teetrinker, und Daly vermutete, dass er nur aus Neugier gekommen war. Mit einem raschen Blick auf den unaufgeräumten Schreibtisch fragte er sich, ob Irwin in seinen Unterlagen geblättert hatte.

»Was hat der Commander gesagt?«

Daly überlegte. »Er hat ein paar Vorschläge gemacht, wie wir mit der Ermittlung weitermachen könnten. Mehr nicht. Ich finde, es ist an der Zeit, sich Fowlers Ertrinken genauer anzusehen. Gehen Sie noch mal alles durch und schauen Sie, ob wir was übersehen haben.«

»Wir haben doch schon alles durchgekaut!«

Dennoch sichteten sie eine Stunde lang die bisherigen Ermittlungsunterlagen. Sie hatten Fowlers Leben und seine Geschäfte durchleuchtet, aber kaum etwas gefunden, das auf einen Mord hindeutete.

Daly nahm die Asservatentüte mit der Opern-CD. Noch wussten sie nicht, wer die Fingerabdrücke auf dem CD-Cover hinterlassen hatte.

»Diese Musik lief, als er ertrank«, sagte Daly. »Da muss sie doch irgendwas zu bedeuten haben, vielleicht was Privates.«

»Nur für wen? Wenn es wirklich Mord war, dann könnten die Fingerabdrücke vom Mörder stammen«, meinte Irwin.

Daly betrachtete die CD. Sie sollten Mrs. Fowler einen weiteren Besuch abstatten.

»Fast hätt ich's vergessen«, sagte Irwin, als Daly aufbrechen wollte. »Der Zoll hat angerufen. Nach einem anonymen Tipp zu einer illegalen Dieselwäscherei gab's heute früh eine Razzia in einem Farmhaus in der Nähe von Keady.«

»Wurde was Interessantes gefunden?«

»Das war nicht ganz eindeutig. Laut Tipp hat ein bewaffneter Mann drei Kroatinnen entführt. Aber als der Zoll hinkam, war keine Menschenseele da. Die hatten sich in Luft aufgelöst. Da waren nur noch eine voll betriebsfähige Anlage zum Entfärben von Agrardiesel mit mehreren Tanks und eine illegale Schnapsabfüllerei. Die Zollleute vermuten, dass alle, die da gearbeitet haben, sich über die Grenze verdünnisiert haben.«

»Warum haben sie uns nicht eingeschaltet?«

»Bei so einem Hinweis müssen sie sofort zuschlagen, sonst werden Beweise vernichtet.«

»Weiß man schon was über die Frauen?«

»Noch nicht. Das Einzige, was sie haben, ist der anonyme Anruf, und der bringt sie nicht weiter. Zeugen dürften keine aufzutreiben sein. Wer liefert sich schon selbst ans Messer.«

»Rufen Sie noch mal an und sprechen Sie mit dem Einsatzleiter der Razzia«, sagte Daly. »Wir brauchen möglichst viele Informationen über diese Frauen.«

»Okay«, sagte Irwin. »Der Einsatzleiter hieß Dukes, wenn ich den Diensthabenden richtig verstanden hab.« Aber Daly war schon gegangen.

Auf der Auffahrt zu Fowlers Villa fand Daly, dass sich seit dem letzten Besuch wenig geändert hatte. Nichts deutete auf den Schicksalsschlag hinter diesen stolzen Mauern hin. Die schweren Mahagonitüren und die großen Fenster aus Dreifachglas verrieten nichts von dem Verhängnis, das nach Fowlers Tod über seine Familie gekommen war. Der Wind wehte so frisch wie eh und je den nahen Slieve Gullion herab, und die Zierkirschen präsentierten ihre zuversichtlichen Blüten und sprenkelten den gemähten Rasen mit rosa Konfetti.

Nur in der Stille und den Schatten im Inneren des Hauses sowie im abgespannten Gesicht Greta Fowlers, die ihn im Wohnzimmer mit Strukturtapete an den Wänden erwartete, sah Daly Anzeichen der Tragödie. Der Boden aus hellem Marmor war makellos. Sie saß wieder auf der blassgrünen Couch, und ihre nackten Knie berührten fast den Couchtisch. Der Wind polterte ebenfalls wieder gegen die Panoramafenster, und es standen noch dieselben Blumen in der hohen Porzellanvase, nun allerdings deutlich über ihrem Zenit. Sie sahen aus, als würde sie der geringste Windhauch völlig zerzausen. Greta Fowler sah ähnlich zerbrechlich aus, kurz vor dem Zusammenbruch. Es schien fast, als hätte sie sich die ganze Woche nicht von der Couch wegbewegt. Daly fragte sich, ob seine Fragen überhaupt bei ihr ankommen würden.

Nachdem er ihr den Grund für sein Kommen erläutert hatte, riss sie sich augenscheinlich zusammen.

»Erinnern Sie sich an irgendwas Besonderes am Tag vor dem Tod Ihres Mannes? Etwas, das Ihnen bei unserem letzten Gespräch nicht eingefallen ist?«

»Ganz vieles«, antwortete sie mit einem Seufzen. »Ich war bei Marks & Spencer beim Einkaufen. Dann war ich beim Friseur und hab beim Warten eine Zeitschrift gelesen. Ich wollte mir blonde Strähnen machen lassen. Da hatte ich noch keine Ahnung, dass die Frau im Spiegel am Abend für immer verschwunden sein würde. Aber genug von meinem banalen Leben. Ich dachte, Sie wollten mit mir über den Tod meines Mannes sprechen?«

»Was meinen Sie mit ›für immer verschwunden‹?«

»Als ich an dem Abend nach Hause kam, war für mich klar, dass meine Ehe stabil war. Nicht im Traum hätte ich gedacht, dass ich eine betrogene Ehefrau war, und schon gar nicht hab ich geahnt, dass alles so kommen würde.« Sie hielt inne. Tränen stiegen ihr in die Augen. »Doch dann hab ich auf dem Anrufbeantworter eine Nachricht von der Frau gehört, die Sie suchen. Danach war mein bisheriges Leben vorbei. Ich war eine andere geworden. Jemand, der sich mit den Alltagssorgen nicht mehr abgeben musste. Ich habe gewartet, bis Jack nach Hause kam, dann hab ich ihm die Nachricht vorgespielt. Er fiel aus allen Wolken. Als ich ihm in die Augen sah, war da nichts als Angst. Wie bei einem kleinen, von Rowdys umzingelten Jungen.«

»Wie lautete die Nachricht?«

»Sie sagte, dass es aus wäre mit ihnen und sie zehntausend Pfund wollte. Es war Erpressung. Ganz sachlich und ohne Drama. Sie hatte die ganze Zeit mit dem Boss ihrer kleinen Mafia, einem Mikolajek, unter einer Decke gesteckt. Sie sagte, sie hätte wichtige Geschäftsunterlagen von Jack, die sie ihm geben würde, wenn sie das Geld bekäme.«

»Und was hat Ihr Mann darauf getan?«

»Gar nichts. Er war geschockt. Völlig überrascht. Er sagte, er hätte diese Frau besser behandelt als sonst wen in seinem Leben. Er dachte, er hätte sie aus den Fängen von Menschenschmugglern gerettet.«

»Und Sie? Wie haben Sie reagiert?«

»Ich war ganz ruhig. Erleichtert. So als hätten wir noch eine Chance bekommen.«

Daly betrachtete sie aufmerksam. Für einen Moment schob er die Selbstmordthese zur Seite und spielte mit dem Gedanken einer Eifersuchtstat, dem Zorn einer betrogenen Ehefrau, die von der Frau, die ihren Ehemann verführt hatte und ihn jetzt erpressen wollte, Wind bekommen hatte. Aber wäre sie dann so kaltblütig und rational vorgegangen und hätte den Mord an ihrem Mann wie

Selbstmord aussehen lassen? Es schien ihm unwahrscheinlich. Der Tod war zu inszeniert für ein Verbrechen aus Leidenschaft. Aber die Enthüllung, dass Lena versucht haben könnte, Fowler zu erpressen, eröffnete neue Perspektiven. Er fragte sich, ob möglicherweise die ganze Affäre eine Falle gewesen war? Und wenn ja, wer hatte sie Fowler gestellt?

Greta bemerkte Dalys zweifelnden Blick und rang sich ein Lächeln ab. »Diese Frau hat uns einen Gefallen getan. Ich war längst misstrauisch, weil er so viel weg war. Ich hatte schon schlaflose Nächte vor Sorge, er könnte eine Affäre haben.«

»Haben Sie nicht überlegt, ihn rauszuwerfen?«

»Nein. Überhaupt nicht. Ich hab geglaubt, ich könnte unsere Ehe retten. Frauen in meiner Lage ist Sicherheit wichtiger als Treue. Ich hab ihn für seine Dummheit gehasst, aber ich wollte das, was wir gemeinsam geschaffen hatten, nicht aufgeben. Unsere Familie.«

»Was ist passiert, nachdem Sie die Nachricht gehört hatten?«

»Danach war er komplett am Ende. Er hat überlegt, wie er vorgehen könnte, sich dann aber so aufgeregt, dass er sie angerufen hat. Als sie nicht ranging, kam er zu mir. Er war hin- und hergerissen. Als ich ins Bett ging, hat er in seinem Arbeitszimmer Unterlagen verbrannt. Ich hab sein Gesicht im Feuerschein gesehen. Er sah fertig aus. Zerstört.«

»Das könnte auf einen Selbstmord hindeuten.«

»Er hat nichts in dieser Richtung gesagt, überhaupt nichts. Er war mit was ganz anderem beschäftigt. Hatte Finanzsorgen. Aber eigentlich war es immer schwer zu sagen, was in Jack vorging. Wenn ich down bin, weiß es die ganze Welt. Aber Jack war dann nur still und hat gesagt, er ist müde.«

»Ich würde gerne die Nachricht hören.«

»Zu spät. Die ist gelöscht.«

»Warum haben Sie das getan?«

»Ich hielt sie für gefährlich. Vor allem, wenn die falschen Ohren sie zu hören bekamen.«

»Wer denn?«

»Ich weiß nicht. Es war ihre Stimme. Der Akzent. Zu wissen, dass sie noch auf dem AB war, war auch zu schmerzlich für mich. Und peinlich.« Sie wollte das Thema wechseln. »Haben Sie sie schon gefunden?«

»Nein.«

»Sie ist also spurlos verschwunden? Das kriegen doch nur echte Kriminelle hin. Mit einer Organisation im Rücken.«

»Deswegen bin ich hier. Ich brauche mehr Informationen über sie.«

»Hat sie jemand umgebracht?«

»Weiß ich nicht.«

»Das habe ich jedenfalls gehört. Und ich gebe ihr die Schuld an Jacks Tod. Sie hatte einen Blankoscheck für sein Herz, aber das hat ihr nicht gereicht. Die Polizei sollte sie jagen wie jeden anderen Mörder auch, finden Sie nicht?«

Daly wusste aus Erfahrung, dass es wenig brachte, einer trauernden Witwe zu widersprechen. Seiner geheimen Sorge hatte sie allerdings neue Nahrung gegeben.

»Sie könnten recht haben. Vielleicht ist sie eine Mörderin, aber das werden die Gerichte entscheiden müssen. Und im Moment suchen wir noch nach ihr. Aber andere jagen sie. Und diese Leute haben keine Skrupel zu töten. Wir wollen mit ihr Kontakt aufnehmen und sie dazu bewegen, mit uns zu reden. Fliehen und sich verstecken ist für sie viel zu gefährlich geworden.«

Greta Fowler hatte nichts weiter zu sagen. Daly zog die *La-Traviata*-CD heraus.

»Diese CD lief an dem Morgen, als Ihr Mann starb. Wir haben darauf Fingerabdrücke gefunden, die wir noch niemandem zuordnen konnten.«

Greta nickte. Geistesabwesend blickte sie hinaus auf den Pool.

»Die Wahl der CD hat doch bestimmt einen Grund«, sagte Daly.

Sie sah ihn verwundert an. »Mir fallen da gleich mehrere ein.«

»Was denn?«

Sie zuckte mit den Schultern. »Ich habe Jack vor Weihnachten zu einer *La-Traviata*-Aufführung der Philharmonic Society mitgenommen. Er hat sich nicht viel aus Opern gemacht, aber da hat ihn die Handlung fasziniert. Danach hat er sich die CD gekauft und sie abends öfter mal gehört. Er hat gesagt, dass Violettas Geschichte ihn rührt.«

Daly blickte auf die CD. Er wusste nicht viel über die Oper, aber seiner Erinnerung nach war Violetta eine Kurtisane, eine Prostituierte für bessere Kreise, mit einem Herzen aus Gold. Die Geschichte erzählte vom Verhältnis zu ihrem Geliebten und einer Art emotionalen Erpressung. *Vielleicht ist das auch ein Hinweis auf Fowlers Beziehung zu Lena,* dachte Daly.

»Vielen Dank für Ihre Zeit«, sagte er. »Das war sehr hilfreich.«

»Hilfreich? Ich hätte gedacht, das führt nirgendwohin. Aber ich freue mich, wenn ich Ihnen was sagen konnte, das hilft, diese Nutte zu erwischen.«

Daly beneidete sie um ihr eindimensionales Bild von Lena.

Zum Abschied streckte sie ihm die Hand entgegen. Als er sie nahm, gruben sich ihre Finger so sehr in seine Hand, als könnte sie das Gleichgewicht verlieren. Schnell zog er seine Hand zurück.

Im Auto sitzend, dachte er über ihr Gespräch nach. Was sie ihm eröffnet hatte, würde den Gang der Ermittlungen nicht entscheidend verändern. Im Grunde bestätigte es nur, was er bereits vermutet hatte. Fowlers geheimnisvoller Tod hing mit Lenas Verschwinden und dem Bordell an der Grenze zusammen, in dem sie sich kennengelernt hatten.

26

Auf der Fahrt nach Hause war Daly mit seinen Gedanken ganz bei den Ähnlichkeiten zwischen der Handlung von *La Traviata* und Fowlers zum Scheitern verurteilter Beziehung zu Lena Novak. Ihm wurde klar, wie schwierig es für eine Frau wie Lena sein musste, ein Vertrauensverhältnis zu einem Mann zu entwickeln, noch dazu zu einem, den sie als Prostituierte kennengelernt hatte. Beziehungen entwickelten und veränderten sich, und viele Liebesbeziehungen begannen mit einem Betrug, aber wie oft fing eine neue Liebe mit gekauftem Sex an? Nicht allzu oft, mutmaßte Daly. So eine Beziehung führte vermutlich viel häufiger zu Erpressung und Rache, deswegen sollte er nicht allzu streng über Lena urteilen.

Er hielt vor seinem Cottage, stellte den Motor ab und riss sich aus seinen Gedanken. Die Hände am Lenkrad, starrte er durch die Windschutzscheibe. Dann stöhnte er auf. Das Gespräch zur Vertrauensbildung zwischen Polizei und Gesellschaft. Er hatte es völlig vergessen. Er versuchte, Boyd auf dem Handy zu erreichen, aber der Commander hatte es abgestellt. Er ließ den Motor wieder an, und mit der inbrünstigen Hoffnung auf einen verspäteten Beginn raste er zum Veranstaltungsort.

»Guten Abend, Inspector, wir warten schon auf Sie«, murmelte Commander Boyd, ohne von seinen Notizen aufzublicken. Auf der anderen Tischseite saß der Rest der Runde, die Vertreter der Zivilgesellschaft, bestehend aus vier katholischen und vier protestantischen Interessenvertretern. Auch die Antirassismus-Beauftragte der Polizei war da. Susie Brooke blinzelte Daly freundlich zu. Der Mann neben ihr hob betont lässig grüßend den Zeigefinger in Dalys Richtung. Es war Michael Mooney. Die Antirassismus-Beauftragte und der ehemalige IRA-Häftling. Auf diese Kombination wäre Daly nicht im Traum gekommen. Als er neben dem Commander Platz nahm, war ihm klar geworden, dass er die Veranstaltung ernster nehmen musste als gedacht.

»Warten wir noch auf weitere Nachzügler?«, fragte der Leiter der heutigen Runde Owen Higgins. Der frisch gewählte zweite Vorsitzende von Sinn Fein sah Daly an, als wäre er der Schorf auf einer schwer heilenden Wunde. Für manche waren diese monatlichen Treffen nur eine Gelegenheit, ihre Verachtung für den neuen Police Service of Northern Ireland aufzufrischen.

Boyd begann mit einem Überblick über die jüngsten Kriminalstatistiken. Dabei betonte er die Erfolge der Polizei im Hinblick auf Eigentumsdelikte. Die Zahlen klangen gut. Im vergangenen Jahr ein achtunddreißigprozentiger Anstieg der Aufklärungsquote. Boyd rasselte die Zahlen herunter.

»Wir sitzen hier nicht, um uns von Statistiken einschläfern zu lassen«, unterbrach Mooney. »Jedenfalls nicht von solchen Statistiken, die Sie für die Veröffentlichung frisiert haben.«

»Was wollen Sie damit sagen?«

»Was ist zum Beispiel mit den Vermisstenfällen? Nach dem, was ich höre, liegt hier die Aufklärungsquote in etwa auf dem Niveau von Südamerika in den Siebzigerjahren.«

Von den anderen republikanischen Politikern kam schnaubende Zustimmung.

»Alle Vermisstenfälle werden sehr ernst genommen und verfolgt«, sagte Boyd.

»Und was ist, wenn die vermisste Person anderer Nationalität ist?«

»Ich vermute, Sie spielen auf Lena Novak an«, erwiderte Boyd. »Fälle wie der ihre sind statistisch eine Ausnahme. Aber die Aufmerksamkeit, die sie in den Medien bekommen, verleiht ihnen in den Augen der Öffentlichkeit besondere Bedeutung. Mit dieser speziellen Ermittlung wurden Inspector Daly und sein Kollege von der Special Branch, Detective Irwin, betraut.«

Daly ergriff das Wort. »Ich kann Ihnen versichern, dass wir uns intensiv mit dem Fall befassen und um die Sicherheit der Frau sehr besorgt sind.«

Doch Mooney war noch nicht fertig. »Es gibt Berichte, dass in dieser Woche drei weitere Kroatinnen vermisst gemeldet wurden. Sie sollen aus einer illegalen Alkoholabfüllerei in Grenznähe verschwunden sein. Aber da gab's keinen Aufruf, sich bei der Polizei zu melden und Hinweise zu ihrem Verbleib zu geben. Kann es sein, dass sich der Police Service nicht dafür interessiert, wenn fremde Staatsangehörige verschwinden?«

»Nein«, sagte Boyd. »Ganz und gar nicht.«

Owen Higgins lehnte sich auf seinem Stuhl zurück. »Dass Menschen in Grenzregionen verschwinden, ist nichts Neues. Während der Troubles sind bei uns viele Frauen und Männer verschwunden, meist weil sie als Informanten denunziert wurden. Viel unternommen hat die Polizei damals nicht. Daher wäre ich nicht allzu überrascht, wenn diesbezüglich auch heute eine ähnliche Lässigkeit vorherrschen würde.«

»Genau«, sagte Mooney. »Menschen werden nicht einfach vom Erdboden verschluckt, auch nicht in South Armagh. Wann und wo wurde Lena Novak zum letzten Mal gesehen?«

»Warum interessieren Sie sich eigentlich so für diese Frau?«, fragte Daly.

Weder Mooney noch Higgins antworteten.

»Was möchten Sie damit in Erfahrung bringen?«, fuhr Daly fort. »Wo Ihre verschwundenen Mittel aus dem Friedensfonds gelandet sind?«

Boyd schaltete sich ein. »Mr. Mooney, Ihnen sollte klar sein, dass wir aus einer laufenden Ermittlung nichts verlautbaren können.«

»Ich bin nur besorgt darüber, dass Menschenschmuggler und Zuhälter frei schalten und walten können, weil es dem Police Service gleichgültig ist.«

Eine moderatere Politikerin, Mitglied der Social Democratic and Labour Party, mischte sich ein. »Noch vor wenigen Jahren gab es in South Armagh andauernd Blutvergießen und Mord«, sagte sie. »Und jetzt erfahren wir aus den Medien, dass die Gegend ein Tummelplatz internationaler Verbrecherbanden ist. Was unternimmt die Polizei, um das Problem des Menschenschmuggels in den Griff zu bekommen, und stimmt es, dass sich diese Banden mit ehemaligen IRA-Leuten zusammengetan haben?«

Mooney rutschte unbehaglich auf seinem Stuhl hin und her. Er machte sich klein, klopfte mit den Fingern auf den Tisch und beugte sich flüsternd zu Brooke. Sein und Dalys Blick kreuzten sich, und der Detective sah das Aufflackern von Angst in Mooneys Augen. Der ehemalige Terrorist und enge Freund Jack Fowlers schien es plötzlich eilig zu haben, in seine hypothekenbelastete miefende Betonzelle zurückzukehren. Lag das nur daran, dass er vor einem Jahrzehnt selbst Teil der terroristischen Unterwelt gewesen war, über die sie sprachen? Daly beobachtete ihn aufmerksam.

»Das ist eine gute Frage«, antwortete Commander Boyd. »Und wir haben sie uns in den vergangenen Monaten auch mehr als einmal gestellt.«

»Wäre es nicht Ihre Aufgabe, Antworten darauf zu liefern?«, fragte Higgins.

»Das ist korrekt«, sagte Boyd steif.

»Na, dann haben Sie jetzt die Gelegenheit dazu.«

Daly sah, wie der Commander langsam die Contenance verlor und wütend schnaubte. In gewisser Weise tat ihm Boyd leid, der jeden Tag brav den Papierkram erledigte, die neuen Befehle des Hauptquartiers weitergab, sich abmühte herauszufinden, was die Special-Branch-Leute ausheckten, und sogar Einfluss auf die

Arbeit seiner Detectives zu nehmen versuchte. Dabei sagte er sich vermutlich die ganze Zeit, dass er in gut zehn Jahren in die Stadt zurückbefördert werden würde und dazu vielleicht einen glitzernden Orden an die Brust geheftet bekäme, um sich als Member of the British Empire in königlichem Glanz zu sonnen. Sich mit irischen Republikanern verbale Scharmützel zu liefern stand nicht auf seinem Karriereplan.

Daly räusperte sich. »Die Polizeikräfte unterliegen gewissen Vorschriften und verfügen nur über beschränkte Ressourcen. Wir müssen unsere Zielvorgaben im Hinblick auf Verkehrsdelikte, Straßenkriminalität und Einbrüche erfüllen, und darauf verwenden wir erhebliche Mittel, doch bin ich durchaus der Meinung, dass wir den Menschenschmuggel als ein zunehmendes Problem für uns anerkennen müssen.«

»Wie viele Menschenschmuggler haben Sie denn im letzten Jahr so geschnappt?«, fragte Mooney.

Daly zuckte mit den Schultern und beschloss, ehrlich zu sein. »Keinen. Noch keinen. Aber Ihnen sollte klar sein, dass uns eine Unzahl von grenzüberschreitenden Straßen und Versteckmöglichkeiten die Arbeit erschwert. Und wir haben es mit republikanischen Abweichlern, Schleppern, Drogenkurieren, Benzinschmugglern zu tun – und Hunderten Arten von Verbrechen, die jeweils unterschiedliche Maßnahmen erfordern. Aber wir bemühen uns nach Kräften, sie alle zu verfolgen.«

Susie Brooke nickte. »Die Polizei steht vor ganz neuen Herausforderungen: die Bekämpfung internationaler Kriminalität bei gleichzeitig angemessenem Umgang mit Menschen anderer Nationalität, der Kampf gegen Rassismus in allen Formen, vor allem den versteckten wie institutionalisierten Rassismus.« Sie warf Daly einen Blick zu. »Ich glaube, wenn wir als Polizei hier Erfolg haben wollen, benötigen wir dafür auch eine neuartige Ausbildung und neue Erfahrungen.«

Das Treffen ging noch eine halbe Stunde weiter, und dabei wurden die Möglichkeiten diskutiert, wie man der Polizei beim Umgang mit Neuankömmlingen aus Osteuropa helfen könnte. Am Ende wurde beschlossen, jedem Haushalt per Briefeinwurf in verschiedenen Sprachen Informationen über die polizeilichen Aufgaben zukommen zu lassen.

Als alles vorbei war, kam Brooke zu Daly und setzte sich neben ihn.

»Ich weiß, warum Lena Novak vor Ihnen weggelaufen ist.«

Er drehte sich zu ihr. »Warum denn?«

»Sie hat kein Vertrauen zu Ihnen. Das müsste Ihnen doch eigentlich klar sein.«

»Warum sollte sie mir nicht vertrauen? Ich hab sie vor einem Mann gerettet, der sie kidnappen wollte.«

»Darauf gibt es keine einfache Antwort. Aber die Frage sollte man sich dennoch stellen.«

»Warum sagen Sie mir nicht, was Sie für die Antwort halten?«

Sie sah ihn eindringlich an. »Ein Teil ihres Misstrauens rührt daher, dass Sie ein Mann sind.«

»Ach – und was kann ich dagegen tun?«

»Versuchen Sie, sich in sie hineinzuversetzen. Alles, was sie sieht, sind Feinde, gefährliche Männer, die ihr schaden könnten. Stellen Sie sich vor, Sie stecken in ihrer Haut.«

Daly war müde. Er hatte leichtes Kopfweh. Wenn er ehrlich war, dann hatte er Lena nicht nur einmal auf täppische Weise entwischen lassen, sondern zweimal. Insgeheim warf er sich vor, dass er sie in der Nacht, in der er ihr in der verlassenen Farm zum ersten Mal begegnet war, nicht festgenommen hatte. Er war zu zögerlich gewesen, zu sehr damit beschäftigt, sich in sie hineinzuversetzen. Er sah Brooke an.

Sie lächelte und neigte den Kopf zur Seite. »Vielleicht sollten wir später darüber sprechen.«

»Da geb ich Ihnen recht.«

»Wie wär's heute Abend im Hegarty's? Ich will mit ein paar Freundinnen dorthin und ein bisschen tanzen.«

Die plötzliche Einladung traf ihn völlig unvorbereitet. »Gern.«

Nachdem sie aufgestanden und gegangen war, bemerkte Daly die Blicke von Higgins und Mooney auf der anderen Seite des Tisches. Dann sahen sich die zwei Republikaner bedeutungsschwer an.

»Wie kriegt man bloß ein Date mit so einer Frau?«, fragte Higgins.

»Das ist eine gute Frage.« Mooney nickte. »Die Antwort darauf wüssten wir alle gern.«

Daly spürte, wie ihm im Nacken heiß wurde, während die beiden lachten.

27

Daly hatte beschlossen, Susie Brookes Einladung in den Wind zu schlagen und nach Hause zu fahren, als er auf dem Parkplatz Irwin begegnete. Anders als sonst sah der jüngere Detective so niedergeschlagen aus wie der Kapitän einer Fußballmannschaft, die ein Dutzend Spiele nacheinander verloren hatte.

»Ich brauch einen Drink. Haben Sie Lust mitzukommen?«, fragte Irwin ohne Umschweife.

Daly überlegte. Er fand es ungewöhnlich, dass der Special-Branch-Mann sein Büro zu so später Stunde verließ.

»Ich brauch jemand zum Quatschen«, fügte Irwin kläglich hinzu.

Auf den zweiten Blick wirkte Irwin richtiggehend aufgelöst. Seine dunklen Haare waren zerzaust, sein Hemd war zerknittert. Die mehrere Tage alten Bartstoppeln und vor Schlafmangel rote Augen verliehen seinem Gesicht einen verzweifelten Ausdruck. Daly kam der Gedanke, dass er vielleicht zwei Fliegen mit einer Klappe schlagen könnte.

»Wie wär's mit dem Hegarty's?«

Irwin zuckte mit den Schultern. »Mir ist alles recht.«

»Soll ich Taschentücher besorgen?«

»Ich brauch keine Scheißtaschentücher.« Irwin klang angefasst.

Vor dem Pubeingang waren mehrere Türsteher versammelt, die gerade eine Gruppe osteuropäischer Jugendlicher in Jeans und T-Shirt abgewiesen hatten. Mit den Mienen von Verdammten, die auf ewig auf der falschen Seite bleiben würden, standen die jungen Männer im Dunkeln zusammen. Einer von ihnen verfolgte, wie die beiden Detectives vorbeigingen. Daly sah, dass sich die gelblichen Straßenlampen in den Augen spiegelten, ehe das Gesicht wieder in der Dunkelheit versank.

Grinsend und nickend traten die Türsteher zur Seite und ließen die Detectives durch.

Sobald sie es sich in einer Nische bequem gemacht hatten, fragte Daly Irwin, ob die Türsteher des Hegarty's Osteuropäer prinzipiell draußen ließen.

»Warum nicht?«, erwiderte Irwin. »Geht's nicht genau darum, wenn man die Tür macht – Diskriminierung?« Er stand auf, um die erste Runde zu holen.

»Dagegen sollten wir was unternehmen«, sagte Daly, als Irwin mit zwei Pints Guinness zurückkam, bei denen der sahnige Schaum verführerisch über den Glasrand lugte.

»Nämlich?«

»Weiß nicht. Fürs Erste vielleicht unserer Antirassismus-Beauftragten davon berichten.«

Irwin schnaubte. »Und was soll die machen? Eine litauische Undercovereinheit einschleusen, um die Türsteher auf frischer Tat zu ertappen?«

»Stimmt. Vergessen wir's.«

»Wenn wir uns die Türsteher vorknöpfen, weil sie was gegen Osteuropäer haben, ändert das exakt gar nichts. Außerdem geht's ja nicht speziell gegen die. Wenn ein Trupp Eskimos ankäme, käm der wahrscheinlich auch nicht rein.«

»Ist nur nicht schön, wenn's vor der eigenen Nase passiert.«

»Ob's einem gefällt oder nicht, die Leute werden wohl immer am liebsten mit ihresgleichen feiern und trinken. Das ist doch überall auf der Welt so. Egal, ob Russen, Chinesen oder Afrikaner, da sind alle gleich.«

»Osteuropäische Frauen kommen aber schon rein.«

Irwins Augen blitzten. »Türsteher sind auch nur Männer.«

Sie waren bei ihrer dritten Runde, als Irwin das ansprach, was ihn bedrückte.

»Ich war vorhin drauf und dran hinzuschmeißen«, gestand er Daly mit rauer Stimme. »Ich muss mit dem Chef sprechen. Es geht um die langen Arbeitszeiten und die ständige Gefahr. Mir persönlich macht das nichts aus, aber fürs Privatleben ist das Gift.«

Soweit Daly wusste, hatte Irwin ein abwechslungsreiches bis turbulentes Privatleben, das der verschlungenen Handlung einer Seifenoper würdig war. Es strotzte vor Eroberungen, heimlichen Liebschaften, Streit und Versöhnung, wobei neben seiner Freundin Poppy ein halbes Dutzend andere Frauen, überwiegend Kolleginnen, eine Rolle spielten.

»Es ist wegen Poppy.« Irwin schüttelte den Kopf. Seine Augen schwammen. »Sie hat mich rausgeschmissen. Endgültig, glaub ich.«

»Wie kommen Sie darauf?«

»Ich hab sie gefragt, wie ernst es ihr ist auf einer Skala von eins bis zehn. Sie hat elf gesagt. Ich hab seitdem kaum einen Bissen runtergebracht.«

Daly nickte.

»Es ist nicht so, wie Sie denken. Wir lieben uns. Ich wollte mich mit ihr verloben.«

»Und was ist mit den Übrigen?«

»Bei Poppy war's was anderes. Ich dachte, wir würden für immer zusammenbleiben.«

Das hab ich auch bei Anna gemeint, noch vor einem Jahr, dachte Daly.

Irwin blickte kläglich auf sein Pint und schwenkte es, so als müsste er überlegen, wie er und das Guinness in der großen bösen Welt ohne seine Freundin zurechtkämen. Er hielt sich das Glas an die Brust, ehe er es niedergeschlagen auf den Tisch stellte.

Eine Kellnerin kam, um die leeren Gläser abzuräumen, aber

Irwin scheuchte sie weg. Er trank seine Reste aus und wischte sich den Mund ab, so als hätte er schon zu viel vergeudet.

»Sie war nicht wie die anderen«, sagte er schließlich. Er sah Daly kaum an. »Das ist die Wahrheit.« Dann ging er wieder zum Tresen.

Mit zwei frischen Pints und mehreren Tüten Chips kehrte er zurück.

»Das ist der Job nicht wert«, verkündete er. »Wenn er einen Keil zwischen einen selbst und die Menschen treibt, die man liebt.«

Daly beschloss, Advocatus Diaboli zu spielen.

»Was wird sich Ihrer Meinung nach zwischen Poppy und Ihnen ändern, wenn Sie den Job hinschmeißen?«

Irwin trank einen Schluck und zuckte mit den Schultern. »Vermutlich haben Sie recht. Dafür ist es zu spät.«

Daly erwiderte nichts. Er fühlte sich an seine eigene Situation, seine Machtlosigkeit erinnert. Wieder spürte er den bohrenden Schmerz über seine Trennung, den Wunsch, das gemeinsame Leben mit Anna zurückzubekommen, das Leben, das sie vor ihrem Unfall geführt hatten. Mitfühlend blickte er den jüngeren Kollegen an. Es war eigenartig. So als hätte der Strom der Gefühle die Richtung gewechselt, als wären die Emotionen umgepolt worden. Nie hätte er gedacht, dass ihn etwas mit Irwin verband, ganz zu schweigen davon, dass er Mitleid mit ihm haben könnte.

»Derzeit stehen wir alle unter extremem Druck«, sagte Daly mit einem Seufzer. »Und jeder von uns hat insgeheim Angst, dass ihm Terroristen eine Bombe unter den Hintern schieben.«

»Diese verdammten Abweichler. Man hat das Gefühl, da gibt's so was wie ein Transferfenster beim Fußball. Mit den ganzen Wechseln von der IRA und der INLA scheinen die völlig neue Mannschaften zusammenzubasteln.«

Sie hoben die Gläser, prosteten sich zu und nahmen einen kräftigen Schluck. Geschmeidig rutschte der Sahneschaum auf den Glasboden.

»Ich will Ihre Sorgen nicht kleinreden«, sagte Daly nach einer Pause. »Sie sollten das alles nur ins rechte Verhältnis rücken. Ich glaube, Sie sollten Ihre Gefühle nicht vorschnell über Ihre Karriere entscheiden lassen.«

Auf Dalys Mitfühlen reagierte Irwin mit weiteren Bekenntnissen. Ausführlich berichtete er, wie er in der vergangenen Woche das Internet nach neuen Dates abgegrast hatte. Daly bekam den Eindruck, dass die hektische Suche nach einer Affäre den jüngeren Detective nur vom nüchternen Nachdenken über seine Lage abhalten sollte.

»Man kann überhaupt nicht danach gehen, wie eine Frau auf einem Internetfoto aussieht«, klagte Irwin. Sein Gesicht spiegelte die Enttäuschung ungefiltert wider. »Die Neue, die ich online kennengelernt hab, hat zwei Bilder von sich gepostet. Eins war furchtbar, das andere gar nicht so schlecht. Also hab ich mich mit ihr verabredet. Ich dachte, sie wäre irgendwas zwischen …« Er verstummte. Die Tanzfläche füllte sich. Sehnsüchtig blickte er zu den biegsamen Körpern, so als sähe er einem verpassten Zug nach, dem letzten, der ihn aus seiner Einsamkeit hätte wegbringen können.

Er bedachte Daly mit einem vorwurfsvollen Blick, als er den Faden wieder aufgriff. »Am Ende war's so, dass sogar das furchtbare Bild noch besser war als die Wirklichkeit.«

»Und was haben Sie gemacht?«

»Nach 'ner halben Stunde bin ich in den nächsten Pub geflüchtet, aber sie hat mir gleich gesimst, wie schön sie das Date fand. Ich hab zurückgesimst, dass ich's auch gut fand, aber die Chemie nicht so ganz gestimmt hat. Darauf schrieb sie, dass die Chemie nach ihrem Gefühl auch super war. Da hab ich das Handy ausgeschaltet und mich am Tresen festgekrallt.«

Daly nickte. Er hätte gerne etwas erwidert, aber es fiel ihm nichts ein, was Irwin die Enttäuschung aus dem Gesicht zaubern konnte. Auf der Tanzfläche stürzte sich eine Mischung aus betrunkenen Schlipsträgern und bulligen Bauarbeitern auf die dort zugänglichen Frauen.

»Danke für die Aufmunterung.«

»Aufmunterung? Eigentlich wollte ich das Gegenteil erreichen.«

Irwin grinste breit.

»Na, wenigstens haben Sie Ihren Humor nicht verloren«, sagte Daly.

Irwin sah auf sein Glas. »Na, wenigstens bin ich betrunken.«

Eine Gruppe Frauen an einem Nachbartisch rückte näher. Irwin ging auf die Toilette, kehrte zurück und nahm schweigend Platz. Nach seinem kurzen Gefühlserguss warf er sich den Trauermantel des Leidenden über. Er schlürfte den Schaum von einem frischen Pint und schmatzte absichtlich laut in dem Versuch, seinen Schmerz etwas weniger offensichtlich kundzutun. Eine Frau vom Nachbartisch lachte auf, und Irwin warf einen unsicheren Blick hinüber. Er fuhr sich mit der Hand durch die Locken, trank einen großen Schluck und rückte ein wenig näher zu den Frauen, so als wollte er den nächsten Witz mitbekommen.

Daly war drauf und dran, Irwin den Rat zu geben, nach Hause zu gehen und seiner Freundin zu sagen, dass er sie liebte und sie viel zu gut für ihn war. Doch Irwin war auf einmal wie ausgetauscht. Die älteste Frau der Gruppe lächelte in seine Richtung. Alle Zeichen standen auf Liebe oder zumindest auf Lust, als Irwin grinsend zurückzwinkerte. *Nicht anders als ein Dieb,* dachte Daly, *der frisch aus dem Gefängnis entlassen über eine Brieftasche auf dem Boden stolpert.* Genau wie Verbrechen war Sex eher eine Frage der Gelegenheit als der Motivation. Irwin ging zum Tresen und stärkte sich mit einem doppelten Whiskey.

Daly musterte die Frauen. Die älteste hatte blond gefärbte Haare und war stark geschminkt, was mehr dazu diente, die Spuren des Alters zu verdecken, als den Anschein von Jugend zu erwecken. Jetzt beäugten alle drei Frauen Irwin, der wie ein Kahn auf einem Meer wogender sexueller Energie trieb, das ihn auf seinem wackligen Rückweg vom Tresen machtvoll forttrug. Die Offenheit der Frauen ließ Daly zu dem Schluss kommen, dass sie aus einem anderen Land kamen. Irinnen hätten viel länger Desinteresse vorgegeben und Gelangweiltsein vorgespielt, bis ihr Auserwählter in trunkener Erstarrung versank.

Irwin stürzte den Rest seines Pints hinunter, beugte sich zu den Frauen und stellte sich vor. Sein Gesicht glänzte vor Schweiß. Er winkte Daly, und kurz darauf hatte sich der ältere Detective in einen Austausch höflicher Belanglosigkeiten mit den Frauen, allesamt Polinnen, verstrickt. Sie behaupteten, Schwestern zu sein, aber Daly hegte den Verdacht, dass sie mindestens zwei, wenn nicht drei Generationen angehörten.

Discomusik setzte ein, und der Pub wackelte vom Dröhnen der Bässe. Irwin stand mit der ältesten Frau auf und begann mit stolzgeschwellter Brust zu tanzen. Nach ein paar Songs ließ er sich neben Daly auf einen Stuhl fallen.

»Sie behauptet, dass sie vierzig ist«, sagte er. »Aber ich glaub, sie macht mir was vor. Was denken Sie?«

»Ein paar Jahre hin oder her, was macht das schon?« Etwas Tröstlicheres fiel Daly nicht ein. Insgeheim vermutete er jedoch, dass sie die Großmutter der jüngsten Frau war.

Irwin rieb sich das Gesicht. »Wenigstens bin ich raus aus dem Internet und zurück in der realen Welt.« Plötzlich blitzte Übermut in seinen Augen auf, und sein Geist war in der reduzierten Wirklichkeit und den übersteigerten Hoffnungen des Rausches angekommen. *Er mag die Taktik gewechselt haben, aber der Wille zur Selbsttäuschung ist derselbe,* dachte Daly, als er aufstand. So leicht war ihm der Abschied von einer Gesellschaft lange nicht mehr gefallen.

28

Daly umging die Woge an Leibern, die zur Tanzfläche drängten, und bahnte sich einen Weg zum Tresen. In seinen Augen ging es in der Disco weniger ums Tanzen als um das Ausloten, wie weit man betrunkene Männer aufreizen konnte. Er suchte das Gesicht von Susie Brooke unter den Zappelnden, aber von seiner Kollegin war nichts zu sehen.

Eine der jüngeren Polinnen löste sich aus der schwitzenden Menge und gesellte sich zu ihm.

»Ihr Freund ist wirklich witzig«, sagte sie lächelnd. »Ein typischer Ire.«

»Also, das sagen Sie besser nicht zu ihm«, erwiderte Daly.

»Wieso?«

»Er hält sich für einen Briten.«

»Ach! Und was ist mit Ihnen? Sind Sie Ire?«

»Ja.«

Sie beugte sich nahe an sein Gesicht, machte große Augen und zischte ihm mit gespielter Bedrohlichkeit ins Ohr: »Heute Abend werden wir uns an Ihnen rächen.«

»Wie bitte?«

Für einen Moment weidete sie sich an Dalys Ahnungslosigkeit.

»Ich spreche von Fußball.« Grinsend deutete sie auf den Fernseher. Der Livekommentar ging in der dröhnenden Musik unter, aber Daly erkannte, dass Polen gegen Nordirland spielte. Ein Freundschaftsspiel, aber auf den Stadionrängen war nichts von Freundschaft zu spüren. Polen hatte ein Tor geschossen, und eine Salve von Wurfgeschossen flog auf das Spielfeld.

Hinter der Polin sah Daly ein bekanntes Gesicht in den Pub

kommen, rasch um den Tresen gehen und in der Menge verschwinden. Er blinzelte. Es war eine Frau mit Igelfrisur, blassem olivfarbenem Teint und einem verächtlichen Funkeln in den Augen gewesen. Ihm wurde heiß. Während sie sich durch die hopsende Menge auf der Tanzfläche fädelte, erwischte sein nächster Blick ihre Schulter, das enge schwarze Kleid, den Schwung ihres Rückens und ihrer Hüften.

Daly folgte ihr. Er drängte sich zwischen jungen Frauen und Männern durch, die mit konzentrierten Mienen aneinanderprallten. Der schwarze Kleiderstoff verschwand aus seinem Blick. Er schob sich durch einen langen Gang, der zu den Toiletten und dem Raucherbereich führte. Sie hatte ihn nicht gesehen, da war er sicher. Er wartete neben einem Notausgang und beobachtete eine Gruppe Raucher, deren Silhouetten sich vor dem sternenklaren Himmel abzeichneten.

Als sie nicht zurückkam, drängte er sich an den Rauchern vorbei nach draußen. Der Pegel ihrer animierten Gespräche ließ die Beats von drinnen in den Hintergrund treten. Ein junges Paar streifte an ihm vorbei und grinste spöttisch, so als wäre er ein weiterer Mann mittleren Alters auf der Jagd nach einer jungen Frau – was in gewisser Weise auch zutraf. Warum war er hergekommen? Zu gleichen Teilen aus Einsamkeit und wegen der Arbeit, musste er sich eingestehen. Vielleicht war auch er nur ein armseliger Suffkopf.

In der Dunkelheit hörte er eine rasche Folge von Schritten, eine Tür wurde geöffnet, dann klang es, als landeten Körper aus größerer Höhe schwer auf dem Boden. Ein Schmerzensschrei war zu hören, gefolgt von Kichern. Dalys Augen gewöhnten sich an das Zwielicht. Am anderen Hofende sah er eine Gestalt von einer Mauer springen. Die Frau, der er gefolgt war, hielt eine Behelfsleiter aus Bierkisten fest, und junge Osteuropäer kletterten darüber in den Hof des Pubs. Flugs rannten sie an Daly vorbei. Er erkannte sie als die von vorhin am Eingang wieder.

Dann eilte auch die junge Frau mit den kurzen schwarzen Haaren an ihm vorbei. Sie war sehnig und hatte einen schmalen Rücken und einen schlanken Hals. Daly tippte ihr auf die Schulter. Sie fuhr herum und sah ihn, auf einen Rüffel gefasst, mit blassem Gesicht an. Daly stellte fest, dass das Gesicht schmaler war, die Züge tiefer eingegraben als bei Lena, ihre Augen tiefer in den Höhlen lagen. Er verspürte Enttäuschung.

»Ich gehör nicht zu denen«, sagte sie. »Ich weiß nicht, wo die herkommen.«

»Alles okay. Ich bin kein Türsteher.«

»Was wollen Sie dann?« Sie funkelte ihn an.

Plötzlich war er derjenige, der um eine Erklärung verlegen war.

»Nichts. Ich hab Sie mit jemand verwechselt.«

Vermutlich liegt es an meinem Alter, dachte er. Aber er merkte, dass die Gesichter von Frauen für ihn immer ähnlicher wurden. Daran lag es – und an der verhängnisvollen Wirkung des Alkohols auf seine Wahrnehmung.

Sie lehnte sich mit dem Rücken gegen die Wand und musterte ihn. Ihre dunklen Augen waren von Mascara und Lidschatten umrahmt, darin lag ein herausforderndes Blitzen. Sie drückte die Schultern gegen die Wand, was ihre schmale Taille stärker zur Geltung brachte. Dalys leicht gesenktem Blick begegnete sie mit einem Lächeln. Ein Lächeln, das besagte: *Dich wickle ich um den kleinen Finger.*

»Lena Novak. Haben Sie den Namen schon mal gehört?«, fragte er.

»Ist das Ihre Freundin?«

»Nein.«

»Wer ist dann Ihre Freundin?«

»Ich hab keine Freundin.« Er war überrascht, mit welcher Schärfe ihm die Worte entfuhren. »Es ist wichtig. Kennen Sie eine junge Frau namens Lena Novak? Sie kommt aus Kroatien und hat in etwa Ihre Größe und Figur.«

Sie verdrehte die Augen. »Je mehr Sie einer wie Lena hinterherlaufen, desto schneller läuft sie vor Ihnen weg.«

Er wollte ihr sagen, dass er von der Polizei war und dass Polizisten sich nicht um Liebesgeschichten kümmerten, sie hätten mit Verbrechen schon genug zu tun. Aber er wollte ihr keine Angst einjagen, die sie zum Verstummen bringen könnte.

»Das ist eine rein geschäftliche Sache. Ich muss wissen, wo sie ist.«

Allmählich verlor sie das Interesse. Ihr Blick schweifte ins Ungefähre. »Ich hab Lena seit über einem Monat nicht mehr gesehen. Stimmt was nicht? Ist sie in Schwierigkeiten?«

»In schlimmeren, als sie ahnt. Aber ich bin ein Freund. Wenn Sie sie sehen, sagen Sie ihr, dass Celcius Daly sie sucht. Ich habe alles vorbereitet.«

»Wie – alles?«

»Eine sichere Unterkunft. Juristischen Beistand.«

»Ich weiß, was Sie sind, Celcius Daly.«

Daly sagte nichts.

»Sie sind verliebt.«

Daly wurde rot.

»Sehen Sie«, sagte sie, und ihr Lächeln wurde breiter.

Sie löste sich von der Wand und wollte gehen, hielt aber noch kurz inne.

»Wenn Sie Lena finden wollen, dann reden Sie mit Martha Havel. Sie ist Chefin einer Putzfirma, Home Sweet Home Cleaners. Das Büro ist in der Rutherford Street. Sie ist ein fieser Knochen, aber wenn ein Mädchen Schwierigkeiten hat, geht es zu ihr.«

Daly kehrte in den Pub zurück. Bei einem Blick auf die Uhr fragte er sich, wo Susie Brooke abblieb. Es war elf Uhr, und noch immer war nichts von ihr zu sehen. Mit einem Seufzer beschloss er, dass es sich unter so vielen Betrunkenen nicht lohnte, nüchtern zu bleiben. Er bestellte sich ein Pint Guinness und einen Whiskey, den er mit zwei Schlucken trank. Sich in einer vollen Bar zu betrinken war für einen Iren ein ähnlich natürlicher Reflex, wie bei Regen den Schirm aufzuspannen.

Er fing an zu genießen, ein betrunkener Single unter vielen zu sein, als hinter der Tanzfläche ein schwarzer Vorhang hochging. Eine glänzende Metallstange hing von der Decke, dahinter war ein silberfarbenes Banner aufgespannt, das einen Poledance-Wettbewerb annoncierte. Die Musik bekam einen tieferen Klang, so als würde der Disco-Beat verlangsamt. Tatsächlich wurde der Rhythmus aber rasanter. Neben ihm schrie jemand: »Showtime!«

Gerade als er dachte, Brooke käme nicht mehr, entdeckte er sie. Eine große Frau in nietenbesetzten Hotpants und glitzerndem Bikinioberteil trat auf die Bühne. Auch in einem vollen Pub würde man Susie Brooke kaum übersehen, aber als sie aufreizend gekleidet über die Bühne stakste, war es, als würde sie von einem Suchscheinwerfer angestrahlt. Daly trat einen Schritt zurück ins Dunkel. Seit er sie das letzte Mal gesehen hatte, waren Brookes Haare deutlich wilder geworden, und sie hatte künstliche Bräune aufgetragen. Sie wirkte wie in Trance. Sie reckte dem Publikum das Kinn entgegen und schlang ein Bein um die glänzende Stange.

Daly spürte die Erregung, die die Menge ergriff, als wäre eine Böe in ein schlaffes Segel gefahren. Betrunkene Männer drängten sich an die Bühne. Der Boden erbebte. Susie schien die lüsternen Gaffer nicht zu bemerken. Sie beugte sich zurück, und ihr Körper bog sich wie zu einem Flickflack.

Der DJ überbrüllte die stampfende Musik. »Unsere erste Wettbewerberin am heutigen Abend ist Susie. Eigentlich ist sie die Antirassismus-Beauftragte der Polizei in Armagh, aber ich glaube, ihr stimmt mir alle zu, wenn ich sage, dass sie jetzt eher als die Rassigkeitsbeauftragte rüberkommt.«

Daly wurde schwindelig. Die Tanzfläche schwankte wie ein Schiffsdeck im Sturm.

Die Stange zitterte, während Brooke sich zu den Rhythmen eines Latin-Beat daran hinauf und hinab schlängelte. Nach jeder Drehung und akrobatischen Bewegung johlte die Menge. Brookes Augen waren halb geschlossen, ihre Miene ausdruckslos. Ihr Körper hatte die Herrschaft über ihr Denken übernommen.

Ein dicker Mann rempelte gegen Daly.

»Sie haben den besten Platz im Pub!«, rief er. »Freier Blick auf die Bühne und Rufweite zum Tresen!«

Daly nickte unbehaglich.

Der Mann beugte sich zu ihm. »Und, wie finden Sie die?«

Daly wich dem Blick der hervorquellenden Augen aus und rückte etwas weg.

Inzwischen hatte Brooke ihren Auftritt beendet und ging von der Bühne. Als sie ihn in der Menge entdeckte, winkte sie ihm zu. Linkisch hob er die Hand, um ihren Gruß zu erwidern, und sie lief von der Energie ihres Tanzes elektrisiert und die Haare schweißfeucht zu ihm.

»Das war ja eine Offenbarung«, sagte er.

»Ich bin keine so gute Tänzerin«, antwortete sie. »Ich hab erst vor Kurzem damit angefangen.«

»Dann scheinen Sie's im Blut zu haben. Im Vergleich zu Ihnen bin ich ein unbeweglicher Klotz.«

Sie war so nah, dass er auf der Haut über ihrem Oberteil die feine Linie sah, ab der kein Selbstbräuner mehr aufgetragen worden war.

»Das ist schon mein zweites großes Abenteuer in diesem Jahr. Auf die Bühne steigen und tanzen ist echt ein Adrenalinkick.«

»Und was war der erste?«

»Einen Job bei der Polizei kriegen.«

»Das ist reichlich Aufregung für ein Jahr.«

Er versuchte, sich an sein letztes Abenteuer zu erinnern. Schwierig. Vermutlich war es eine Art Abenteuer gewesen, als er sich in Anna verliebt hatte, aber das war vor gut zehn Jahren gewesen, und er hatte alle Erinnerungen an diese Zeit aus seinem Gedächtnis gestrichen, sie in den Orkus geschickt. Er trank einen Schluck Guinness. Plötzlich überwältigte ihn das Gefühl, dass er selbst es war, der im Orkus gelandet war, als er die Erinnerung an die große Liebe seines Lebens verdrängt hatte.

Die biegsame Gestalt einer anderen Tänzerin wand sich um die Stange. Susie starrte ihn an. Er spürte, wie sie sein Schweigen umkreisend, als wäre es eine unsichtbare Stange, nach einem Berührungspunkt suchte.

»Was treibt Sie denn um?«

»Nichts.«

»Liegt's an der Musik oder am Tanzen? Ich hab den Eindruck, dass Sie nicht gerade beeindruckt sind.«

»Mir war nicht klar, dass Sie mich zu so was einladen.«

»Was meinen Sie damit?«

»Na ja, dass ich mir ansehen soll, wie sich eine Kollegin halb nackt und kopfüber an einer Stange hängend vor einer Meute brüllender Betrunkener auf der Bühne zeigt.«

Sie zuckte mit den Schultern. »Ich find's befreiend.«

»Befreiend? Das hört man in letzter Zeit ganz schön oft. Irgendwer hat das auch mal über das Handy gesagt.« Er war betrunken und hörte den verächtlichen Ton in seiner Stimme. »Ich dachte, die Emanzipation hätte was gegen die Präsentation des Körpers als Sexualobjekt.«

»Mein Körper ist ja auch kein Objekt.«

»Das sollten Sie mal den Männern sagen, die sich vor der Bühne um die besten Plätze gebalgt haben.«

»Wenn Sie mich niedermachen wollen, wird Ihnen das nicht gelingen.«

»Das will ich gar nicht. Nur hab ich Sie eher für eine Polizistin gehalten als für so eine halbseidene Tänzerin.«

Sie sah ihn perplex an. »Ich hätte Sie nicht für so einen Sexisten gehalten.«

»Ich? Ein Sexist? Das ist jetzt aber wirklich rassig!«

Er spürte, wie ihr Blick erkaltete. Dann trat sie von ihm zurück und verschwand im Gewühl betrunkener Fremder. Er begriff, dass es Zeit war zu gehen, ehe er noch mehr tat oder sagte, was er später bereuen würde.

29

Trotz seiner sechs Pints fühlte sich Daly halbwegs in Ordnung, als er auf die Straße wankte. Er hatte beschlossen, Irwin seinem Glück zu überlassen, nachdem er ihn auf der Tanzfläche hatte herumstaken sehen wie Bambi auf dem Eis.

Die Nachtluft war von dem klebrigen Geruch von Frittierfett und Fleisch aus den nahen Imbissen gesättigt. Ein Stück weiter die Straße hinauf waberten Melodiefetzen aus einer Bar, in der eine Folksession ihrem Höhepunkt entgegenfiedelte. Daly machte sich auf den Weg in Richtung Stadtmitte. Auf dem Hauptplatz änderte sich die Stimmung schlagartig. Das Singen einer Gruppe Polen-Fans hatte eine rivalisierende Gruppe Einheimischer auf den Plan gerufen, die jetzt eigene Lieder sangen und sie mit scharfen Schmäheinlagen würzten. Junge Männer mit blassen grimmigen Mienen forderten einander heraus. Arbeiter aus der Fleischfabrik, Gesichter, die morgens beim Aufwachen keinen Sonnenschein zu sehen erwarteten. Ihre Arbeitsstätten hatte Daly schon von innen gesehen. Er kannte die gewaltige Größe und Leere der Fabrikhallen, die endlosen Förderbänder mit Tierleichen, die aus allen Ecken der Welt importiert wurden. Er fand, dass das aggressive Gebrüll und die Art, wie sie einander gegenübertraten, etwas Mechanisches, Maschinelles hatten. Ein paar Männer krempelten die Ärmel hoch und protzten mit ihren von Tätowierungen überzogenen muskulösen Oberarmen.

Vielleicht trieb sie der Stolz auf ihre Mannschaft oder Nationalismus an, vielleicht hatten sie sich auf dem Platz getroffen, weil es in den lichtlosen Stunden schwierig war, nüchtern und vernünftig zu bleiben. Vor allem aber wollten sie mit ihren Körpern und Stimmen etwas ausdrücken, so sinnlos und gewaltsam es war.

Daly sah sich besorgt nach einem Streifenwagen um, aber es war keiner da. Ohne Vorwarnung knallte eine Flasche vor ihm auf den Gehweg und sandte einen Schauer von Glassplittern auf seine Hose. Er sah wieder zu dem unguten Schauspiel von Jugendlichen hinüber, die sich für eine Schlägerei bereit machten. Mehrere drehten sich in seine Richtung. Er rechnete damit, dass der Flaschenwerfer vortrat, doch stattdessen kam eine weitere Flasche durch die Nacht geflogen und schepperte gegen die Wand über ihm. Diesmal regnete es Scherben auf seinen Kopf. Für einen Zufall hatte sie zu nahe eingeschlagen, und für betrunkene Unbekümmertheit war sie zu schnell gewesen. Daly war überzeugt, dass auf ihn gezielt worden war.

Er hastete in eine Seitengasse und rempelte dabei gegen ein Paar, das sich innig umarmte. Die Gesänge der Jugendlichen wurden zu Grölen und Brüllen und stiegen mit entfesselter Gewalt in den Nachthimmel. Der Klang einer zersplitternden Scheibe mischte Erregung und Schadenfreude in die Stimmen. Daly stieg über eine niedrige Mauer und lief durch eine Reihe von Gassen, in denen Mülltonnen standen. Nur der Lärm der Tobenden verriet ihm, in welche Richtung er musste. Es folgte das Klirren weiterer eingeschlagener Fenster, danach das Getrappel von Schritten. Er sah eine beleuchtete Straße, ein Auto, das erst wackelte und dann umgekippt wurde, schließlich einen Tross junger Männer, die raufkletterten.

Zehn Minuten später gelangte er aus dem Gassengewirr in eine ruhige Straße. Er wollte ein Taxi heranwinken, aber keines hielt. Die Erleichterung, der betrunkenen Meute entkommen zu sein, wich der Sorge, wie er nach Hause kommen sollte. Seine Polizeimarke schützte ihn nicht mehr, eigentlich machte sie ihn jetzt eher zur Zielscheibe. Mit dem Gefühl, in einer von Gewalt träumenden

Stadt gestrandet zu sein, lief er an Mauern voll obszönen Graffitis und rassistischen Parolen entlang. Er war zu allein und zu betrunken, um zu wissen, wohin er sollte, zu abgerissen, um ein Taxi zum Halten zu bringen. Plötzlich stoppte ein Auto vor ihm, eine Tür flog auf. Daly überlegte, ob er einsteigen sollte, zögerte. Ein Arm winkte ihm hektisch.

»Was ist mit Ihrem Dez passiert, Daly? Der ist ja voll Blut«, sagte eine Stimme vom Beifahrersitz. Irwin. Er hatte es geschafft, von den drei Polinnen mitgenommen zu werden.

Daly seufzte und kletterte auf den Rücksitz. Erleichtert ließ er sich neben einer Frau in den warmen Sitz sinken. Der betrunkene Irwin bespaßte sie alle mit Polizeigeschichten.

»Wie ist es so als Detective?«, fragte die Fahrerin.

»Mörderisch«, antwortete Irwin, und alle lachten.

»Im Ernst, es ist wirklich die Hölle«, sagte Irwin. »Macht bloß nicht den Fehler und werdet einer.«

»Sagen Sie mal, eins wollte ich immer schon wissen«, sagte die Fahrerin gleich darauf. »Ist es eigentlich ein Verbrechen, vermisst zu werden? Zu verschwinden?«

»Wie meinen Sie das?«

»Ich will nur wissen, ob das ein Verbrechen ist. Alles hinter sich zu lassen, jede Verantwortung und alle Beziehungen. Kann man dafür bestraft werden?«

»Falls es so wäre, dann haben wir deswegen noch nie einen festgenommen. Wie soll man auch wen verhaften, der gar nicht da ist? Dann könnte man genauso gut einen Geist festnehmen.«

»Arme Geister«, sagte sie, und wieder lachten alle.

Nachdem sie Daly zu Hause abgesetzt hatten, ging er ins Bad und blickte in den fleckigen Spiegel. Er riss kleine Fetzen Toilettenpapier ab und klebte sie auf die blutigen Schnitte auf seiner Stirn. Als er fand, dass die Blutung ausreichend gestillt war, begutachtete er seine Jacke. Überall im Stoff steckten winzige Glassplitter, es glitzerte wie ein Fischschwanz. Die größeren Splitter zupfte er heraus, dann ging er vor die Tür und schüttelte die Jacke aus. Er war erleichtert. Bis auf die paar Kratzer hatte er seinen Suff mit Irwin gut hinter sich gebracht. Er trank ein großes Glas Wasser und ließ sich vorsichtig ins Bett gleiten, so als würde er in einen dunklen Pool steigen.

In der Nacht erschien ihm Lena in einem Albtraum, in dem die Rollen vertauscht waren – sie verfolgte ihn. Er träumte, er wäre in einem Ruderkahn auf dem Blackwater River beim Angeln und die Strömung würde ihn immer weiter ins Grenzland treiben, mit immer wilderen Ufern, undurchdringlich, zugewuchert von Schlehdorn und Weißdorn. Der Mond schien gerade hell genug, um die Umrisse zweier Reiter auszumachen, die in anderer Richtung das Unterholz absuchten. Einer, auf einem Schimmel sitzend, war Jack Fowler, der andere auf einem Rappen ähnelte dem Mann, der versucht hatte, Lena zu entführen.

Plötzlich ruckte es an der Angelleine, dann zog etwas so heftig, dass der Kahn beinahe umgekippt wäre. Er holte die Leine ein, und zu seiner Überraschung tauchte zuerst der Kopf einer schwarzhaarigen Frau auf, dann die zappelnden Arme und der Rumpf.

Es war Lena Novak. Schlank und geschmeidig wie eine Läuferin stieg sie aus dem schäumenden Wasser und befreite sich von seiner Angelleine. Der Kahn schaukelte gefährlich, und er konnte nur mit Mühe ein Kentern verhindern. Als er hinter sich blickte, war ihr Gesicht gealtert, ihre Wangenknochen stachen hervor, ihre Haut war blasser.

Plötzlich war es Anna, die im Wasser emporstieg, ihre Füße von Wasserpflanzen umschlungen. Mit der Strömung schwimmend, glitt sie auf ihn zu. Im ersten Moment wollte er fliehen, ruderte zum Ufer, als ginge es um sein Leben. Dann stürzte er sich in den Wald. Aber egal, wie schnell er lief, er konnte sie nicht abhängen.

Wohin er sich auch wandte, immer sah er den verlängerten Schatten der laufenden Lena, gefolgt von galoppierenden Pferden. Dabei hörte er stets Annas Stimme durch den Wald hallen, immer wieder rief sie seinen Namen.

Er rannte bis zu seinem Cottage. Es gelang ihm noch, die Tür zu schließen, doch im nächsten Augenblick zeigten sich darin Risse. Dann erbebte die Tür und zerbarst, und Anna stolperte herein und fiel zu Boden, ihre Beine in umgekippten Möbeln verheddert. Der feuchte Schleier ihres Kleids war verdreht, Schlamm und Wassergetier quollen daraus hervor und platschten auf den Boden. Als er die schwarzen Strähnen aus ihrem Gesicht strich, machte er entsetzt einen Satz nach hinten. Das Gesicht einer skelettartigen alten Frau starrte ihn an.

Schwer schnaufend erwachte er. Für kurze Zeit wusste er nicht, wo er war. Dann stand er auf und stellte zu seiner Beruhigung fest, dass alle Möbel an ihrem Platz standen, die Tische und Stühle unverrückt waren und die Tür geschlossen. Im Mondlicht, das durch die kleinen Fenster fiel, sahen jeder Winkel des Cottages vertraut aus. Auf dem Dach bewegte sich ein Vogel. Daly versuchte, sich Einzelheiten des Traums ins Gedächtnis zu rufen und Hinweise auf das abzuleiten, was in ihm vorging. Er überlegte, woher diese Traumbilder gekommen waren. Wollte sein Unterbewusstsein mit Lenas unerklärlicher Flucht zurechtkommen, oder war es ein finsterer Wink aus seinem Inneren? Draußen zeigte sich die erste Zartheit der Morgenröte. Eine frühe Böe vom See ließ die Scheiben leise klirren, und der Hahn krähte den beginnenden Tag an.

Daly machte sich eine Tasse Tee und setzte sich an den Küchentisch. Er war besorgt, dass sechs Monate nach der Scheidung, nach monatelanger Selbstbeherrschung und erzwungener Enthaltsamkeit die Belastung für seine Psyche zu viel wurde. Ihm wurde klar, dass Lena Novak nur der Auslöser gewesen war. Diese Frau, mit der er nur wenige Minuten gesprochen hatte und deren leichte Berührung bei ihm tief verborgene Alarmglocken hatte schrillen lassen; diese Frau, der man vorgeworfen hatte, eine ausgeklügelte Erpressung geplant zu haben, und an deren Händen vielleicht sogar das Blut zweier Männer klebte.

Immer wieder fallen bestimmte Menschen durch die Maschen, dachte er. Frauen wie Lena. Frauen, denen ein Unglück schwer zusetzte. Die daraufhin von allen Seiten Ablehnung erfuhren. Und am Ende vermisste sie niemand. Es waren Menschen, für die ein Ermittler nicht zu viel Sympathie entwickeln sollte, weil Gefahr bestand, dass er von ihnen mit in die Tiefe gezogen würde und keinen Weg mehr zurück fände.

30

Im Licht des frühen Morgens wirkte die gespenstisch leere Siedlung wie aus einer anderen Welt: eine unfertige, düstere Version der von fröhlichen Menschen bevölkerten Werbetafeln.

Im Erdgeschossschlafzimmer von Haus Nummer 62 erwachte Lena aus einem unruhigen Schlaf. Sie meinte einen Schrei gehört zu haben – von einer verängstigten Frau aus dem Haus gegenüber. Aber vielleicht war es nur ein Traum gewesen? Das Geräusch von zuschlagenden Türen und sich in Schlössern drehenden Schlüsseln ging ihr die ganze Nacht nicht aus dem Kopf.

Sie stieg aus dem Bett, ging um eine leere Weinflasche und ein Glas herum und zog sich an. Nachdem sie sich versichert hatte, dass sie nicht beobachtet wurde, trat sie auf ein von Brombeerranken überwuchertes Feld. Die Häuser waren weder durch Hecken noch durch Zäune voneinander getrennt. Direkt an der Hintertür begann eine dornige Wildnis. Im schwachen Sonnenschein erkannte sie, dass die kleinen sahneweißen Blüten im Gestrüpp blühende Brombeeren waren, genau wie rings um ihr Heimatdorf in Kroatien. Das Wetter in Irland wechselte so häufig, dass sie oft nicht wusste, welche Jahreszeit war, aber Zeit zum Brombeerpflücken war es gewiss nicht. Wenn die reif waren, hoffte sie mit ihrer Familie vereint in den Wäldern des Velebit-Gebirges zu sein. Sie hatte sich fest vorgenommen, ohne Angst die Hänge hinaufzusteigen und den Geschmack der süßen reifen Früchte direkt von den Büschen zu genießen. Zur Zeit der Brombeerernte wollte sie nicht mehr fliehen müssen.

Sie fuhr mit dem Bus in die Stadt und verbrachte den Vormittag in der Bibliothek. Dort konnte man so lange bleiben, wie man wollte, vorausgesetzt, man war ruhig. Sie durchsuchte die Lokalzeitungen nach Nachrichten über Prostitution, Schmuggel und Betrug und las die Gerichtsberichte und die Pressemitteilungen der Polizei, fand aber vor allem seitenweise Aufzählungen von Verkehrsdelikten osteuropäischer Fahrer. Sie fragte sich, ob die Zeitungen grundsätzlich über jedes Fehlverhalten und Verbrechen eines Ausländers berichteten. Und sie wunderte sich, dass sich die Leser überhaupt noch trauten, am Straßenverkehr teilzunehmen. Die Berichterstattung vermittelte den Eindruck, dass auf den Straßen im Grenzland komplette Gesetzlosigkeit herrschte.

Sie glich die Namen von Opfern und Tätern mit den Namen der in das Bordell verschleppten Frauen ab, aber das erwies sich als schwierig, weil die Journalisten sie oft falsch schrieben oder Vor- und Nachnamen verwechselten. Zudem stieß sie immer wieder auf berühmte Namen aus der kroatischen Kultur und Geschichte. Offenbar hatten einige ihrer Landsleute gegenüber der Polizei falsche Angaben gemacht.

Ein Bibliothekar begann sich für ihr Tun zu interessieren. Er half ihr, ältere Ausgaben zu finden und Gerichtsberichte aus anderen Landesteilen herauszusuchen. Einmal beugte er sich zu ihr und sah ihr in die Augen. Dann wanderte sein Blick über ihren Körper bis zu den polierten Lederstiefeln. Obwohl er schon Ende dreißig war, hatte sein Kinn nicht mehr als ein wenig überzeugendes Ziegenbärtchen zustande gebracht. Wie er seine Brille vor seinen ausdruckslosen Augen zurechtrückte, rief ein unangenehmes Bild in Lenas Gedächtnis hervor.

»Haben wir uns nicht schon mal gesehen?«, flüsterte er.

Sie seufzte. Manchmal war es leichter, wenn Leute so taten, als würde sie nicht existieren. Sie sprach mit klarer Stimme und machte zwischen den Worten Pausen, so als hätte sie der gesamten Bibliothek, die sich allmählich mit Rentnern, jungen Müttern und verirrten Schulkindern füllte, etwas Wichtiges zu eröffnen.

»Bei unserer letzten Begegnung war ich noch Prostituierte.«

Der Bibliothekar stürzte in solcher Hast davon, dass er beinahe ein Bücherregal umgestoßen hätte.

Sie blätterte eine weitere Stunde durch Zeitungen, aber nirgends stand der Name, den sie zu entdecken hoffte, obwohl sie sogar alle erdenklichen falschen Schreibweisen bedachte. Es war der Name des Mannes, der Hunderte Verbrechen begangen hatte, doch über keins davon war berichtet worden. Ein Mann, der ihre Seele tiefer verletzt hatte als all jene, die sich ihres Körpers bedient hatten. Den einzigen Hinweis auf seine Untaten lieferte ein Bericht über eine sechsundzwanzigjährige Kroatin, der Prostitution vorgeworfen worden war und die auf eine von einem Cousin hinterlegte Kaution freikam. Ihr Name war Dinah. Laut Artikel hatte sich der Cousin bereit erklärt, sie bei sich am Altmore Drive aufzunehmen.

Lena achtete genau auf das richtige Timing. Es war bereits später Abend, als sie sich im Schatten hinter der Bushaltestelle am Altmore Drive verbarg und auf Dinah wartete. Es war wichtig, dass sie nicht vorgewarnt war.

Kurz nach elf hielt ein Taxi vor einem Haus. Lena sah zu, wie sich eine Frau mit vollen, klirrenden Plastiktüten aus dem Fond schälte und auf den Gehweg trat. Es war Dinah, jedoch nur eine blasse, hohläugige Version der lebensstrotzenden jungen Frau, an die sich Lena erinnerte. Es war gerade mal einen Monat her, seit sie sich im Grenzlandbordell verabschiedet hatten, aber jetzt sah Dinah aus, als hätte sie in der Zwischenzeit nur von Schnaps gelebt.

Geräuschlos schlüpfte Lena hinter ihr ins Haus. Als Dinah die dunkle Gestalt im Hausflur entdeckte, wäre sie vor Schreck beinahe umgefallen. In Panik stieß sie gegen die Möbel. Ihr Atem roch stark nach Alkohol. Nachdem sie sich gefasst hatte, setzte sie sich auf das Sofa und fummelte an ihrem Schal herum. Das Lid ihres linken Auges war stark geschwollen, und auf der Wange hatte sie einen scheußlichen blauen Fleck.

»Warum bist du gekommen, Lena?« Sie schien die Frage aus sich herauszupressen.

Lena gab keine Antwort. Sie ging in die Küche, kochte zwei Tassen Tee und stellte eine neben Dinah. Sie widerstand dem Impuls, Dinahs geschwollene Wange zu streicheln. Das Gesicht kam ihr wie ein unförmiges Stück Fleisch vor, das sie gerne wieder zu alter Schönheit gebracht hätte.

»Warum starrst du mich so an?«, fragte Dinah.

»Einfach so.«

»An dem Abend, als du aus dem Farmhaus weg bist, konnte ich überhaupt nicht klar denken. Ich hatte so viel Angst um dich.«

»So viel Angst, dass du Sergej von meinen Plänen erzählt hast?«

»Das war ich nicht, Lena, ich schwör's.« Sie stritt alles ab, aber ihre Augen schossen so wild hin und her, als müssten sie Vorwürfen ausweichen.

Zorn stieg in Lena auf.

»Und was machst du jetzt?«, fragte sie, ohne laut zu werden.

»Ich hab einen Job in einem Nachtclub. Die Bezahlung ist gut.«

Lena sah, wie sich ein Schatten auf ihr erschöpftes Gesicht legte. Ihre Augen waren leer.

»Es ist noch nicht zu spät, Lena«, sagte Dinah flehend. »Du kannst immer noch zurück. Josip findet bestimmt Arbeit für dich.« Sie schien überzeugt, dass Lena ihr altes Leben zurückwollte.

»Lieber sterbe ich, als dass ich dahin zurückgehe.«

»Aber Josip wird dich finden. Er hat überall Leute. Er ist stärker als du. Am Ende wird er gewinnen.«

»Was meinst du mit ›gewinnen‹?«

»Er wird dich umbringen.« Angst ließ Dinahs Gesichtszüge entgleisen, während sie gegen die Tränen ankämpfte.

»Ich muss gleich wieder weg«, sagte Lena. »Erinnerst du dich an die Puppe, die ich dir gegeben habe? Darin war ein Zettel mit einer Telefonnummer und den Namen der anderen. Den brauch ich jetzt.«

»Ich hab ihn irgendwo.« Dinah stand auf und kramte in einer Schublade. Sie gab Lena ein verknittertes Stück Papier.

Endlich hatte Lena die Informationen, die sie benötigte, um ihren Plan in die Tat umzusetzen. Sie verstaute den Zettel in ihrer Handtasche. Hilfe war nur eine Telefonnummer entfernt. Sie fühlte sich klar und leicht, so als hätte sich ein Klumpen in ihrem Kopf aufgelöst. Als sie in Dinahs panisches Gesicht blickte, fühlte sie sich wegen ihrer leichten Euphorie schuldig.

»Wo ist Mikolajek jetzt?«

»Weiß ich nicht.«

»Du lügst.«

Auf Dinahs Gesicht trat ein Ausdruck, als bekäme sie einen Krampf.

»Tut mir leid, ich brauch was zu trinken«, murmelte sie und ging in die Küche. Lena wartete kurz, dann folgte sie. Sie fand Dinah neben der Spüle mit einem Handy am Ohr. Sie flüsterte etwas auf Kroatisch. Als sie Lena erblickte, zuckte sie ertappt zusammen.

»Du musst sofort verschwinden, Lena«, sagte sie und steckte das Handy in die Tasche. Sie wirkte schwach und verloren und wich Lenas Blick aus.

»Wen hast du angerufen?« Lena nahm ihr das Handy weg.

Dinah begann zu weinen. »Ich musste Josip anrufen. Sonst hätte er mir wehgetan. Er hat meine Kaution bezahlt. Ohne ihn wäre ich immer noch im Gefängnis. Das hat er mir gesagt.«

Lena verzieh ihr augenblicklich. Es war nicht ihre Schuld, dass Mikolajek sie immer noch in Angst und Schrecken versetzte. Ein Blick in die Augen der jungen Frau war ein Blick in ihre eigene Vergangenheit.

»Ich kann dir helfen, Dinah. Du musst nur mit mir kommen.«

»Ich kann nicht. Ich muss arbeiten.« Sie klang verzweifelt.

»Du hast dein Leben noch vor dir. Du musst dich entscheiden, ob du so weitermachen willst oder das Risiko auf dich nehmen und frei werden.«

Ehe Dinah antworten konnte, klingelte das Telefon in Lenas Hand. Sie sollte es ignorieren und verschwinden. Schließlich hatte sie bei einem Gespräch alles zu verlieren und nichts zu gewinnen, aber dann sagte sie sich, dass sie sich bereits auf den Weg zurück zu Josip Mikolajek begeben hatte. Jetzt konnte sie nicht mehr umkehren. Sie drückte auf Annehmen.

»Hallo?«, sagte sie.

Der Anrufer seufzte. »Lena.«

Ihr sträubten sich die Nackenhaare.

»Lena? Ich weiß, dass du dran bist. Du suchst nach mir, hab ich gehört. Was ist los? Brauchst du jemand, der dir beim Kofferpacken hilft?«

»Ich habe noch was zu erledigen.« Sein Sarkasmus hatte sie zu einer Antwort verleitet. »Daher bin ich nicht so bald weg.«

»Du gehst nirgendwohin, Lena. Das ist dein Problem.«

»Warum sollte ich nicht?«

»Ich kenne Frauen wie dich. Du meinst, du bist raus, und deswegen bist du jetzt ganz aus dem Häuschen. Du meinst, du bist in einer Art Paradies gelandet, aber dieses Gefühl wird nicht anhalten. Hast du dir schon mal überlegt, wie du Geld verdienen willst? Willst du im Schlachthof arbeiten?«

»Ich muss nicht mehr arbeiten. Jack hat gesagt, dass er mir Geld hinterlässt. So viel, dass es für den Rest meines Lebens reicht.«

»Das hat der IRA-Kerl gesagt?« Häme brach wie ein hässlicher Husten aus ihm hervor.

»Er hat mir ein Konto eingerichtet. Für den Notfall.«

»Und warum hast du das Geld nicht genommen und bist abgehauen?«

»Ich brauche noch einen Pass, um da ranzukommen. Irgendeinen Ausweis. Jack wollte mir einen besorgen, bevor er …«

Mikolajek unterbrach sie. »Wie viel Geld ist auf dem Konto?«

»Ungefähr eine Million Pfund.«

Er stieß einen leisen Pfiff aus und schwieg. Als er wieder das Wort ergriff, schwang ein gewisser Respekt mit.

»Was, wenn ich dir helfe, einen Pass zu besorgen?«

»Ich will nichts mehr mit dir zu tun haben.«

»Spielen wir's doch mal durch«, beharrte er. »Auf der einen Seite stehst du mit einem Haufen Geld, das dir gehört, an das du aber nicht rankommst. Und auf der anderen Seite steh ich, der nichts lieber täte, als dir zu helfen. Weißt du, ich hab deinen alten Pass als Andenken behalten. Er ist ein bisschen knittrig, aber er tut's noch.«

»Und was hast du von dem Deal?« Lena war klar, dass Mikolajek nicht im Traum daran dachte, ihr Zugang zu dem Geld zu verschaffen, und sie dann einfach abziehen ließ.

»Ich bin im Grunde nur ein Geschäftsmann. Gib mir einen Teil des Geldes. Sagen wir, fünfzig Prozent. Das ist ein geringerer Anteil als der, den ich bekommen habe, als du noch für mich gearbeitet hast, aber im Moment bist du in der besseren Verhandlungsposition.«

Lena schwieg.

»Ich schick ein Auto vorbei, das dich abholen kommt. Noch ehe die Banken heute zumachen, hast du dein hübsches Ruhegeld in der Tasche.« Sie hörte, wie er ungeduldig wurde.

»Du hast Jack umgebracht. Warum sollte ich dir trauen?«

Mikolajek schnaubte verächtlich. »Es war Selbstmord. Die Polizei wird nie was anderes beweisen. Übrigens, weißt du, was sein letzter Wunsch war? Er wollte sich eine Oper anhören. Sie hat ihn an dich erinnert. Albern, was?«

»Ich hab's nie für möglich gehalten.«

»Was denn?«

»Dass du durch und durch böse bist. Sonst hätte ich ihn nie überredet, mich zu retten. Nie hätte ich mich diesem Risiko ausgesetzt. Oder ihn.«

»Wenn du das glaubst, warum redest du dann noch mit mir?«

»Weil ich keine Angst habe. Ich habe alles Schlechte, was eine Frau erleben kann, bereits durchgemacht.«

»Und was ist mit Sterben?«

»Davor hab ich auch keine Angst. Aber eins will ich noch tun. Ich will Jacks Grab besuchen und ihm sagen, dass ich seine Ermordung gerächt habe. Und dazu muss ich dich finden. Ich muss warten, bis du dich bewegst. Aber dann, das verspreche ich dir, hefte ich mich an deine Fersen und zerr dich mit mir runter bis in die Hölle.«

31

Daly saß im Auto. Tagsüber ging die Straße im Dauerrauschen von der nahen Umgehungsstraße unter, aber nachts verdichtete sich der Verkehrslärm zum dumpfen Grollen einzelner Lkws, die zum Hafen donnerten. In den autofreien Lücken war die Straße bedrückend still. Jeden Abend nach der Arbeit parkte er an derselben Stelle, etwa fünfzig Meter von der Hausnummer 29 entfernt, aber nicht ein einziges Mal sah er, dass die Haustür geöffnet wurde.

Jedes Mal wenn er klingelte, bellte ein Hund. Ein weiteres körperloses Geräusch, das sich mit dem fernen Verkehrsdonner vermischte. Das Tier schlug die Zähne aufeinander, so als wollte es die geschlossene Tür durchbeißen und ihm an die Kehle springen. Bisweilen hörte er auch verstohlene Bewegungen, aber niemand kam an die Tür. Über dem Briefkasten hing ein windschiefes, nachlässig mit HOME SWEET HOME CLEANERS bekritzeltes Schild. Für eine Reinigungsfirma war das Haus keine vertrauenerweckende Werbung. Von den Mauern blätterte die Farbe, statt Jalousien deckten ausgerissene Kartons die Scheiben zur Straßenseite ab. Sogar der Klingelknopf wirkte schäbig und vernachlässigt.

Daly hatte einen Durchsuchungsbeschluss erwogen, aber eigentlich wollte er das Vertrauen der Bewohner gewinnen, wer immer sie sein mochten. Als er am vierten Abend seinen Beobachtungsposten einnahm, stellte er fest, dass jemand eins der vorderen Fenster eingeschmissen hatte. Am folgenden Abend hatten Randalierer »Ausländer raus« auf die Fassade geschmiert und Farbe an die Haustür geworfen. Das ganze Haus glich einer Zielscheibe auf einem Rassistenschießstand. Als es dunkel wurde, ging nur eine Straßenlampe an. Er fragte sich, ob die Gemeindeverwaltung darauf verzichtet hatte, die Birnen zu ersetzen, um Kosten zu sparen. Es war kalt, und die Dunkelheit entsprach dem Haus und dem sinisteren Geschmiere. Alles war verdunkelt, so als wäre die Straße im Krieg mit sich selbst. Kein Wunder, dass sich die Tür von Nummer 29 nie für unangemeldete Besucher öffnete.

Daly versuchte, die Nachbarn zu befragen. Nur eine Frau war bereit, mit ihm zu sprechen, ohne offen ihren Abscheu gegen die Bewohner des Hauses zu zeigen. Sie erzählte Daly, dass die Frauen, die dort lebten, immer heimlich kamen und gingen. Jeden Morgen vor Sonnenaufgang fuhr ein Transporter mit der Aufschrift HOME SWEET HOME CLEANERS vor und holte sie ab. Der Fahrer wies die Frauen an, die Scheiben des Transporters mit schwarzen Mülltüten abzudecken. Dann lud er Staubsauger, Putzmittel und industrielles Reinigungsgerät ein.

»Sind das illegale Einwanderer?«, fragte die Nachbarin Daly.

»Ich bin mir nicht sicher.«

»Angeblich ist das ja eine Putzfirma, aber Gott allein weiß, was in dem Haus noch so vor sich geht. Zum Teil kommen die Frauen erst nach Mitternacht heim. Ich hab gesehen, wie sie völlig erschöpft aus dem Transporter gestolpert sind. Die sprechen auch gar nicht Englisch. Was soll man da machen? Ich hab's schon meinem Mann erzählt, aber der meinte, ich soll mich nicht einmischen.«

Mindestens ein Dutzend Mal rief Daly bei der angegebenen Telefonnummer an. Sein zurückhaltendes Vorgehen bestätigte ihn in seinem Verdacht, dass Martha Havel kein normales Leben führte, in dem Menschen aufstanden, zur Arbeit gingen, aßen, fernsahen und dann wieder zu Bett gingen. Bei jedem Anruf war eine andere junge Frau mit ausländischem Akzent am Apparat gewesen. Die Gespräche liefen alle ins Leere.

»Ich möchte gerne mit Martha Havel sprechen«, sagte er zu Beginn eines jeden Versuchs.

»Martha ist nicht da. Wer ist dran?«

»Celcius Daly. Ich bin von der Polizei. Ich versuche, Lena Novak zu finden. Wann ist Martha zurück?«

»Wenn sie nach Hause kommt.«

»Und wann ist das?«

»Kann ich nicht sagen. Sie kommt und geht, wie sie will.«

»Wer sind Sie?«

»Versuchen Sie's später noch mal.«

Doch schließlich machte sich seine Hartnäckigkeit bezahlt. Eines Abends rief er spät an, und wieder antwortete eine Frauenstimme. Sie klang jedoch älter und sprach mit Autorität, gepaart mit einer gewissen Gewitztheit.

»Sind Sie ein Gentleman-Freund?«, fragte sie sofort.

»Was ist ein Gentleman-Freund?«

Sie antwortete mit einem Kichern. »Männer, die gerne Rechnungen bezahlen.«

»Was ist mit Jack Fowler? War der ein Gentleman-Freund?«

Darauf erntete er misstrauisches Schweigen. In der anschließenden Gegenfrage spürte Daly ein gewisses Interesse, aber auch Furcht.

»Wer will das wissen?«

»Celcius Daly.«

»Sie sind der Polizist, der nach Lena sucht.« Sie klang nachdenklich.

»Das ist richtig.«

»Hier ist Martha Havel.«

»Hören Sie, Martha, ich weiß, es ist schwer, einem Fremden zu vertrauen, aber ich muss mit Lena sprechen. Sie ist in Gefahr.«

»Wann können Sie kommen?«

Daly musste mehrere Minuten warten, bis Martha Havel die Tür öffnete. Die blonde Frau in ihren Vierzigern musterte ihn von Kopf bis Fuß, ehe sie ihn in einen schmalen Gang ließ. Die Kombination aus hautengen Jeans, schwarzen Stiefeln und figurbetontem Top war für Daly typisch osteuropäisch. Das Einzige, was noch fehlte, war eine schwarze Plastikhandtasche über der Schulter.

Durch eine offene Tür sah er in die Küche mit einer Flasche Wodka und mehreren Fleischstücken auf einem blutverschmierten Tisch. Jemand hatte Rindfleisch weich geklopft. Der Anblick der rohen, unbedeckten Fleischbrocken war in Dalys Augen geradezu obszön.

Sie bemerkte seinen Blick. »Ein paar von den Männern, die vorbeikommen, arbeiten im Schlachthof. Statt Rosen oder Pralinen bringen sie den Mädchen Steaks mit.«

Sie führte ihn in ein winziges Wohnzimmer. Darin standen nur zwei Sessel. Sie setzte sich auf einen und bedeutete Daly, auf dem anderen Platz zu nehmen. Doch ehe er ihrer Aufforderung nachkommen konnte, galt es, ein kleines Problem zu lösen: Auf dem angebotenen Sessel saß ein Mann. Tätowierungen und Narben zierten seine muskulösen Arme. Ohne die geringste Freundlichkeit starrte er Daly an. Als er den säuerlichen Geruch von Alkohol vermischt mit Schweiß bemerkte, fühlte sich Daly unangenehm nüchtern.

Martha sprach den Mann gereizt auf Kroatisch an. Reflexartig verzog er den Mund zu einem verächtlichen Grinsen. Nachdem er Daly mit einem bösen Blick bedacht hatte, trampelte er die Treppe nach oben, um wieder zu schlafen oder das zu tun, was Zuhälter in ihrer Freizeit eben taten. Unterdessen war Martha auf ihrem Sessel zur Kante gerutscht, näher an der Tür und am Telefon.

Sie zündete sich eine Zigarette an und betrachtete Daly mit einer Miene, die Gleichgültigkeit demonstrieren sollte. Oder war es Angst?

»Sie sind also von der Polizei?«, sagte sie. Ihr Gesicht verschwand hinter einer Rauchwolke. Nur die knallroten Lippen blieben sichtbar.

»Ja«, erwiderte Daly.

Der Rauch verzog sich ein wenig. Sie schnippte Asche in eine Bierflasche. In der vernebelten Luft schienen ihre Lider zu zittern.

»Ehe ich Ihnen von Lena erzähle, könnten Sie mir einen Gefallen tun.«

Daly lehnte sich zurück. Dass es einen Verhandlungsspielraum gab, war ein Zeichen dafür, dass sie zusammenkommen konnten.

»Ein Mann macht mir Probleme.«

»Einer Ihrer Kunden.«

»Nur einmal, dann habe ich ihn gesperrt. Das ist das Erste, was man in meinem Geschäft lernen muss. Behalte die Neuen im Auge. Vor allem, wenn sie nervös sind.« Sie sah Daly scharf an. »Die können einem einen Riesenärger machen. Vor ein paar Tagen war er da und hat ein Fenster eingeschlagen.«

»Wie lange belästigt er Sie schon?«

»Seit zwei, drei Wochen. Er hat auch das Zeug auf die Wände geschmiert.«

»Wir haben eine neue Antirassismus-Beauftragte. Ich geb ihr Ihre Nummer, dann wird sie sich bei Ihnen melden.«

»Können Sie ihn nicht einfach einsperren? Oder muss man völlig verrückt sein oder ein Serienmörder, damit Sie was unternehmen?« Sie sprach wie nebenbei, aber Daly spürte, dass sie äußerst angespannt war.

»Wenn die Antirassismus-Beauftragte sich meldet, sagen Sie ihr, dass Sie nicht wissen, warum dieser Mann Ihnen so zusetzt. Sagen Sie, dass es blanke Ausländerfeindlichkeit ist. Wenn er verurteilt wird, dürfte die Strafe hart ausfallen.«

Sie nickte. Daly sah einen violetten, fast schwarzen Fleck an der Seite ihres Halses. Sie legte ihre Hand darauf, so als hätte sie seinen Blick gespürt.

»Haben Sie Lena Novak gesehen?«

»Ich sehe viele Mädchen wie Lena. Sie kommen zu mir, wenn sie in Schwierigkeiten stecken.«

»Was für Schwierigkeiten?«

»Wenn sie sich mit ihrem Boss streiten. Oder wenn sie sich in den falschen Mann verlieben.«

Daly sagte sich, dass Mädchen wie Lena schon lange bevor sie zu Martha gingen und um Hilfe baten, in Schwierigkeiten steckten.

»Normalerweise bleiben sie eine Weile, bis sie bereit sind für die Rückkehr«, fuhr sie fort. »Aber Lena war anders.«

»Inwiefern?«

»Sie hatte einen Plan. Kaum eins der Mädchen, die herkommen, denken überhaupt so weit, sich einen Plan zu überlegen. Das Einzige, woran sie denken, ist weglaufen. Sie kapieren nicht, dass es bei einer Flucht vor allem auf den Plan ankommt. Und auf Geld.«

»Helfen Sie ihnen?«

Sie lachte. »Auch wenn das Schild was anderes sagt, ist das hier kein ›home, sweet home‹.« Ihr Kopf wackelte leicht, aber die Frisur saß bombenfest. Plötzlich meinte er, sie trüge eine Perücke.

»Was war mit Lena? Was war ihr Plan?«

»Davon hat sie nichts erzählt, aber sie hatte Geld. Und sie wusste, wo sie sich noch welches beschaffen konnte.«

»Wohin ging sie, nachdem sie hier war?«

»Woandershin.«

»Aber wohin?«

»Sie hatte ja viel Auswahl.«

»Was soll das heißen?«

»Sie hatte mehr Schlüssel als ein Gefängniswärter. Für Häuser, Wohnungen, halbe Siedlungen, alles Immobilien von Fowler.«

»Kennen Sie die Adressen?«

»Mir hat sie keine verraten. Dazu hatte sie zu viel Angst. Ihr Boss ist ein Mann namens Josip Mikolajek. Früher oder später erwischt er sie. Er hat überall Kontakte.«

»Überall? Auch hier?«

Diese Frage ignorierte Martha. Sie zog an ihrer Zigarette und blies den Rauch in die Luft.

»Vielleicht hielt es Lena für klüger, nicht bei Ihnen zu bleiben«, fuhr Daly fort. »In welcher geschäftlichen Beziehung stehen Sie zu Mikolajek?«

Sie zuckte mit den Schultern. »Er lässt mich in Ruhe meine Arbeit machen. Natürlich gegen eine satte Gebühr. Aber sonst hab ich nichts mit ihm zu tun. Sie können alle fragen. Das kann jeder bestätigen.«

»Was ist mit den Frauen, die für Sie arbeiten? Wissen die es auch?«

»Finden Sie's raus.«

»Das heißt, die sagen mir nichts.«

»Sie können sich gerne einen Dolmetscher besorgen.«

Jede ihrer Antworten war die sprachliche Entsprechung zum Austreten einer Zigarette mit dem Stiefelabsatz.

»Warum interessieren Sie sich überhaupt für Lena?«, fragte sie. »Sie ist eine Prostituierte. Sie ist illegal hier. Sie würde nicht eine Sekunde zögern, Sie zu betrügen.«

»Daran zweifle ich nicht.«

Daly zeigte ihr auf dem Handy die Aufzeichnungen der Kamera vor Lenas Wohnung. Sie tippte mit dem Fingernagel drauf.

»Wann wurde das gemacht?«, fragte sie.

»Vor wenigen Tagen.«

»Vielleicht ein Kunde. Von Lena.«

»Dieser Mann und die Leute, für die er arbeitet, wollen sie finden. Vor einem Café in Aughnacloy konnte er sie beinahe kidnappen, aber zum Glück ist sie entkommen. Das Personal im Café hat angegeben, dass Lena regelmäßig da war. Wenn sie weiter an ihre Stammplätze geht, dann werden sie sie auch ein zweites Mal finden.«

Als Martha antwortete, wippte sie nervös mit dem Fuß.

»Wahrscheinlich haben Sie recht, aber was bleibt ihr anderes übrig? Wo kann sie denn hin?«

Daly schwieg, um ihre Nervosität weiter steigen zu lassen.

»Der Mann, der sie sucht. Ist er Kroate?«

»Nein, Ire. Er hinkt.«

Sie entspannte sich etwas. »Vor ihren eigenen Landsleuten hat sie mehr Angst als vor allen Iren. Egal, wo sie sich versteckt, Mikolajek und seine Freunde können sich immer an ihrer Familie in Kroatien rächen.«

»Wenn Sie mir helfen, Lena zu finden, kann ich mit ihrer Aussage Mikolajek festnehmen. Ihn hinter Gitter bringen. Dann müsste sie sich wegen ihm keine Sorgen mehr machen.«

»Ehrlich? Sie würden das Schwein Mikolajek festnehmen?« Sie lachte. »Er wird sie nie in Ruhe lassen. Ich habe erlebt, was er mit anderen Mädchen gemacht hat. Wer ihn verärgert, kommt nie ungeschoren davon.«

»Dann wissen Sie, dass Lena mit dem Feuer spielt. Sie müssen mir verraten, wo ich sie finden kann. Wenn nicht, lasse ich Ihr Haus von meinen Leuten und der Special Branch auf den Kopf stellen. Und hinterher kommen die Einwanderungsbehörde, die Steuerfahndung und das Gesundheitsamt und erledigen den Rest.«

Daly beugte sich vor und sah ihr in die Augen. Er wartete auf die ersten Risse in ihrer Fassade. Stattdessen trat ein Funkeln in ihre Augen. Ein Funkeln, das die Frage ankündigte, die Daly gefürchtet hatte.

»Sagen Sie mir eins, Inspector. Ist Ihr Besuch überhaupt Teil der offiziellen Ermittlungen?«

Schweigend rieb sich Daly über seine Bartstoppeln.

»Warum sind Sie denn nicht gleich mit mehr Leuten gekommen und machen eine Razzia? Ihre vielen Anrufe. Das sieht mir eher nach einem einsamen Mann aus, fast zwanghaft. So was macht doch kein normaler Polizist, der nach jemand sucht.«

Daly blinzelte. Vielleicht hatte die Ermittlung wirklich was Zwanghaftes bekommen?

Lächelnd lehnte sie sich zurück. Sie strahlte wie jemand, der ein unerwartetes Geschenk erhalten hat. »Sie haben hier überhaupt keine Befugnisse. Sie arbeiten auf eigene Faust.«

Daly schwieg weiter.

»Und Sie wollen mir weismachen«, fuhr sie fort, »dass Sie kein persönliches Interesse an Lena haben?«

Sorgfältig formulierte er seine Antwort. »Sie hilft mir, meine Instinkte als Ermittler wachzuhalten.« Er fühlte sich wie ein Mann, der das kürzeste Stück Seil wählte, um es seinem Henker zu reichen.

»Das glaub ich sofort.«

Sie beugte sich vor und strahlte Daly an. Er bemerkte, dass mehrere Knöpfe ihrer Bluse geöffnet waren. Sie wirkte, als wollte sie ihm gleich ein intimes Geheimnis verraten.

»Ich mag irische Männer«, sagte sie. »Jedenfalls die, die wissen, was sie wollen.«

»Ich bin hier als Detective, nichts anderes.«

»Nur ist das nicht die ganze Wahrheit. Die Gründe für Ihr Kommen sind doch ein bisschen komplizierter als die eines braven Polizisten.«

Sie lehnte sich zurück und nahm einen tiefen Zug von ihrer Zigarette.

»Allmählich verstehe ich. Aber eigentlich hätte mir das von Anfang an klar sein können. Sie sind ein Kreuzworträtsel, bei dem das gesuchte Rätselwort ›Midlife-Crisis‹ heißt. Sind Sie verheiratet?«

»Ja. Besser gesagt nein.« Daly zögerte. »Das verstehen Sie nicht.«

»Ich verstehe sehr gut, dass es mit Ihrem Liebesleben nicht sehr weit her ist.«

»Das geht Sie nichts an.« Daly gefiel ganz und gar nicht, wie sich das Gespräch entwickelte.

»Mein Geschäft ist es, dass Männer sich nicht schämen oder ihnen etwas peinlich ist. Und wie ich sehe, fühlen Sie sich jetzt unbehaglich. Sie lieben Ihre Arbeit. Deswegen sind Sie gekommen und erkundigen sich nach Lena. Jeden Tag hören Sie Lügen und Ausflüchte, erleben Angst und Gewalt. Sie haben es satt, die Straßen von Verbrechern zu säubern. Tief in Ihrem Innern sehnen Sie sich nach einem Mädchen, das Sie das für eine Nacht vergessen lässt.«

Daly schloss kurz die Augen. Dann sah er sie wieder an. Sie verfügte über die seltene Gabe, zugleich einfühlsam und herablassend zu klingen.

»Es ist eine Sache, in ein Bordell zu gehen und für eine Frau zu bezahlen«, sagte sie. »Etwas anderes ist es, eine Frau auf der Flucht zu lieben. Eine, die man nie erreicht. Was macht das mit einem? Welche psychische Anspannung muss das sein? Wird die Anziehung stärker oder schwächer, wenn man nie die Erfüllung erlebt?«

Daly spürte, wie ihm das Blut in die Wangen schoss und ihn verriet.

»Ich bin nicht hier, um mich vernehmen zu lassen.«

»Das habe ich auch nicht angenommen.«

Daly stand auf. Nur noch ein paar Fragen mehr und seine inneren Dämonen kämen zum Vorschein, säßen grinsend und feixend auf seinen Schultern. Er erkannte, dass Martha Havels Gesellschaft gefährlich war. Sie wusste zu viel von den dunklen Fantasien, die im menschlichen Geist schlummerten. Deswegen bezahlten Männer für ihre Aufmerksamkeit und kamen immer wieder zu ihr zurück. Sie half ihnen dabei, in die Fallen zu gehen, die sie sich selbst stellten.

Sie folgte ihm zur Tür.

»Kommen Sie wieder?«

»Wozu?«

»Zum Reden. Mir erzählen, was Sie über Lena herausfinden.«

»Warten wir's ab.«

Mit dem Licht aus der Küche im Rücken war zu sehen, dass sie leicht fröstelte. Dalys letzter Blick fiel auf die blutroten Fleischbrocken, die wie achtlos abgelegte Kleidungsstücke auf dem Tisch lagen.

Als Daly in seinem Cottage war, schaltete er den Herd an und kochte Wasser für eine Tasse Tee. Dabei blickte er durch das Küchenfenster hinaus auf das gewundene Sträßchen, das die halbe Meile zum Lough Neagh führte. Von Norden rollten Wellen heran; keine besonders wilden, aber doch hoch genug, um selbst hartgesottenste Angler nach Hause zu schicken.

Fünfzehn Minuten später hatte er den Weg zum menschenleeren Ufer zurückgelegt. Er spürte die Kraft des Windes, der die Wellen höher und höher peitschte. Eine Weile blieb er ratlos stehen und sah zu, wie die Wellen sich auf das steinige Ufer stürzten. Aus einem Cottage in der Nähe war über den Wind hinweg ab und zu das kurze Kläffen eines Hundes zu hören.

Er überlegte, ob es zu spät war, Lena zu retten. Er fühlte sich durch mehr von ihr getrennt als nur durch die Entfernung und die unvermeidlichen kulturellen Barrieren. Es gab auch die Trennlinie zwischen den Geschlechtern. *Sie könnte genauso gut auf der anderen Seite der Welt, auf einem anderen Planeten sein,* dachte er. Als er sah, dass ein Regenschauer von Westen heranzog, kehrte er um und ging nach Hause. In seinem Rücken versetzten die Wellen den beunruhigten See in immer größere Aufruhr.

32

Die abendliche Rushhour. Das Licht nahm ab, und das Tempo der Lastwagen nahm zu. Müllbeutel und frisch gewaschene Laken aus dem umgekippten Home-Sweet-Home-Transporter flatterten davon. Mit jedem vorbeidonnernden Lkw schlugen die losen Laken mit neuer Energie gegeneinander, ehe sie wieder zu Boden segelten und sich in Brombeerranken und Schlehdornästen verfingen. Für vorbeizischende Autofahrer musste es aussehen, als würde der Wind einen hektischen Reinigungstrupp durch die Hecken jagen.

Einhundert Meter weiter die Straße runter drängte sich eine Gruppe Frauen an einer Bushaltestelle zusammen. Ihre Kleidung war zerrissen, manche waren verletzt. Den mit aufgeblendeten Scheinwerfern herannahenden Polizeiautos blickten sie entgegen, als hätte langes Warten endlich ein Ende. Der Verkehr wurde angehalten, und am Straßenrand wimmelte es bald von Menschen, die geschäftig hin und her wuselten, Sanitäter, Feuerwehrleute, Polizisten und, nachdem Blut entdeckt worden war, auch Spurensicherer, die mit Leuchtband die Unfallstelle absperrten. Die Frauen blieben wie festgeklebt auf der Bank. Verwirrt sahen sie auf das Durcheinander von Absperrbändern, so als hätte sich der ganze Ort in ein kompliziertes Rätsel verwandelt. Nach einer Weile wurden sie mithilfe eines Dolmetschers überzeugt, sich an einem Spalier besorgter Gesichter vorbei zu einem Krankenwagen zu begeben.

Daly überquerte die Fahrbahn und folgte der Spur glitzernder Bröckchen von der Windschutzscheibe des verunglückten Transporters vom Straßenrand bis in den Graben. Die Person, die er suchte, befand sich nicht unter den Frauen, die jetzt am Krankenwagen waren. Feuerwehrleute mit Blechscheren standen um das Wrack, aber darin war niemand. Langsam umkreiste Daly den Transporter, dann lief er an der windzerzausten Hecke entlang und sah die Laken und Putzlappen, die aus dem Laderaum entwischt waren. Regentropfen und Schlehdornblüten wehten ihm ins Gesicht. Im feuchten Gras fand er eine merkwürdige menschliche Hinterlassenschaft, eine blonde Perücke mit Bobfrisur. Als er sie in eine Asservatentüte steckte, roch er schwachen Zigarettenrauch. Ein mulmiges Gefühl überkam ihn.

Ein Verkehrspolizist schilderte ihm den Unfallhergang.

»Der Transporter fuhr mit angemessener Geschwindigkeit in westlicher Richtung«, sagte er. »Straßenverhältnisse und Sicht waren gut, es gab keine Verkehrsbehinderungen. Wir vermuten, dass er von einem anderen Fahrzeug seitlich gerammt wurde. Nach den Lackspuren am Transporter muss es schwarz gewesen sein. Durch den Aufprall hat der Fahrer die Kontrolle verloren und geriet auf den Grasstreifen, dort kippte der Transporter auf die Seite und rutschte in den Graben, wo er mehrere kleine Büsche entwurzelt hat. Auf der Beifahrerseite haben wir Blut gefunden, dazu Schleifspuren, wo jemand vom Beifahrersitz gezerrt wurde. Weiter oben sind auch Reifenspuren im Gras. Die anderen Insassen haben sich zur Bushaltestelle begeben, wo wir sie gefunden haben. Der Fahrer des Transporters konnte ebenfalls selbstständig aussteigen und hat sich zu Fuß von der Unfallstelle entfernt. Über den Verbleib der Beifahrerin ist nichts bekannt, ihr Name ist Martha Havel.«

Daly hob die Hand, als er Irwin unter den Ersthelfern sah. Er wirkte etwas desorientiert. Daly war gespannt, ob sich der Special-Branch-Mann nach seinem Seelenstriptease im Pub anders verhalten würde.

Schweigend betrachtete Irwin den umgekippten Transporter, so als wäre er zu dem Schluss gekommen, dass Nichtreden die beste Taktik wäre. Seine Augen lagen etwas tiefer in den Höhlen als sonst, sein Gesicht wirkte im schwindenden Licht knittrig und verknautscht. Was mochte der Ausdruck besagen, der unter dem üblichen, kaum verhohlenen Gelangweiltsein lauerte? Scham oder Schmerz?

»Sie haben doch keinen Kater mehr, oder?«, fragte Daly, als Irwin sich gegen einen Streifenwagen lehnte. Verschwunden war sein abgebrühtes Getue.

»Nein. Aber mit meinem Liebesleben steht's nicht zum Besten.«

»Immerhin haben Sie noch eins.«

Irwin blickte mit einem nachdenklichen Stirnrunzeln auf den Transporter.

»Wie kann man jemand ins Gesicht sagen, dass er nicht lieben kann?«

»Wer hat das gesagt?«

»Poppy. Sie hat gesagt, dass ich nicht wüsste, wie es ist, wirklich zu lieben, aber ich hab ihr gesagt, dass ich noch nie mehr für jemand empfunden hab als für sie. Ich kann mir nicht vorstellen, dass ich für eine andere Frau dasselbe empfinden kann.«

Daly wandte den Blick ab. Am liebsten hätte er Irwin gesagt, dass man Liebe nicht in einem anderen fand. Sie musste in einem selbst entstehen.

»Wissen Sie, was?«, sagte Irwin. »Ich hab die Frauen so was von satt.«

Daly wollte schon beipflichten, auch er habe die Frauen satt, aber er war nicht sicher, ob einer von ihnen wirklich wusste, was damit gemeint war. Waren sie der Liebe überdrüssig oder des Sex, oder hatten sie einfach genug davon, sich über ihre Gefühle klar zu werden und sie mit einem anderen Menschen zu teilen?

Der Wind frischte auf und ließ einen in der Hecke hängenden Putzlappen schlagen wie einen gefangenen Flügel. Irwin starrte ihn an, als wäre es ein Zeichen. Seine Augen huschten über den Transporter und den Krankenwagen voller verängstigter Frauen.

»Noch mehr Ausländerinnen«, knurrte er. »Worum geht's hier? Alkohol am Steuer?«

»Hier sind gleich mehrere Details bemerkenswert. Der Fahrer hat die Biege gemacht, und die Beifahrerin ist verschwunden. Eine Kroatin namens Martha Havel.«

»Warum kann's nicht einfach mal einfach sein?«

Daly informierte ihn über das, was ihm der Verkehrspolizist mitgeteilt hatte.

»Was meinen Sie, schnappen wir den Fahrer?«, fragte Irwin.

»Natürlich.«

»Der ist wahrscheinlich längst über die Grenze.«

»Wir fragen in den Krankenhäusern an, ob's Verletzte von Verkehrsunfällen gab.«

Sie sahen einander an. »War das nur ein bescheuerter Fahrer?«, fragte Irwin. »Oder steckt da mehr dahinter?«

»Das kriegen wir raus, wenn wir den Fahrer finden.«

Sie suchten den Dolmetscher und baten ihn, sie zu den Frauen im Krankenwagen zu begleiten. Eine Frau stand auf und setzte sich wieder, dabei murmelte sie etwas auf Kroatisch. Sie hatte Schnittwunden im Gesicht.

»Was hat sie gesagt?«

Der Dolmetscher zuckte mit den Schultern. »Ihr ist schlecht. Sie glaubt, sie muss sich übergeben.«

»Fragen Sie sie bitte, wo Martha Havel ist«, sagte Daly.

»Sie sagen, sie ist irgendwo am Straßenrand verschwunden«, antwortete der Dolmetscher nach einem kurzen Wortwechsel.

Daly war überrascht. »Wie soll das denn gegangen sein?«

Die Frauen wurden unruhig und begannen zu diskutieren. Der Ton ihrer Stimmen änderte sich, die Worte wechselten immer schneller hin und her, so als würden sie vom Wind getrieben.

»Der Fahrer des Jeeps, der sie von der Straße gedrängt hat, hat diese Havel in seinen Jeep gezerrt. Er hinkte. Sie hat geblutet, und ihre Haare fielen runter.«

Daly wollte noch weitere Fragen stellen, aber die Frauen begannen inbrünstig zu murmeln und hoben den Blick zum Dach des Krankenwagens.

Der Dolmetscher sprach Daly an. »Sie werden kaum noch was Brauchbares aus ihnen rausbekommen. Sie stehen unter Schock.«

Die ersten Frauen fingen an zu weinen.

Irwin mischte sich ein. »Ob was von dem, was sie sagen, brauchbar ist, entscheiden immer noch wir. Es reicht, wenn Sie für uns dolmetschen, Sie brauchen nicht zu kommentieren oder sich in die Ermittlung einzumischen.«

»Selbstverständlich«, sagte der Dolmetscher. »Mir ist klar, dass das wichtig ist. Was soll ich noch fragen?«

Irwin wandte sich an Daly. »Immerhin kapiert er schnell.«

»Wir brauchen möglichst viele Informationen über den Fahrer des Jeeps«, sagte Daly. »Machen Sie ruhig langsam, wenn es nötig ist.«

Sie überließen die Frauen dem Dolmetscher und gingen zurück zum Transporter.

»Noch eine Entführung«, sagte Daly. »Erst der Versuch bei Lena Novak, dann die Frauen in der illegalen Abfüllanlage und jetzt Martha Havel. Alles Kroatinnen. Und alle irgendwie in kriminelle Aktivitäten verwickelt.«

»Was will man denn mit einer Wagenladung Putzfrauen? Und warum auch noch eine von ihnen entführen? Das ergibt doch keinen Sinn«, sagte Irwin.

»Sie vergessen, dass diese Frauen wie Besitz betrachtet werden«, erwiderte Daly.

»Wollen Sie damit sagen, dass sie einfach geklaut wurden?«

»Könnte sein.«

»Ich glaube, da steckt mehr dahinter«, sagte Irwin. »Was ist, wenn wir's nicht rauskriegen?«

»Müssen wir aber«, sagte Daly. »Diese Frauen wurden aus einem bestimmten Grund entführt, dahinter steckt Absicht.«

»Sie wurden schon einmal entführt. Aus ihren Heimatländern. Vielleicht passiert das jetzt wieder, und man will sie woandershin bringen.«

Daly betrachtete den gestrandeten Transporter und die dreckverschmierte Aufschrift. *Home Sweet Home,* dachte er. Für Menschen, die nichts mehr erwarteten, konnte sogar das Elend zu einem Zuhause werden. Der Wind fuhr durch die um das Fahrzeug verteilte Ladung und ließ Putzlappen und Müllbeutel in den Ästen eines Schlehdorns flattern. Daly hatte das Gefühl, dass er immer noch im Grenzland herumirrte und den sich vor seinen Augen auflösenden Spuren von Lena Novak folgte. Das Problem war, dass er nie genau wusste, wohin er sollte, und blind einem Weg folgte, der sich wand und auf und ab führte. Dabei fühlte er sich manchmal von einer hilfreichen Hand nach oben gezogen, manchmal von einer anderen hinab in die Dunkelheit gestoßen.

33

Die Frauen in den Häusern links und rechts von Home Sweet Home Cleaners traten aus der Tür und sahen lange zum Himmel. Das Abendlicht war rosa und blau gefärbt. Überraschung machte sich auf ihren Gesichtern breit. Eine Rauchsäule, die in einem der Gärten aufstieg, verwandelte sich in eine Flut aus Asche und Funken. Angekokeltes Papier tanzte über den Schieferdächern. Jemand schrie auf, und die Frauen stürzten auf die Straße, sprangen in die Höhe und schnappten nach den Fetzen.

Schwarze Wolken rollten heran, doch war es kein Regen, der aus ihnen fiel. Als Daly und Irwin in der Straße ankamen, um nach dem verletzten Fahrer des Transporters zu suchen, schwebten angesengte Geldscheine vom Himmel. Beim Auftauchen der blinkenden Polizeiautos rannten die Nachbarinnen, von denen manche mehrere Tausend Pfund eingesammelt hatten, zurück in ihre Häuser und schlugen die Türen hinter sich zu.

Nur die Tür von Home Sweet Home Cleaners blieb offen. Die beiden Detectives liefen eilig durch das Haus und hinaus in den Garten.

Ein junger Mann fuhr einen Schubkarren über den Rasen und beförderte einen Haufen Papier aus einem Blechschuppen zu einem züngelnden Lagerfeuer. Sein nackter Oberkörper war athletisch. Um den Kopf trug er einen Verband ähnlich einem Stirnband, das halb über sein zugeschwollenes blutiges Auge gerutscht war.

Wie Fledermäuse, die in der Dämmerung aus einer Höhle flogen, tanzten brennende Papierschnipsel und zerfallende Aschefetzen in der Luft. Ein Stück schwebte nah vor Dalys Gesicht. Rote

Glut nagte an der Wange der Queen. Es war ein Fünfzigpfundschein.

Als der junge Mann erneut mit einer fürs Feuer bestimmten Schubkarrenfuhre aus dem Schuppen kam und die beiden Männer bemerkte, erstarrte er.

»Aufhören!«, rief Daly.

Er folgte Dalys Befehl. Erschöpfung zeichnete sein breites Gesicht. Er sah Daly an, bis ein schwerer rasselnder Husten seinen Körper schüttelte.

»Sie sind verletzt. Da sollten Sie lieber nicht mit einem Schubkarren durch den Garten rennen.«

»Ich muss machen, was der Boss sagt«, sagte er mit einem kroatischen Akzent. Er schloss die Augen, als ihn ein neuer Hustenanfall schüttelte.

»Und wenn Sie damit fertig sind?«

»Weglaufen.« Er schlug einen glühenden Fetzen von seinem Gesicht weg.

»Wohin?«

»Irgendwohin. Sie können mich nicht aufhalten.« Er kippte seine Schubkarrenladung ins Feuer. Ein weiterer Schwarm Geldscheine zerstob zu sprühenden Funken.

»Sie müssen zum Arzt.«

Der Mann kratzte an seinem Verband, Blut quoll zwischen seinen Fingern hervor. Von Rauch und plötzlicher Schwäche erfasst, begann er zu schwanken. Dann erlosch das Licht in seinen Augen, und er fiel zu Boden.

Die Polizei benötigte zwei Tage, um den Fahrer und die bei Home Sweet Home Cleaners angestellten Frauen vollständig zu vernehmen. Die zuständigen Officer fassten die Erkenntnisse in einem mehr als fünfzigseitigen Bericht zusammen.

Im Endeffekt war die Reinigungsfirma ein Bordell gewesen

und hatte zugleich dazu gedient, Falschgeld in Umlauf zu bringen.

Weil er befürchtete, dass die Untersuchung des Verkehrsunfalls das ganze Ausmaß seiner kriminellen Aktivitäten ans Licht bringen würde, hatte Mikolajek dem verletzten Fahrer befohlen, alles Falschgeld im Haus zu verbrennen und jeden Beweis zu vernichten, der ihn mit Home Sweet Home Cleaners in Verbindung bringen konnte. Dennoch war Daly zuversichtlich, dass sie Mikolajeks Machenschaften vor Gericht so gut belegen konnten, dass er für längere Zeit hinter Gitter wanderte. Allerdings mussten sie ihn dazu erst einmal haben.

Neben der Beförderung von Putzkräften zu und von ihren Arbeitsstellen hatte der Home-Sweet-Home-Transporter auch zwei Tagesschichten als mobiles Bordell absolviert, eine vormittags und eine spätabends, bei denen meist zwei Frauen an Bord gewesen waren. Der Wagen fuhr überallhin, von Landwirtschaftsmessen bis zu Rennbahnen und an Wochenenden auch auf Nachtclubparkplätze. Die durchschnittliche Anzahl an Freiern pro Frau und Schicht belief sich auf sechs. Die Frauen verlangten 60 Pfund für eine halbe Stunde, davon beanspruchte Mikolajek einen »Benzinkostenanteil« von 40 Pfund – die branchenüblichen zwei Drittel. Der Wochenumsatz, den der Transporter und seine verschiedenen Verwendungen im Schnitt generierten, belief sich auf gut fünftausend Pfund.

Josip Mikolajek wusste, wie leicht die Polizei ein in einem Haus betriebenes Bordell schließen konnte. Bei einem mobilen Bordell in einem Transporter war das wesentlich schwieriger. Im Fahrzeug waren mehrere Handys sichergestellt worden. Der Geschäftsablauf, den er sich ausgedacht hatte, war leicht aufrechtzuerhalten und von der Polizei kaum zu überwachen. Der Freier rief eine der in Zeitungen annoncierten Nummern an oder schickte eine SMS. Nachrichten wie »*Hat Olga heute Zeit?*« oder

»*Heute heiße Hintern?*« waren dabei eher sachlich formuliert. Die Frauen wurden in dem Transporter mit einer Beschreibung des Kunden an den Treffpunkt gebracht. Sie waren angehalten, die Begegnung zufällig aussehen zu lassen und den Freier zum Transporter zu führen.

»Mikolajek dürfte jetzt wohl im Strahl kotzen«, sagte Irwin, nachdem er den Bericht gelesen hatte.

»Egal, ob er das Land verlässt oder nicht, er ist auf alle Fälle am Ende«, sagte Daly.

»Und Martha Havel ebenfalls, egal, wo sie ist.«

»Sie ist weg«, sagte Daly. »Genau wie Lena Novak. Und die anderen verschleppten Frauen. Allmählich glaube ich, dass wir sie nie finden.«

34

Sogar im Schlaf hörte Daly die Hühner gackern. Seit ein paar Tagen entwischten sie aus ihrem Auslauf und kamen als wilde Schar an seine Haustür, die sie für Zielübungen nutzten und mit Kot sprenkelten.

Es dauerte eine Weile, bis er sich aus seiner Trägheit reißen konnte. Es war Sonntag. Den Vormittag über hatte er auf dem kleinen Kartoffelacker hinter dem Haus Unkraut gejätet, und danach hatte er es sich in einem Sessel vor einem Torffeuer gemütlich gemacht und war eingenickt.

Als er erwachte, war im Kamin nur noch ein Häuflein grauer Asche. Er spürte, wie von draußen Kälte unter dem Türspalt hereinkroch. Ihm tat alles weh. Verschlafen ging er zum Fenster und wunderte sich, warum die Hühner schon wieder so aufgeregt waren. Zu seiner Überraschung sah er Irwin das aufgebrachte Geflügel beschwichtigen und mit beiden Armen so würdig wedeln, wie es sein betrunkener Zustand zuließ.

Daly öffnete die Tür und musterte seinen federgeschmückten Kollegen von der Special Branch.

»Wer seine Hühner frei rumlaufen lässt, braucht keine Klingel an der Tür«, sagte Irwin.

Ohne etwas zu erwidern, trat Daly einen Schritt zurück, was Irwin als Einladung auffasste.

»Es grenzt an ein Wunder, dass ich Sie in diesem Chaos von krummen Landstraßen und gleich aussehenden Cottages überhaupt gefunden hab«, sagte Irwin.

Wegen der niedrigen Tür zog er den Kopf ein und stolperte über die Schwelle.

»Aber letztlich hab ich Ihren Verschlag doch gefunden«, sagte er und äugte in die Dunkelheit. »Oder ist das eher eine Höhle? Wurd Ihnen das Licht geklaut?«

»Was wollen Sie denn bei mir in der Wildnis?«, fragte Daly.

»Ach, dieses und jenes.«

Daly starrte ihn an. Sonst war Irwin nicht so ausweichend.

Der Special-Branch-Mann pflanzte sich auf das kleine Sofa und ließ die Beine über die Lehne baumeln. »Jetzt versteh ich, warum Sie immer so knittrig schauen.« Er ließ den Blick durchs Wohnzimmer schweifen. »Könnten Sie nicht ein bisschen Licht machen, damit's nicht mehr so duster ist?«

Daly schaltete eine Tischleuchte an.

»Ich hatte den Tag frei«, erläuterte Irwin. »Deswegen wollte ich mir mal die Gegend um den See anschauen. Sie haben ja ein, zwei Mal davon geschwärmt.«

»Wie heißt sie?«

»Wen meinen Sie?«

»Haben Sie eine neue Freundin? Eine hier aus der Gegend?«

»Nein«, sagte Irwin mit plötzlicher Bitterkeit. »Es gibt keine.« Er schien gleich in Tränen auszubrechen. »Ich hatte schon sechs Monate keinen Sex mehr.«

Er sah Daly an. »Ich weiß schon, dass Ihre Dürreperiode länger dauert. Wegen der Scheidung und so. Aber mich macht das wahnsinnig.« Sein schmales Gesicht war schmerzerfüllt. »Ich liebe Poppy doch immer noch. Mehr, als ich's kapiere.«

Daly ging in die Küche und kochte eine Kanne frischen Tee.

»Ehrlich gesagt bin ich nur hergefahren, um Sie zu besuchen«, sagte Irwin, als Daly ihm eine Tasse reichte.

»So weit, nur um mich zu sehen?«

»Ja.«

»Wieso denn?«

»Ich dachte, Sie würden verstehen, was ich durchmache.«

Eine längere Zeit sprach keiner ein Wort.

»Haben Sie Zigaretten?«, fragte Irwin hoffnungsvoll.

Als Daly mit einer ungeöffneten Packung ins Wohnzimmer zurückkam, erwischte er Irwin beim Absuchen des Sofas. Wie jemand, der es gewohnt ist, nach Schmuggelware zu suchen, tastete er mit der Hand hinter den Sitzkissen.

Ertappt grinste er Daly an. »Ich war neugierig auf das, was ich da finden würde.«

»Das ist das Sofa meines Vaters«, sagte Daly. »Das Einzige, was Sie da finden, sind Tabakkrümel und vielleicht ein paar Erbauungsschriften.«

Irwin zündete sich eine Zigarette an und zog gierig daran. Dann drückte er sie in einem Aschenbecher aus. Aus der Jackentasche holte er eine Dose Bier und riss sie auf.

»Poppy sagt, mit uns ist es aus. Es ist wirklich Schluss, Daly. Und jetzt hat sie auch noch Benjy.« Er trank einen großen Schluck.

»Wer ist Benjy?«

»Unser Hund. Mit dem hab ich mehr Zeit verbracht als mit jedem anderen Lebewesen. Außer Poppy natürlich.« Er schwieg eine Weile. »Dass man von seiner Freundin abgesägt wird, ist eine Sache, aber sich auch noch von seinem besten Freund verabschieden zu müssen …« Er unterbrach sich, um zu schnäuzen. »Sie hat behauptet, dass Benjy nicht mir gehört, aber das stimmt nicht. Ich weiß, dass ich nicht immer nett zu ihr war. Ich weiß, dass ich sie betrogen hab, das geb ich ja zu, aber das kann sie mir doch nicht antun.«

Er stellte die Bierdose auf den Boden. »Ich will Ihnen nicht noch mehr Zeit stehlen, Daly, aber Sie müssen mir helfen.« Er klang fast weinerlich. »Ich muss noch ein paar Sachen aus ihrer Wohnung holen. Dabei bräuchte ich Hilfe.«

Daly seufzte. »Sie sind sowieso zu betrunken, um zu fahren. Ich bring Sie hin.«

Als sie nach draußen gingen, hatte es zu regnen begonnen. Der Motor von Dalys zehn Jahre altem Renault stotterte wegen der Nässe. Auf der ganzen Fahrt saß Irwin schweigend da, knabberte an der Seite seines Daumennagels und trank eine weitere Dose Bier. Bei der Ankunft vor dem Wohnblock zog er eine Baseballkappe aus der Tasche, setzte sie auf und zog den Schirm tief ins Gesicht, dann prüfte er seinen Anblick im Spiegel der Sonnenblende. Er war ganz blass geworden.

»Lassen Sie den Motor laufen, Daly. Das geht ganz fix.«

Daly wartete nervös. Durch den auf das Dach prasselnden Regen hörte er Glas splittern, eine Alarmanlage pfeifen. Kurz darauf tauchte Irwin neben dem Auto auf. Er stellte eine große Tüte mit etwas, das aussah wie ein Vogelkäfig, auf die Rückbank und stieg ein.

»Abfahrt!«, rief er mit einem zufriedenen Grinsen. »Das war leichter als gedacht.«

Daly warf einen Blick in den Rückspiegel und fuhr los. Die Tüte bewegte sich leicht. Noch einmal sah er in den Spiegel. Die Tüte bewegte sich wieder, dann war ein Krächzen zu hören.

»Was zum Teufel ist da drin?«, fragte er beunruhigt.

»Alfie.«

»Wer?«

»Poppys heiß geliebtes Schnäbelchen. Ein Papagei.« Ein schuldbewusstes Grinsen huschte über Irwins Gesicht. »Sie hat mir Benjy genommen, also nehm ich ihr Alfie.«

»Ein Papagei? Erstickt der nicht in der Tüte?«

»Keine Angst. Ich werd Sie nicht bitten, sich um ihn zu kümmern.«

»Sie sind doch von allen guten Geistern verlassen.«

»Das brauchen Sie mir nicht zu erklären. Ich weiß genau, dass ich verlassen wurde.« Er trank von seinem Bier. »Wie wär's zur Abwechslung mal mit was Tollem? Zum Beispiel, dass ich mich ganz schön was traue, dass ich ein cooler Hund bin, weil ich mir von der blöden Kuh nicht alles gefallen lasse?«

»Jetzt wird's wirklich albern.«

»Sie sind sauer.«

»Was erwarten Sie denn? Sie haben mich grad zum Komplizen eines Einbruchs gemacht. Von dem Diebstahl ganz zu schweigen.«

Irwin hob die Bierdose an den Mund, aber sie war leer.

»Sie haben gesagt, dass Sie ein paar Sachen abholen wollen. Warum haben Sie mich angelogen?«

»Jetzt stellen Sie sich nicht so an, Daly. Das lief nach dem Prinzip ›So viel wie nötig, so wenig wie möglich‹.«

»Was soll das jetzt wieder heißen?«

»Dass man Leuten nur so viel erzählt, wie sie wissen müssen, um was für einen zu tun. Aber egal, ich wollte eigentlich nur her, um nach Benjy zu sehen, aber sie hat ihn mitgenommen. Sie hat sogar gedroht, ihn einschläfern zu lassen.«

»Derek, das ist nicht mehr lustig.« Daly versuchte, nicht allzu wütend zu klingen. »Wenn Sie wegen Einbruchs drankommen, fliegen Sie aus der Polizei.«

»Ach ja?«, sagte Irwin mit unüberhörbarem Sarkasmus. »Ich würde meinen, dass man in diesem Fall von einer Entführung sprechen muss. Ich hab ihren Papagei geklaut, um meinen Hund freizupressen. Meinen besten Freund!« Betrunken funkelte er Daly an. »Wenn Sie meinen, dass ich was verbrochen hab, dann nehmen Sie mich doch fest. Immerhin sind Sie Polizist. Oder wissen Sie nicht mehr, wie man jemand festnimmt?«

Daly schüttelte den Kopf. »Irgendwer wird mein Auto gesehen und die Nummer aufgeschrieben haben. Wahrscheinlich suchen sie die in der Station schon raus.«

»Dann sagen Sie einfach, Sie wären zufällig vorbeigekommen und hätten gesehen, wie sich jemand verdächtig verhalten hat, und dass Sie dem nachgehen wollten. Und wenn sie feststellen, dass ich es war, sag ich, dass ich schlafwandle.«

Daly seufzte. »Ich seh schon, Sie haben alles genau durchdacht.«

»Hab doch gesagt, dass ich's bis aufs i-Tüpfelchen geplant hab.«

Er beugte sich so nah zu Daly, dass der seinen Alkoholatem feucht an der Wange spürte. Über Irwins Lippen kam eine Frage, glitschig wie Speichel. »Was ist mit Ihrer Prostituierten auf Abwegen?«

Daly schwieg.

»Die ist bestimmt ein heißes Date.«

»Woher wollen Sie das wissen? Haben Sie sie etwa gesehen?«

»Ist nur eine Frage. Vielleicht wär's auch ganz schrecklich, und hinterher würde sie trotzdem einen Hunderter verlangen.«

Irwin ließ das Fenster herunter und warf die leere Bierdose in eine Hecke. Daly hatte endgültig genug davon, die Folgen von Irwins nicht mehr existentem Liebesleben mitansehen zu müssen. Es war trostlos und obendrein für ihn zu riskant. Er warf Irwin einen Blick zu. Es fiel ihm schwer zu sagen, wie weit sein jüngerer Kollege die Selbstzerstörung noch treiben wollte und wie sehr er sein Umfeld damit gefährdete.

Da fiel Daly etwas ein. Er sah auf die Tüte im Rückspiegel.

»Was kriegt der Papagei eigentlich zu fressen? Haben Sie schon daran gedacht?«

»Shit.« Irwin schlug sich mit der flachen Hand auf die Stirn und stöhnte.

Zwanzig Minuten später ließ Daly Irwin vor dem Haus seiner Mutter aussteigen. Mit hängenden Schultern holte Irwin die Tüte aus dem Wagen. Auf dem Weg zur Haustür hielt er den Kopf gesenkt wie ein reuiger Sünder, der über eine Möglichkeit nachsann, einen kapitalen Fehler wiedergutzumachen, der ihn dazu gebracht hatte, mit einem gekidnappten Papagei als Gepäck in sein Elternhaus zurückzukehren.

Daly war erst kurz zurück in seinem Cottage, als sein Handy klingelte.

»Hallo?« Er hörte Atemgeräusche, aber keine Stimme.

»Hallo? Wer ist da?«

Stille.

»Sind Sie das, Irwin?« Er sah auf das Display, aber die angezeigte Nummer kannte er nicht.

Er wollte schon auflegen, als sich doch jemand meldete.

»Celcius, hier ist Lena.«

Überrascht setzte er sich auf einen Stuhl.

35

»Lena, wo sind Sie?«, fragte Daly.

»Ich bin in einem von Jacks Häusern«, antwortete sie. »In Foxborough Mews.«

Die Adresse ließ bei Daly alle Alarmglocken schrillen. Das war die Geistersiedlung, in der Mooney wohnte. Er fragte sich, was der ehemalige IRA-Mann davon halten würde, wenn er wüsste, dass er endlich Gesellschaft hatte. »Sie müssen zur Polizei«, sagte Daly streng. »Sie sind eine Verdächtige, vielleicht haben Sie jemand erpresst. Egal, wie lange Sie sich verstecken, daran ändert sich nichts. Außerdem sind Sie in echter Gefahr. Ein Mann ist hinter Ihnen her, und er wird Sie verfolgen, bis er Sie hat. Er hinkt leicht.«

Lena holte tief Luft. »Ich habe ihn noch einmal gesehen. Jedenfalls Hinweise auf ihn und seinen Jeep. Er ist immer in der Nähe, irgendwo um mich. Ich glaube, er beobachtet mich schon eine ganze Zeit.«

»Ich sag Ihnen, was Sie tun müssen.« Dalys Stimme bekam einen dringlichen Ton. »Verriegeln Sie alle Türen. Bleiben Sie von den Fenstern weg, und haben Sie Ihr Handy die ganze Zeit griffbereit. Sagen Sie mir, in welchem Haus Sie sind, und ich komme, so schnell ich kann.«

»Das kann ich nicht.«

»Warum nicht?«

Sie schwieg.

»Hören Sie, Lena. Jedes Mal wenn ich kurz davor bin, Sie zu finden, kommt dieser Mann daher. Vor ein paar Tagen habe ich mit Martha Havel gesprochen, und jetzt raten Sie mal, was mit ihr passiert ist. Hören Sie mich?«

Schweigen.

»Er hat den Wagen, in dem sie saß, von der Straße gedrängt. Dann hat er sie in seinen Jeep geschleppt. Vermutlich foltert er sie in diesem Moment, um an Informationen zu gelangen, die ich auch gerne hätte. Diese Frau muss leiden, weil Sie nicht mit uns reden. Was verbergen Sie vor uns? Warum lassen Sie sich nicht von uns helfen?«

»Die Männer, die hinter mir her sind, sind skrupellos«, erwiderte sie. »Für die ist das Leben einer Frau weniger wert als das eines Tiers, und für unsere Familien gilt das Gleiche. Was glauben Sie, warum sonst will ich unsichtbar bleiben?«

»Wir können Sie schützen. Sie können uns helfen, Mikolajek für lange Zeit hinter Gitter zu bringen.«

»Bisher hat die Polizei nicht viel getan.«

»Wir arbeiten rund um die Uhr.« Ein ärgerlicher Unterton schlich sich in Dalys Stimme. »Wir können nur die Verbrechen aufklären, von denen wir wissen, dass sie passiert sind. Jack Fowler ist unter mysteriösen Umständen gestorben, und seine Witwe hat Sie der Erpressung bezichtigt.«

»Ich habe Jack nie erpresst.«

»Sie haben auf seinem Anrufbeantworter eine Nachricht hinterlassen und Geld gefordert. Wollen Sie sagen, dass das nur ein Missverständnis war?«

Sie antwortete gepresst, so als schnürte es ihr die Kehle zu. »Nein. Bis ich meine Schulden bei Mikolajek nicht bezahle, kann ich nie eine Beziehung haben. Sonst vernichtet er mich und alle, mit denen ich zu tun habe. Er hat mich gezwungen, die Beziehung zu Jack zu beenden. Er hat gedroht, uns beide umzubringen. Ich hab nur so getan, als würde ich Jack erpressen, damit er mir nicht folgt. So war es leichter.«

»Was ist mit Fowlers Geld? Sein Konto haben Sie ja trotzdem angezapft.«

»Es kostet Geld, mich vor Mikolajek zu verstecken.« Jetzt klang sie vorsichtig, so als fürchtete sie, zu viel zu sagen.

»All das kann vor Gericht gegen Mikolajek verwendet werden.«

»Wenn ich als Zeugin aussage, müssen Sie mich für den Rest meines Lebens in einem Bunker verstecken. Und meine Familie auch. Nein, da habe ich einen besseren Plan. Und mit dem helfe ich Ihnen auch, Mikolajek zu fassen, ohne dass ich aussage.«

»In welchem Haus sind Sie?«

Sie zögerte kurz. »In der Nummer 74.«

»Okay, ich komme sofort.«

Sie unterbrach die Verbindung.

In Gedanken sah er ein leeres, lebloses Haus inmitten von anderen unbelebten Häusern und ein Fenster, hinter dem sich eine misstrauische Frau verbarg. Etwas Anonymeres als eine Siedlung von unverkauften Häusern gab es nicht, der perfekte Unterschlupf. *Seit die Immobilienblase geplatzt ist, ist es dort fast so leer wie auf hoher See,* dachte er.

36

Daly fuhr über verlassene Straßen, gesäumt von Häusern ohne Leben, so als wären bloß Fassaden aneinandergereiht. Man konnte kaum glauben, dass er im ländlichen South Armagh war. Genau das war das Problem an Foxborough Mews – von jedem Haus aus sah man die gleichen Häuser. Auch an dem von Michael Mooney fuhr er vorbei, aber es wirkte verlassen, kein Auto stand davor.

Haus Nummer 74, am Ende der Straße, war einer der letzten fertiggestellten Bauten. Das Haus gab sich alle Mühe, hinter einem Gewirr aus Unkraut, verschlungenen Weißdornsträuchern und Bauschutt zu verschwinden. Wenn Daly sich ein Versteck hätte aussuchen sollen, dann hätte er auch Nummer 74 gewählt.

Er stieg aus und ging um das Grundstück herum. Außer seinem Spiegelbild war in den dunklen Fenstern nichts zu bemerken. Jedes Mal wenn er meinte, in der Scheibe etwas zu sehen, das vor ihm davonhuschte, blieb er stehen und blickte hinein, aber nie war dort jemand. Die Siedlung schien jedes Leben aufzusaugen, die Fenster nur Geistersilhouetten zu spiegeln. Er schlug mit dem Klopfer an die Tür und wartete. Nichts. War Lena Novak ebenfalls von der Siedlung verschluckt worden? Angestrengt starrte er durch das Türfenster, aber innen war alles dunkel. Er klopfte noch einmal, kräftiger, und wartete, während sich das Echo der Schläge in der Siedlung verlor.

»Hallo!«, rief er. »Hier ist Inspector Daly!«

Als er keine Antwort erhielt, drückte er die Klinke. Die Tür war nicht abgesperrt. Um sich zu vergewissern, dass er nicht beobachtet wurde, sah er sich erneut um, dann trat er ein. Die Stille im Haus verstärkte sein Gefühl, Eindringling zu sein. Langsam ging er durch die leeren Zimmer. Eines war sicher: Für eine gründliche Haussuchung benötigte er hier weder einen Durchsuchungsbeschluss noch mehr Personal.

»Lena!«, rief er. »Wo sind Sie?« Der Parkettboden knarrte bei jedem seiner Schritte. Er kam in eine sauber geflieste Küche, wo nur ein herumstehendes Glas und ein schmutziger Teller die Sterilität störten. In einem Schlafzimmer im ersten Stock fand er ein Bett mit sorgfältig zusammengefaltetem Schlafsack. Diesmal sprach nichts für eine überstürzte Flucht oder dafür, dass das Haus durchwühlt worden war.

»Lena, wo sind Sie?« Er wurde ungeduldig. Hatte sie ihn hergelockt, nur um wieder zu entwischen? *Hab Geduld,* ermahnte er *sich, und warte, bis sie sich von selbst meldet.* Dennoch beschlich ihn die Sorge, dass er etwas übersah. Dass er und Lena sich ewig im Kreis drehten: Sie lief vor ihm weg, aber nie schnell genug, um ihm zu entkommen; er rannte ihr hinterher, aber nie schnell genug, um sie zu erwischen.

Er ging in die Küche und setzte sich auf einen Stuhl. Mit einem Seufzer sah er auf sein Handy. Dass sie sich ihm immer wieder entzog, quälte ihn. Ihr wiederholtes Verschwinden hatte nicht nur den Fortgang der Ermittlung behindert, sondern ihm auch an freien Abenden im Cottage keine Ruhe gelassen. *Jack Fowlers Beziehung mit Lena muss eine Achterbahnfahrt gewesen sein,* dachte er, *ständig zwischen himmelhoch jauchzend und zu Tode betrübt. Anfangs spannend, dann ermüdend und am Ende erschreckend.*

Nach einer Weile stand er auf und ging wieder durch alle Zimmer. Es war der nächste Beinahetatort. Wie ein Dieb oder Hausbesetzer hatte sie sich reingeschlichen, und jetzt war sie wieder weg. *Irgendwo muss doch ein Hinweis sein,* dachte er. Irgendetwas musste Aufschluss darüber geben, warum sie ihn angerufen hatte und dann verschwunden war.

Systematisch suchte er die Zimmer ab. Er würde auch auf kleinste Spuren achten müssen. Im Badezimmer bemerkte er auf einem Handtuch einen schmutzigen Fußabdruck, der aufgrund seiner Größe nicht von einer Frau stammen konnte. Er fragte sich, wer ihn hinterlassen hatte. In einer Küchenschublade fand er einen Verkaufsprospekt für Foxborough Mews und einen Satz Schlüssel. Eins der Häuser in dem Prospekt war angekreuzt, die Nummer 68. In einer anderen Schublade lag eine Plastiktüte mit Geld, acht neue glatte Fünfzigeuroscheine. Er legte das Geld zurück und ging hinaus.

Brombeeren und Ginsterbüsche überwucherten das unbebaute Land. Er folgte einem schmalen Pfad mit vielen Abzweigen, die vermutlich von Kaninchen oder anderen Wildtieren stammten. Einmal stolperte er fast über ein ausgegrabenes Abwasserrohr. Er ging daran entlang bis zu einem schlammigen Tümpel aus Abwasser und Gewürm, erbärmlicher Gestank stieg ihm in die Nase.

In der weichen Erde hinter dem Haus sah er verschiedene Fußspuren. Obwohl sie einander stellenweise überlagerten, konnte er einem deutlichen Pfad zur Hintertür von Nummer 68 folgen, dem im Prospekt mit einem Kreuz markierten Haus. Er hatte das Gefühl, als liefe er bei seiner Suche nur um das Loch, das sich mit Lenas Verschwinden aufgetan hatte.

Plötzlich huschte in einem Fenster im ersten Stock ein Schatten vorbei. Danach tauchte kurz das Gesicht einer Frau auf, eine zartere, elfische Version von Lena. Er hörte einen schrillen Schrei des Protests, dann verschwand das beunruhigte Gesicht. Galt die Furcht ihm oder einer anderen Person im Haus? Auf alle Fälle hatte es auf Daly eher wie das Gesicht eines Opfers als das eines Täters gewirkt. Woher kannte er es nur? Er klopfte an die verriegelte Hintertür, aber innen blieb es still. Als er zurücktrat, sah er erneut eine Bewegung im Fenster. Diesmal erschien das Gesicht einer anderen Frau. Sie riss die müden Augen auf, als sie ihn sah, und die Müdigkeit schlug in Erschrecken um. Er rief, aber sie reagierte nicht.

Zu seiner Überraschung war die Haustür nicht abgesperrt. Offenbar nahm man es in Foxborough Mews mit Eigentum und Besitz nicht so genau. Als er auf den polierten Marmorboden der Diele trat, schlug ihm kühle Luft entgegen. Er ging langsam weiter und blickte in jedes leere Zimmer links und rechts. Es roch nach der eigenartigen Mischung von Staub und frischem Anstrich, die alle neuen Häuser kennzeichnete. Auch im ersten Stock inspizierte er jedes Zimmer, öffnete eine geschlossene Tür nach der anderen. Dann holte er tief Luft und trat in das Zimmer, in dem er die Frauen gesehen hatte. Darin waren nur kahle Wände und nackter Betonboden. Nicht einmal ein Schatten war zu sehen, geschweige denn ein Versteck. Er sah durch das Fenster hinaus zur Straße, während er mit gespitzten Ohren auf ein Geräusch im Haus lauschte. Wer waren die Frauen? Illegale Bewohner oder verlorene Seelen? Wie hatten sie verschwinden können?

Auf der Suche nach einem Detail, das ihr Verschwinden erklären oder einen Hinweis auf Lena Novak geben konnte, ging Daly mehrmals durch das Haus. Das einzig Ungewöhnliche war ein Picknickkorb in der Küche. Als Daly ihn öffnete, sah er Wurst und Käse und eine Flasche Champagner, dazu in einer Seitentasche Handschellen, eine Augenbinde und ein scharfes Messer. *Nicht unbedingt die typische Picknickausstattung,* dachte er.

Außer dem Korb gab es keine weiteren Anzeichen dafür, dass kürzlich jemand im Haus gewesen war. Die Frauen, wer immer sie waren, ließen sich schwerlich als Bewohner bezeichnen. Wie Lena waren sie nur Besucher, die heimlich kamen und spurlos verschwanden, Geister in einer Geistersiedlung.

Er verließ das Haus und ging zur Straße. Die Abendsonne brach kurz durch die Wolken und blitzte in Hunderten Fenstern auf. Hinter ihm schlug eine Tür zu, Scheiben schepperten. Er wirbelte herum. Das Geräusch konnte aus einem Dutzend Häusern gekommen sein. Er versuchte es an mehreren Türen, ehe er eine fand, die nicht abgesperrt war. Die von Nummer 72 war nur angelehnt. Er trat ein. Das Innere war verwüstet, in die Wände waren Löcher geschlagen worden, die Kupferrohre und Stromleitungen herausgerissen. Wieder durchsuchte er alle Zimmer, wieder ohne Erfolg.

Er wollte schon zu seinem Auto zurückkehren, als ihn etwas irritierte. Irgendetwas am Haus Nummer 72 kam ihm merkwürdig vor. Er ging wieder hinein und lief erneut durch die Zimmer. Prägte sich den Grundriss ein. Dann ging er zurück zu Nummer 68. Er verriegelte die Tür von innen und schritt die spärlich möblierten Zimmer ab. Die Häuser in der Siedlung hatten alle ungefähr denselben Grundriss. Eine Küche, eine Kammer, eine Toilette, zwei Zimmer im Erdgeschoss, im ersten Stock drei Schlafzimmer und zwei Bäder. Doch Nummer 68 hatte im ersten Stock ein Schlafzimmer weniger.

Er schritt die Zimmer im ersten Stock Wand für Wand ab, um grob Maß zu nehmen. Zwischen einem Schlafzimmer und einem Bad fehlte ein etwa drei mal vier Meter großer Raum. Er klopfte die Wand ab. Sie klang hohl. Als er einen Schrank zur Seite schob, entdeckte er eine Tür. Er wollte sie öffnen, aber sie war abgesperrt. Die Entdeckung einer Geheimtür war eine Überraschung. Zugleich beschlich ihn eine leise Furcht, eine Ahnung, dass er getäuscht worden war. Er klopfte gegen die Tür und rief, aber nichts rührte sich.

So raffiniert die Bauherren auch gewesen sein mochten, der Bau von Geheimzimmern hatte kaum auf ihrem Plan gestanden. Er ging zu einem Fenster und ließ den Blick über die Siedlung schweifen. Das Versteck war erst vor Kurzem von jemand, der etwas zu verbergen hatte, geschaffen worden. Es wurde dunkel, ohne dass die Straßenbeleuchtung anging. Er legte die Hand an die Scheibe und spürte ein leichtes Vibrieren. Er trat zurück. Das Fenster zitterte, als wäre es lebendig.

37

Im leeren Zimmer von Haus Nummer 68 war leises Brummen zu hören. Daly sah aus dem Fenster. Reglos blieb er stehen, während der bekannte schwarze Jeep rückwärts an die Haustür fuhr. Die Fahrertür ging auf, und ein Mann mit kahl geschorenem Schädel stieg aus.

Daly ging zum Treppenabsatz. Er hörte, wie der Mann die Tür zu öffnen versuchte und verärgert daran rüttelte. Stille. Ein erneuter Versuch. Angestrengt lauschend, bemühte sich Daly zu ahnen, was der Besucher als Nächstes tun würde. Es folgte eine längere Stille, in der der Mann seine Taschen absuchte. Dann klopfte er erst an die Tür, danach mit den Knöcheln an eine Scheibe. Was immer er wollte, die Miete war es nicht.

Daly schlich die Treppe hinunter und zur Hintertür hinaus. Vorsichtig pirschte er sich zur Vorderseite des Hauses. Der Besucher war verschwunden, aber der Jeep stand noch da, und der Schlüssel steckte im Zündschloss. Als er das Handschuhfach öffnete, entdeckte er einen irischen Pass, ausgestellt auf den Namen Frank O'Neill, und eine Mappe voller Kontoauszüge und Briefe, die Jack Fowler gehörten. Endlich hatte der Unbekannte, der durch das Grenzland strich, einen Namen. Damit hatte Daly den ersten Schritt getan, den Hinkenden zu einem gewöhnlichen Kriminellen zu machen.

Er wollte gerade zu seinem Auto zurückgehen und per Funk Verstärkung anfordern, als er aus dem Kofferraum hektisches Klopfen hörte. Er warf einen Blick zurück auf das Haus. Noch immer keine Anzeichen von Leben, und auch der Fahrer war nicht zu sehen. Daly meinte genug Zeit zu haben, um nach der Ursache des Geräusches zu sehen. Sobald seine Schritte zu hören waren, begann der Jeep leicht zu wackeln. Etwas im Kofferraum versuchte verzweifelt, seine Aufmerksamkeit zu erregen.

Er öffnete die Heckklappe und blickte in die aufgerissenen braunen Augen von Lena Novak. Sie war mit einem Seil gefesselt, aus ihrem geknebelten Mund drang kein Laut. Nur hektisches, stoßweises Atmen. Panische Angst im Blick, starrte sie ihn an. Sie wand sich vor Ungeduld, als er ihre Fesseln löste und ihr aus dem Kofferraum steigen half. Noch unter Schock, zuckte sie bei jeder Berührung zusammen. Sie fühlte sich kalt an, so als hätte er sie aus einem eisigen Fluss gezogen.

»Sie bluten.«

»Er hat mir ein Messer an die Kehle gehalten und gedroht, sie mir durchzuschneiden, wenn ich mich wehre.« Sein suchender Blick schien ihr unangenehm zu sein, zugleich fühlte sie sich bei ihm aber offenbar sicherer. »Das ist nur ein Kratzer.«

Bei einem Geräusch aus dem Haus packte er sie am Arm. Überrascht und ängstlich sah sie ihn an. »Rein in den Jeep«, flüsterte er. »Mein Auto steht zu weit weg.« Sie stiegen beide vorne ein, und Daly fuhr zurück auf die Straße. Eine Minute später waren sie auf der Hauptstraße zum Lough Neagh.

»Was ist passiert?«, fragte er.

Sie rieb sich den Nacken. Ihre Wangen waren von der Aufregung noch gerötet. »Nachdem ich mit Ihnen telefoniert hatte, hat es an der Tür geklingelt«, sagte sie. »Ich dachte, das wären Sie.« Sie zitterte. »Aber das stimmte nicht. Sie hatten recht. Er war mir die ganze Zeit auf den Fersen. Er hat mir das Messer an die Kehle gehalten, damit ich nicht schreie. Dann hat er mich gefesselt und geknebelt, und ich bin ohnmächtig geworden. Als ich wieder zu mir kam, war ich im Kofferraum. Ich hab versucht zu schreien, aber ich konnte nicht. Zum Glück sind Sie gekommen.«

Als sie durch Armagh kamen, rief er mit dem Handy in der

Polizeistation an und bat darum, dass eine Streife sich das Haus Nummer 68 in Foxborough Mews ansah. Er berichtete von seinem Verdacht, dass in dem Haus mehrere Frauen gegen ihren Willen festgehalten wurden. Außerdem sagte er dem Diensthabenden, dass sein Auto mit einem Defekt dort stehe. Es solle mit einem Abschleppwagen zur Station gebracht werden. Als er auflegte, warf er einen Blick auf ihre Schnittwunde.

»Ich sollte Sie ins Krankenhaus bringen und durchchecken lassen.«

»Nein, das ist zu riskant. Vielleicht wartet er da ja auf mich.«

»Im Handschuhfach sind Ausweise und eine Kreditkarte, alle auf einen Frank O'Neill ausgestellt. Sagt Ihnen der Name was?«

»Hab ich noch nie gehört. Wer ist das?«

»Keine Ahnung, aber er ist ziemlich sicher ein Profi. Sehr erfahren und mit dem Auftrag, Sie zu kidnappen.«

»Ich bin ihm aber entwischt«, sagte sie trotzig. »Sogar zweimal.« Ihre dunklen Augen funkelten. »Kein Mann wird mich je wieder einsperren.«

»Was haben Sie in Foxborough Mews gemacht?«

»Mich versteckt.«

»Eine Geistersiedlung ist ein merkwürdiges Versteck.«

»Für mich ist alles hier merkwürdig. Das ist doch auch kein Wunder, wenn man ohne Identität oder Vergangenheit in einem Land ist und untertauchen muss. Ich hab gedacht, dass man mich da am allerwenigsten suchen würde.«

»Was ist mit den anderen Frauen?«

»Welche anderen Frauen?«

Er erzählte ihr, dass eine Gruppe von Frauen aus einer illegalen Schnapsfabrik entführt worden war.

»Haben Sie sie gesehen?« Plötzlich klang ihre Stimme ganz anders.

»Ich glaube.«

»Wo?«

»Sie waren in einem anderen Haus. Sie haben aus dem Fenster geschaut, aber als ich drinnen nach ihnen gesucht habe, waren sie verschwunden.«

Sie erwiderte nichts. Er hätte ihr gerne mehr Fragen gestellt, aber ihre Stimmung war umgeschlagen. Wenn er jetzt nachbohrte, fürchtete er, dass sie bei der ersten Gelegenheit wieder weglief. In der Wärme des Autos nickte sie kurz ein, schreckte aber gleich wieder auf. Um nicht erneut einzuschlafen, hielt sie die Augen aufgerissen und sah mit leerem, tranceartigem Blick aus dem Fenster.

Er versuchte, ihren Gefühlszustand einzuordnen, die langen Gesprächspausen. Aufmerksam achtete er auf bedenkliche Anzeichen in ihrem Verhalten. Der Polizist in ihm konnte nicht anders, aber die Veränderungen, vor denen er auf der Hut hätte sein sollen, fanden in ihm selbst statt. Ihre unmittelbare Nähe tauchte auch die Ermittlung in ein anderes Licht, ein fahles, trügerisches wie das des Mondes, das Einfluss auf seine Polizeiarbeit hatte. Plötzlich ergaben einige Dinge Sinn, aber vieles andere blieb im Dunkeln. Wer waren die Frauen in der Nummer 68? War es Zufall, dass sie in derselben Siedlung waren wie Lena und Michael Mooney? Wo war Martha Havel? Und zu was für einer Art von Picknick benötigte man eine Kidnapperausrüstung?

Als Daly sein Cottage erreichte, war es dunkel geworden. Er lenkte den Jeep in den kleinen Garten hinter dem Haus. Die Scheinwerfer erfassten die ersten Apfelblüten des Jahres. Er öffnete Lena die Tür und führte sie über ein Stück Wiese, das die Brombeeren zu überwuchern drohten. Die blauen Flecken an Lenas Hals bildeten beinahe ein Halsband. Der süßliche Duft ihres Parfüms stieg ihm in die Nase.

38

Ihm wurde bewusst, dass seit seinem Einzug ins Cottage Lena der erste weibliche Gast bei ihm war. Obwohl es heruntergekommen und unaufgeräumt war, war es für ihn ein Ort der Ruhe – eine Zuflucht vor den Frauen und der Arbeit, vor beklagenswerten Opfern und klagenden Kollegen. Er sperrte die Tür auf und bat sie mit einer zurückhaltenden Geste herein.

In der muffigen Dunkelheit des Hauses waren die alten Möbel kaum auszumachen – die Anrichte mit dem Tellerbord voll Steingutgeschirr, das Bücherregal, der schmiedeeiserne Ofen. Zum ersten Mal fielen ihm die Spinnweben in den Winkeln der Fenster auf.

Neugierig ging sie in dem vollgestellten Raum auf Erkundungstour und strich wie eine junge Katze mit durchgedrücktem Rücken an den Möbelstücken vorbei. Sie öffnete die Tür zur Küche, spähte hinein und öffnete die Schlafzimmertür.

»Gibt's auch ein Klo?«, fragte sie schließlich. »Ich muss mal.«

Als sie zurückkam, sah sie frischer aus. Die Müdigkeit um ihre Augen war verschwunden.

»Warum haben Sie mich angerufen?«, fragte Daly.

»Ich hab von Ihnen geträumt.«

»Von mir geträumt? Was denn?«

»Sie standen an einem Ufer und haben nach mir gerufen. Dann bin ich aufgewacht und habe ein Auto gehört, das durch die Siedlung fuhr. Ein schwarzer Jeep. Da hab ich Panik bekommen und Sie angerufen, obwohl ich das eigentlich nicht wollte.«

»Ich bin froh, dass Sie es getan haben.«

Sie setzte sich auf einen Stuhl. Noch immer war ihr Rücken leicht durchgedrückt.

»Sie sollten vorsichtig sein.«

»Warum?«

»Jedes Mal wenn ein Mann mich retten will, passiert ihm was.« Sie verschränkte die Arme vor der Brust und schob ihr Kinn ein wenig vor. Er sah auf ihre schmalen Handgelenke. »Anfangs als Jack ins Bordell kam, wollte er nur Spaß im Bett, aber dann hat er mich kennengelernt. Er dachte, er hätte was Besonderes gefunden, eine Frau, die sein Leben glücklicher machen würde. Er hätte die Finger von mir lassen sollen.«

»Wie hat Mikolajek von Ihnen und Jack erfahren?«

»Jacks Geschäfte liefen nicht mehr. Er wollte abhauen, nach Spanien oder in die USA, aber dafür brauchten wir falsche Pässe. Auf gar keinen Fall sollten seine alten Partner davon erfahren, daher hat er sich an keine Bekannten von früher gewandt. Er hat mit ein paar Rumänen Kontakt aufgenommen, die sich aufs Passfälschen spezialisiert haben. Angeblich waren sie gut und verschwiegen. Wir haben einen Mann getroffen, Hedler. Er war Zuhälter, das hab ich sofort gemerkt. Und vermutlich hab auch ich gleich was in ihm angesprochen, seinen sechsten Sinn. Er hat Fotos von uns gemacht, sich unsere Daten notiert, und Jack hat ihm Geld gegeben, ungefähr viertausend Pfund. Als Jack mir den Rücken zudrehte, hat Hedler mir zugezwinkert und in Richtung Jack eine obszöne Geste gemacht. Da wurde ich wütend und hab ihn angefahren, aber mehr hab ich nicht verraten. Er wollte mich provozieren. In der folgenden Woche hätten wir Hedler wieder treffen und unsere Pässe bekommen sollen, aber er hat Mikolajek einen Tipp gegeben.«

Sie sah Daly in die Augen. »Vermutlich halten Sie nicht viel von Jack. Von der Art Mann, der er war.«

»Mir gefällt nicht, wie er zu Tode gekommen ist. Wenn Sie mich nicht davon überzeugen, dass Sie mit seinem Tod nichts zu tun haben, muss ich Sie festnehmen. Ich hoffe, das ist Ihnen klar.«

Sie zuckte mit den Schultern. »Ich weiß nicht, unter welchem mentalen Druck er gestanden hat, aber ich bin keine Mörderin und auch keine Erpresserin.«

»Fowlers Frau sagt aber, Sie hätten ihn erpresst.«

»Wenn das stimmen würde, wären Sie mein nächstes Opfer. Außerdem hab ich doch gesagt, warum ich ihm das aufs Band gesprochen habe.«

Sie sah ihm forschend in die Augen, suchte nach einem Anzeichen von Zweifel. Daly fand das eine schlaue Methode, um Anschuldigungen aus dem Weg zu gehen. Leise seufzte sie. »Wenn Sie ein bisschen nachdenken würden, kämen Sie selbst drauf, dass ich Jack weder erpressen noch töten musste, um Geld von ihm zu kriegen. Und was hätte ich damit gewonnen? Hätte ich wieder Prostituierte werden sollen?«

»Ich muss einfach mehr wissen«, sagte er.

Wieder sah sie ihn eindringlich an, doch jetzt lag Strenge in ihrem Blick. Daly bekam das Gefühl, dass allmählich ein verborgener Teil von ihr ans Licht kam.

»Wenn Sie bereit sind, dann verrate ich Ihnen etwas wirklich Besonderes«, sagte sie. »Etwas voll Blut, Schweiß und Tränen, das ich noch nie jemand erzählt habe. Meine Geschichte. Als Geschenk für Sie.«

»Ich bin sehr gespannt.«

Sie begann von ihrem Leben in Kroatien zu erzählen und wie sie von Mikolajek verschleppt worden war. Sie sprach mehr als eine Stunde. Von Zeit zu Zeit ermunterte er sie, wenn sie zögerte, und hakte behutsam nach. Manchmal, vor allem, wenn sie über die anderen verschleppten Frauen sprach und von ihrer Heimat erzählte, sprudelte es aus ihr heraus. Hin und wieder hielt sie inne, von Heimweh oder etwas Traurigerem überwältigt.

Sie berichtete, wie Jack Fowler ihre Flucht aus dem Bordell geplant hatte. Er hatte einen Verkehrsunfall inszeniert, um ihren Zuhälter Sergej Grgić zu täuschen. Der Plan war jedoch schiefgelaufen, als Grgić selbst einen Unfall gebaut hatte.

»An dem Abend hat mir Mikolajek was zukommen lassen.«

»Was denn?«

»Eine Nachricht. Eine Warnung.«

»Und wie?«

»In Gestalt von Sergejs Körper. Beziehungsweise das, was von ihm übrig war.«

Daly verschlug es die Sprache.

»So hat Mikolajek mir klargemacht, zu was er fähig ist. Er wollte zeigen, dass er einen Fehler, wie er Sergej unterlaufen war, als er mich hatte entkommen lassen, niemals verzeihen würde. Wie würde er dann erst auf meinen Verrat reagieren?«

Anschließend saß sie mit Daly am Tisch und sah ihn an, so als erwartete sie weitere Fragen oder Anweisungen. In den Fenstern setzte sich die Dunkelheit fest. Die Schatten des erlöschenden Torffeuers streckten sich auf dem Steinboden aus. Er ging nach draußen, um aus dem Schuppen mehr Torf zu holen. Bei seiner Rückkehr stand sie im Flur und durchwühlte die Taschen seiner Jacken. Er schrieb das ihrem instinktiven Misstrauen gegenüber Männern zu, dennoch war er aufgebracht. In welche Teile seines Lebens würde sie noch eindringen?

»Ich wollte wissen, wie viel Bargeld Sie haben«, erklärte sie.

»Wollen Sie mich beklauen?« Ärger schwang in der Frage mit.

Da erklärte sie ihm ihren Plan.

»Das ist gefährlich und verrückt«, sagte er, nachdem er ihr aufmerksam zugehört hatte.

»Wenn Sie das wirklich glauben, sollten Sie mich verhaften, bevor ich Ihr Geld nehme und weglaufe.«

Er spürte, dass er zornig wurde. Sie bestimmte, wo es langging. Er hatte jeden Einfluss auf den Gang der Ereignisse verloren. Aber war das bei diesem Fall je anders gewesen? Die Ermittlung war immer von ihrem zufälligen Erscheinen abhängig gewesen, jede neue Erkenntnis war erst durch ein Zugeständnis von ihr möglich geworden. Sie sah ihn an. Seine Anspannung ließ nach. Er sah zu Boden, dann wieder in ihr konzentriertes Gesicht. Er musste sich eingestehen, dass es schlechtere Arten gab, den Abend zu verbringen, als unter dem wachen Blick von Lena Novak ein unruhiges Kribbeln zu verspüren.

Er ging zum Feuer und legte etwas Torf auf die erlöschende Glut. Setzte sich wieder und überlegte. Er suchte nach einer anderen Lösung als der, die sie vorschlug. Er wollte sie nicht offiziell festnehmen oder als illegale Immigrantin der Einwanderungsbehörde überstellen. Das würde nur die Verfolger auf ihre Fährte setzen. Und es bestand das Risiko, dass sie auf Kaution freikam, untertauchte und für immer verschwand. Zudem hatte er sich längst selbst kompromittiert. Bei seinen Nachforschungen nach Lena hatte er gegen so viele Regeln verstoßen, dass ihm ein Disziplinarverfahren fast sicher war. Nein. Ihm blieb nichts anderes übrig, als ihr zu vertrauen und zusammen mit ihr die Schurken zu jagen. Und hinterher zu hoffen, dass sie still und leise in ihre Heimat zurückkehrte.

»Ich will nicht, dass Sie Ihren Job verlieren«, sagte sie. »Es wäre besser, wenn ich das alleine mache und Sie nicht mit reinziehe. Ich ruf Sie an, wenn ich so weit bin.«

»Darüber muss ich nachdenken«, sagte er und ging hinaus.

Als er zurückkam, hatte sie die Stiefel ausgezogen und saß vor dem Feuer. Sie sah auf. »Sie machen sich Sorgen«, sagte sie. »Das kann ich verstehen, für Sie steht viel auf dem Spiel.« Er nickte und ließ sich auf dem Rand des Sofas nieder.

»Wir könnten in große Gefahr geraten.«

»Ja.«

Er sagte nichts von dem, was ihm die meisten Sorgen bereitete: dass er in sich einen eigenwilligen Drang verspürte, ihr auf diesem dunklen Weg zu folgen und sein Schicksal mit dem ihren zu verbinden.

»Mein Verstand sagt mir, dass wir den Plan nicht umsetzen sollten«, sagte er.

»Und will Ihr Herz das auch?«

»Nein.«

Er hatte seine Entscheidung bereits getroffen. Sie gründete nicht so sehr auf seinem Selbsterhaltungstrieb als auf dem simplen Wunsch, sie nicht länger als eine Minute aus den Augen zu lassen. Das kam ihm wichtiger vor als jeder langweilige Versuch, seine Karriere zu retten.

Er machte ihr das Bett im Gästezimmer. Ehe er die Tür schloss, dankte sie ihm.

»Wofür?«

»Ich hatte ganz vergessen, wie es ist, mit einem Mann allein zu sein und nicht mit ihm schlafen zu müssen«, sagte sie.

Als er in dieser Nacht im Bett lag, sengte das Bild ihres zusammengerollten Körpers ein Brandloch in seinen Schlaf. Nach einer Stunde stand er auf und ging auf die Toilette. Er stand vor ihrer nur angelehnten Tür. Das Geräusch des Regens draußen vermischte sich mit dem ihres Atems. Seine Gedanken lasteten schwer auf ihm, als er zurück zu seinem Bett ging. Erst kurz vor Sonnenaufgang versank er in traumlosen Schlaf.

39

Als Daly am Montagmorgen aufwachte, entdeckte er als Erstes den Abdruck ihrer feuchten Füße auf dem Boden seines Schlafzimmers. Schnell stand er auf und zog sich an, während er darüber nachgrübelte, ob sie an seinem Bett gestanden und ihn beim Schlafen beobachtet hatte. Er folgte den Fußspuren ins Wohnzimmer und hinaus durch die offene Tür. Sie saß auf einem Holzstuhl, kämmte ihre nassen Haare und blickte in den überwucherten Garten. Nach dem Duschen hatte sie einen alten Pullover von ihm angezogen.

»Sie haben mich aufgeweckt«, sagte sie.

Überrascht sah Daly sie an.

»Sie haben im Schlaf mit den Zähnen geknirscht.« Sie lächelte. »Ich dachte schon, in Ihrem Zimmer zerbeißt ein Monster Knochen.«

»Meine Ex-Frau hat sich auch immer beklagt, dass ich wie wild mit den Zähnen knirsche.«

»Wissen Sie, was das bedeutet?«

»Was?«

»Irgendwas in Ihnen will raus, will Aufmerksamkeit. Etwas, das sich nicht bändigen lässt.«

»Dann sollte man es besser in Zaum halten.«

Nach dem Frühstück machte sich Daly fertig für die Arbeit. Er riet Lena, im Cottage zu bleiben, damit niemand sie sah, und auf seine Rückkehr zu warten. Dann fuhr er im Taxi zur Polizeistation. Das Erste, was er durch das Sicherheitstor sah, war sein Auto, das auf dem Parkplatz für beschlagnahmte Fahrzeuge stand.

Er war sehr froh, dass die Kollegen es geholt hatten, ehe es mutwillig beschädigt wurde.

In der Station sah er aus dem Augenwinkel Commander Boyd die Treppe herunterkommen. Um ihm nicht zu begegnen, huschte Daly in einen anderen Flur. Gleich darauf wollte er eine Glastür öffnen, sah aber, dass er dahinter dem Commander in die Arme laufen würde. Als Boyd Daly durch das Glas erkannte, verfinsterte sich seine Miene. Daly versuchte, sich in dem Labyrinth aus Fluren und Vernehmungsräumen rarzumachen, doch wie von unsichtbarer Hand geführt tauchte Boyd immer wieder vor ihm auf. Schließlich trafen sie vor der Kantine zusammen.

»Gestern Abend wurde Ihr Auto mit dem Schlüssel im Zündschloss in einer Neubausiedlung gefunden«, hielt Boyd Daly vor. »Und wir haben eine Meldung bekommen, dass ein Mann, auf den Ihre Beschreibung passt, beobachtet wurde, wie er mehrere ungesicherte Grundstücke betreten hat. Was zum Teufel war da los?«

»Ich hatte eine Autopanne, als ich mir ein paar Häuser angesehen habe.«

Ungläubig schüttelte Boyd den Kopf.

»Ich hoffe, Sie suchen nicht immer noch nach der vermissten Prostituierten.«

»Sie ist der Schlüssel zur Festnahme von Mikolajek. Deswegen würde ich sie schon gern finden.«

»Die hält Sie doch zum Narren. Ihnen geht es auch nicht nur um eine Zeugin. Allerdings bin ich kein Psychologe.« Er sah Daly gleichmütig an.

»Da bin ich aber erleichtert.« Dalys Antwort ließ Boyd böse funkeln.

»Schon die ganze letzte Woche benehmen Sie sich seltsam, Daly. Sie reden nicht mit Ihren Kollegen. Sie gucken wie ein geprügelter Hund. Kommen zu spät zu Meetings und lassen bei

Ihren Berichten einen Abgabetermin nach dem anderen sausen. Noch immer liegt mir von Ihnen nichts Schriftliches zum Stand der Ermittlungen vor.«

Daly schwieg. *Wenn Boyd eins gut kann,* dachte er, *dann Ermittlungen an sich ziehen und alle anderen zu nutzlosem Papierkram verdonnern.*

»Was ist los mit Ihnen, Inspector?« Boyd schien Dalys Gesicht zu studieren. Plötzlich beschlich ihn ein Verdacht. »Hat sie Sie verlassen?«

Daly zuckte. »Wen meinen Sie, Sir?«

»Wer auch immer die Frau ist. Ich hab einen Teenager daheim, und der macht an den meisten Wochenenden genauso ein Gesicht. Keine Frau ist es wert, dass man lange rumheult.«

Daly nickte. »Ich bring Ihnen den Bericht, sobald er fertig ist.«

Vom Büro aus rief Daly bei Armagh Properties an, der Firma, die als Verkäuferin von Foxborough Mews Nummer 68 angegeben war. Er fragte den Makler, wer über Hausschlüssel verfügte. Von der Antwort war er nicht sehr überrascht. Michael Mooney war inoffizieller Verwalter für dieses und eine Reihe weiterer Häuser.

Mittags fuhr Daly zu seiner Bank. Er wusste nicht, wie viel Geld auf seinem Sparkonto lag, und musste die Kassiererin nach dem Kontostand fragen. Seit der Trennung von Anna hatte er sich um seine Finanzen kaum noch gekümmert.

»Fünftausendsiebenundfünfzig Pfund und vierundachtzig Pence«, sagte sie.

»Das würde ich gerne abheben. Alles, bitte.«

Die Kassiererin bat ihn, sich auszuweisen. Daly sah ihr zu, wie sie das Geld zweimal abzählte, dann steckte er den Umschlag in seine Brieftasche, gleich neben das Foto von Lena. Die Summe würde für die erste Stufe ihres Plans reichen.

Danach fuhr er zu dem von Lena beschriebenen gesichtslosen

Pub im Süden der Stadt. Eine Weile saß er davor im Auto und grübelte darüber, ob das alles nicht ein Fehler war, ob er sich auf die schiefe Bahn begab. Aber dann sagte er sich, dass es für Gewissensbisse zu spät war. Er hatte die Grauzone längst verlassen.

Jeden Montagnachmittag hielt Daniel Hedler in einer Ecke im Pub Hof. Der Verkauf von gefälschten Ausweisdokumenten war ein florierendes Geschäft, insbesondere Führerscheine und Pässe standen in diesem Teil der Stadt hoch im Kurs, und der Pub war ein ausreichend anonymes Büro, um ihm nachzugehen. Hedler arbeitete sorgfältig und methodisch, und seine Männer waren überall im Raum verteilt, falls bei einem Geschäft etwas Nachdruck nötig wurde.

Sobald Daly den Gastraum betrat, wusste Hedler, dass der Mann den Boden unter den Füßen verloren hatte. Es war nicht das langsame Abgleiten der Männer, die am Nachmittag hier rumhingen, unruhig mit den Füßen scharrten, sich im Fernsehen Pferderennen ansahen und dabei ein Pint nach dem anderen wegzischten. Nein, dieser Mann strauchelte nicht erst, er war schon im Fallen. Er suchte weder Gesellschaft, noch war er auf Bier aus, dessen war Hedler sicher.

Als Daly am Tresen nach Hedler fragte, wurde er an einen sorgfältig rasierten Mann mittleren Alters mit adretter Frisur verwiesen, der mit einer Zeitung in einer Pubecke saß. Daly setzte sich zu ihm und erklärte ohne Umschweife, dass er zwei Pässe brauche, einen für sich und einen für eine Freundin. Er fügte hinzu, dass es ein Notfall sei und er Geld dabeihabe.

Hedler musterte Daly mit gierigen Raubtieraugen, die eine Beute erfasst hatten. Mit einem Blick schätzte er das Foto des Detectives und die neuen Personendaten ab, dann sah er wieder Daly an und verglich die beiden Versionen.

»Was haben Sie noch mal gesagt, dass Sie beruflich machen?«

»Dazu hab ich gar nichts gesagt.« Daly sah ihm kühl in die Augen. »Man könnte sagen, dass ich beruflich momentan lieber den Ball flach halte. Sie kennen das sicher. Wenn man ein paar Investitionen in den Sand setzt und die Banken hinter einem her sind. Ich möchte nur den Kopf frei kriegen und für eine Weile abtauchen. Mit meiner Freundin.«

Hedlers Gesichtsmuskeln zuckten vor unterdrückter Neugier. »Sie sind nicht ganz vom Schlag meiner üblichen Kundschaft. Leute mit kriminellem Hintergrund. Bei denen kann man sich leicht die Finger verbrennen.«

Er lehnte sich zurück und prüfte Dalys Angaben genauer. Dann nahm er Lenas Foto. Für eine längere Zeit sagte er nichts. Sein Blick blieb auf das Foto geheftet, so als müsste er das Gesicht Millimeter für Millimeter scannen.

»So kann ich Ihnen nicht liefern, was Sie möchten«, sagte er schließlich. »Dazu muss ich sie in natura sehen.«

»Warum?«

»Das zu erklären würde zu lange dauern.« Er klang arrogant. In seiner Stimme lag die Schärfe eines Menschen, der viel mit Leuten sprach, die abtauchen wollten und gespenstergleich von Grenze zu Grenze huschten. Ihr fehlte jede menschliche Wärme. »Sie ist sehr hübsch. Wie lange kennen Sie sie?«

Daly rang sich ein Lächeln ab. Die ganze Zeit prägte er sich die Züge des Rumänen ein, seine Umgebung, die Gesichter der anderen Gäste.

»Nicht lange genug.«

»Ich geb Ihnen einen Rat. Passen Sie auf sie auf. Lassen Sie sie nicht aus den Augen. So eine Frau macht Sie fertig, wenn Sie ihr die Chance dazu geben.«

»Guter Tipp. Bei Frauen kann man nie sicher sein.«

Hedler zog seine Jacke an und schlug den Kragen hoch.

Daly nahm an, dass das Gespräch zu Ende war.

»Keine Sorge«, sagte Hedler. »Ich helfe Ihnen. Sie bekommen von mir, was Sie wollen. Einen neuen Namen für einen neuen Anfang. Für Sie und Ihre Freundin. Viertausend Pfund für zwei perfekt gefälschte Pässe. Dann haben Sie alle Möglichkeiten zu fliehen. Kommen Sie morgen wieder, hier in diesen Pub. Sie beide. Okay?«

»Sehen Sie zu, dass Sie dann auch die Pässe haben.«

Daly verließ die Außenbezirke von Armagh und fuhr in die wilde Grenzlandschaft. Die dichten Hecken standen in voller Blüte und schaukelten im milden Wind. Der Himmel schenkte ihm einen schönen blitzblauen Frühlingsnachmittag, doch als er Foxborough Mews erreicht hatte, verzog sich die Sonne schon wieder hinter eine schwarze Wolkenwand, und der Wind hatte aufgefrischt.

Beim Aussteigen wirbelten Schlehdornblüten um seine Schuhe. Er war der einzige Mensch, der in der Siedlung unterwegs war, außer ihm bewegte sich nur der Wind durch die Sträucher, die auf dem Brachland heimisch geworden waren. *Das verspekulierte Paradies,* dachte Daly beim Anblick der vereinsamten Häuser.

Er ging zu Haus Nummer 68, aber es war abgeschlossen. Auch als er durch die Fenster hineinblickte, sah er niemanden. Von dem Gebäude ging eine hohle Stille aus. Daly konnte keinen klaren Gedanken fassen. Er war von verschlossenen Türen und toten Fenstern umgeben, Ziegel und Mörtel hatten sich zum gemeinsamen Schweigen verbündet. Was sollte er mit dieser Leere anfangen? Welche Spuren konnte er verfolgen, wenn die Opfer sich in Nichts aufgelöst hatten?

Er stolperte über einen Brocken Bauschutt und stöhnte. Aus der Richtung von Mooneys Haus wurde eine Tür zugeschlagen. Als er sich auf den Weg zum Zuhause des ehemaligen Terroristen machte, hallten nur seine Schritte durch die Siedlung. Da sah er in einem

Fenster einen Schatten huschen. Die gebückte Gestalt von Michael Mooney stand hinter der Scheibe. Er starrte auf die Siedlung wie ein Mann in einem entgleisten Zug, der das Unglück zu begreifen versuchte.

Daly klingelte, aber nichts geschah. Er klopfte an die Tür und wartete.

Schließlich öffnete Mooney. Als er Daly erblickte, nickte er und ließ ihn in die spärlich beleuchtete Diele. Das vernarbte Gesicht sah noch mehr nach Maske aus als in Dalys Erinnerung.

»Ich hab Sie für einen dieser blöden Glotzer gehalten«, erklärte er.

»Was für Glotzer?«

»Hier kommen viele Typen her, die behaupten, sie wären auf Häusersuche. Aber eigentlich wollen sie nur glotzen und durch die Geistersiedlung geführt werden.« Er bat Daly, Platz zu nehmen. »Man möchte meinen, hier wäre ein spektakuläres Verbrechen passiert, so langsam fahren sie in ihren Autos durch und deuten auf die For-Sale-Schilder. Ist mindestens ein Jahr her, dass jemand mit echten Kaufabsichten da war.«

»Was ist mit der Nummer 68? Hat sich in letzter Zeit jemand dafür interessiert?«

Mooney wand sich. »Vergangenes Wochenende war ein Haufen komischer Leute da.«

»Vielleicht auch eine Gruppe kroatischer Frauen?«

Mooney überlegte kurz. »Woran soll man Ihrer Meinung nach kroatische Frauen erkennen? Ziehen die sich irgendwie anders an als irische Frauen?«

»Ich rede von Frauen, die möglicherweise verschleppt wurden und hier festgehalten werden.«

Mooney schien ihn nicht gehört zu haben. »Entschuldigen Sie, Inspector, aber ich hab's etwas eilig. Ich bin grad am Packen, weil ich heute Abend wegfliege.« Er erhob sich.

»Wenn Sie mir nicht sagen, was in dem Haus vor sich geht, ist der einzige Ort, für den Sie packen müssen, eine Arrestzelle.«

Mooney wirkte überrumpelt. Er setzte sich wieder.

»Ist was mit Lena Novak passiert?«

»Warum fragen Sie das?«

»Er hat mir gesagt, Sie hätten sie geschnappt.«

»Wer ist er?«

Mooney seufzte müde. Er erklärte Daly, dass er einen ehemaligen IRA-Mann namens Ashe angeheuert hatte, um Lena aufzuspüren. Er sollte Lena befragen und herausfinden, wo das fehlende Geld aus dem Friedensfonds geblieben war, und im Gegenzug bekam Ashe eine neue Identität, einen Jeep und Geld.

»Leider konnte ich nicht ahnen, dass er mich hintergehen würde«, sagte Mooney bitter.

»Das müssen Sie mir erklären.«

»Dieser Verrat macht mich immer noch fertig. Gestern Abend hat Ashe angerufen und gesagt, dass er Lena Novak hat, jetzt aber mit ihr was anderes vorhat. Er sagte, er würde für einen neuen Boss arbeiten, der ihn viel besser bezahlt.«

Mikolajek, dachte Daly. Ohne den Namen zu nennen, überlegte er, wie sich das auf die Ermittlung auswirken könnte.

»Wie steht's mit der Entführung dieser Frauen? Gehörte das auch zu Ihrer Abmachung mit Ashe?«

»Ich hab ihm den Schlüssel für die 68 gegeben und ein paar Arbeiter beauftragt, ein Geheimzimmer einzubauen. Das war seine Idee. Ich dachte, er will nur einen Raum, um sich notfalls zu verstecken. Alles Weitere hab ich ihm überlassen.«

»Warum hat er die Frauen gefangen genommen?«

»Er hat gemacht, was er am besten kann – Angst und Schrecken verbreiten. Er wollte Lena Novak aufstören und dazu bringen, sich zu verraten.«

Daly wusste, was Mooney meinte. Wer sein Leben in Gefahr

glaubte, bekam Angst und traf vorhersehbare Entscheidungen. Er fragte sich, wie vorhersehbar sein und Lenas Plan für Mikolajek und Ashe war, die offenbar sehr gut darin waren, ängstliche, verwundbare Menschen zu manipulieren.

»Sie müssen mir helfen, Ashe zu finden. Und die vermissten Frauen.«

»Dazu ist es zu spät«, sagte Mooney. »Es war dumm von Ihnen, ihn nicht zu verhaften, als Sie die Gelegenheit hatten. Und ich war doppelt so dumm, ihn mit einer so heiklen Operation zu beauftragen. Ich hätte gleich wissen sollen, dass er sich an keine Befehle hält. Für Ashe zählte die Politik schon lang nicht mehr. Er verspürte keinerlei Loyalität mehr gegenüber der Vergangenheit oder der republikanischen Sache.«

»Der Mann hat in Ihrem Auftrag gehandelt. Sie haben die Entführungen ermöglicht. Sie haben ihm ein Fahrzeug, Ausweise und Geld zur Verfügung gestellt. Wenn jemand zu Tode kommt, werden Sie sich vor Gericht zu verantworten haben. Glauben Sie bloß nicht, dass Sie so leicht davonkommen.«

Sorge blitzte in Mooneys Augen auf, als ihm die Schrecken und Gefahren dämmerten, die mit Ashes Seitenwechsel für ihn heraufzogen.

»Ist Ashe ein Killer?«, fragte Daly.

Mooney schwieg.

»Das ist wichtig zu wissen. Ich möchte, dass Sie genau darüber nachdenken.«

Schließlich antwortete Mooney. »Vor vielen Jahren ja. Aber heute … da bin ich mir nicht sicher.«

Daly meinte einen Abglanz von Mooneys wahrem Gesicht zu sehen. Er schien sich gegen den Gedanken zu wehren, dass er möglicherweise einen Verrückten losgeschickt hatte.

»Gestern Abend hat er mir gesagt, dass er Lena Novak im Kofferraum seines Jeeps hat.«

»Ich weiß. Ich hab sie daraus befreit.«

Mooney entspannte sich merklich. »Das bringt Sie in eine gefährliche Lage, Inspector Daly. Denken Sie nur daran, was mit dem letzten Mann passiert ist, der Lena Novak retten wollte. Ich an Ihrer Stelle würde zusehen, wie ich möglichst viel Abstand zwischen mich und diese Frau bringe.«

Daly erhob sich. »Ich an Ihrer Stelle, Mr. Mooney, würde mir schleunigst einen Rechtsanwalt suchen. Sie werden einen brauchen, wenn ich komme und Sie zur Vernehmung abhole.«

Zurück im Auto, rief er in seinem Cottage an, aber niemand ging ran. So schnell wie möglich fuhr er nach Hause und hoffte inständig, dass Lena nicht schon wieder verschwunden war.

40

Als Dank für das Abräumen seines Sparkontos erntete Daly von Lena bei seiner Rückkehr nicht mehr als einen nachdenklichen Blick.

»Warum sind Sie nicht ans Telefon gegangen?«, fragte er.

»Ich war nicht da.« Sie sprach kühl und herablassend. »Ich hab mir was zum Anziehen und Toilettenartikel gekauft.«

»Mit dem Jeep?«

»Ja.«

»Sie hätten hierbleiben sollen, das hab ich doch gesagt.«

»Ich bin nicht Ihre Gefangene.« Sie klang trotzig.

Er wusste nicht, was er darauf entgegnen sollte. Er stand nur da und starrte sie an. Warum sah sie nicht, was er sah – dass die Gefahr näher kam, dass alles um sie herum ins Chaos stürzte und die Zeit für sie knapp wurde? *Vielleicht hat sie schon vergessen, was Angst ist,* dachte er.

»Ich sag doch nur, dass Sie in der Öffentlichkeit nicht sicher sind, erst recht nicht, wenn Sie mit diesem Jeep rumfahren. Rufen Sie mich das nächste Mal an. Sagen Sie mir, was Sie vorhaben.«

Die folgenden Stunden im Cottage zogen sich in die Länge. Lena tigerte durch das Haus und den Garten wie jemand, der eine Strafe absaß. Um sich die Zeit zu vertreiben, widmete sich Daly den Kartons, die er aus seinem alten Zuhause in der Stadt hergebracht hatte, und begann die Sachen auszupacken, Bücher, Kleidung, CDs, alte Briefe. Aber es half nichts, er wurde die wachsende Unruhe nicht los. Zudem drückte ihn das Gewissen, weil das, was er und Lena vorhatten, klar gegen das Gesetz verstieß, auch wenn er sich einredete, dass in diesem Fall der Zweck die Mittel heiligte.

Wie viele Verbrechen würde er verhindern, wenn er Mikolajek festnahm und dafür sorgte, dass er weggesperrt wurde?

Er blickte durch das kleine Speicherfenster hinaus auf das von Wasserläufen durchzogene Moorland und zum fernen See, dessen Wasser bis an den Horizont schwappte. Sein Vater hatte den letzten Winter seines Lebens damit verbracht, eingemummelt in seinem Sessel auf ebendiese Landschaft zu starren, die einzige, die er je gekannt hatte. *Eines Tages könnte es mir genauso gehen,* dachte Daly, *dasitzen und etwas anstarren, das sich niemals ändert, und dabei der Vergangenheit nachtrauern und bedauern, dass ich keinen Mut hatte.*

Auch wenn das, was er plante, nichts mit Polizeiarbeit zu tun hatte, wollte er Lena helfen. Er wollte die Frau, der er zufällig begegnet war, nicht im Stich lassen. Deswegen war er bereit, alles Nötige zu tun, um Mikolajek in die Falle zu locken. Weil er sich an Frauen wie Lena so schrecklich vergangen hatte und das Unrecht so groß war, hatte er sein Recht auf Freiheit verwirkt.

Als er die Treppe runterkam, wartete sie auf ihn.

»Glauben Sie, dass wir Mikolajek erwischen?«, fragte sie.

»Mir fehlt die Gabe vorherzusehen, was morgen sein wird.«

Kurz nach zehn Uhr ging jeder in sein Bett.

Am nächsten Morgen waren beide früh auf. Mit dem neuen Tag waren Daly auch neue Zweifel gekommen. Jedes Mal wenn er sich die Ereignisse der vergangenen Woche und ihre Begegnungen ins Gedächtnis rief, bekam er das Gefühl, dass ihm etwas Wichtiges entging. Als er sie bat, ihre Version der Geschichte zu schildern, änderte sich nichts Wesentliches, aber die Unsicherheit nagte weiter an ihm.

Manchmal wirkte ihre Bereitschaft, ihre Geschichte immer wieder zu erzählen und so seine Zweifel zu zerstreuen, etwas gezwungen, so als müsste sie die Einzelheiten einer Affäre wegerklären. Er hatte Sorge, dass sie sich ihn ausgesucht hatte, weil sie bei ihm eine Schwachstelle bemerkt hatte. Suchte sie bei ihm Beistand oder Trost? Oder benutzte sie ihn für sinistere Ziele?

Nach dem Frühstück stellte er ihr eine Frage. »Warum war Mikolajek Ihre Puppe so wichtig?«

»Was Sie alles wissen wollen!« Zum ersten Mal klang sie gereizt.

»Es ist wichtig.« Er war bemüht, das Misstrauen aus seiner Stimme zu halten. »In der Nacht, in der ich Sie in dem verlassenen Bordell angetroffen habe, da haben Sie gesagt, Sie wären gekommen, um die Puppe zu suchen. Ging's dabei wirklich nur um Erinnerungen?«

Sie sah ihn merkwürdig an. »Warum wollen Sie das wissen?«

»Weil ich nicht verstehe, warum Mikolajek davor Angst hat, und deswegen werde ich misstrauisch.«

»Misstrauisch gegen wen? Die Puppe? Oder mich?«

»Misstrauisch gegen alle. Das kommt davon, wenn man sich tagein, tagaus mit Verbrechen beschäftigt.« Er sah ihr in die Augen, um die dahinter verborgenen Gedanken zu lesen, aber sie waren in einer Sprache formuliert, die er nicht verstand.

Vor dem Verlassen des Cottages kontrollierte er seine Waffe. Er stellte sicher, dass das Magazin mit der vorgeschriebenen Patronenzahl gefüllt war. Es war lange her, seit er auf etwas anderes geschossen hatte als auf eine Zielscheibe, und er hoffte, er würde die Pistole auch heute nicht gegen einen Menschen benutzen müssen. Er überprüfte den Sicherungshebel, dann steckte er sie zurück in die Tasche. Als Lena nach draußen ging und ins Auto stieg, zog er das Handy raus und rief Irwin an. Mit knappen Worten erklärte er ihm den Plan, den er und Lena umsetzen wollten. Lange Zeit kam von Irwin nichts als Schweigen.

»Was zum Teufel wollen Sie damit bezwecken, Daly?«

»Ich hab grad nicht die Zeit, alles zu erklären. Mikolajek ist ein gefährlicher Verbrecher, aber er ist der Schlüssel zu allem. Nur wenn wir ihn haben, erfahren wir, was mit Fowler und dem Zuhälter passiert ist. Ich bitte Sie, zum Kreisverkehr bei Maghery zu kommen und sich an mein Auto zu hängen.«

»Sie haben mich von Anfang an außen vor gelassen. Sie und diese Prostituierte. Jetzt ist es ein bisschen spät, um mich um Hilfe zu bitten.«

Daly rieb sich das Kinn. Plötzlich fühlte er sich verloren, verloren und überfordert. Er warf einen Blick zur wartenden Lena im Auto. Sie war eine Frau, die eine tückische Strömung weit aufs Meer hinausgezogen hatte und die jetzt aus der Tiefe auftauchte, um einen mit hinabzuziehen, ganz egal, wie sehr man sich abmühte, nicht unterzugehen.

Irwin ergriff wieder das Wort. »Ich glaube, Sie sollten die ganze Operation in die Hände der Special Branch geben. Lassen Sie die Experten das erledigen.«

»Das liegt nicht in meiner Hand. Sie will mit keinem anderen zusammenarbeiten.«

»Okay.« Irwin seufzte. »Noch was?«

»Ja, schicken Sie ein Team der Spurensicherung zu meinem Cottage. Da steht ein schwarzer Jeep im Obstgarten. Lassen Sie den gründlich untersuchen.«

»Warum fahren Sie so langsam?«, fragte Lena zwanzig Minuten später. »Kriegen Sie kalte Füße?«

Sie waren noch zehn Minuten von dem Treffpunkt entfernt, an dem sie die Pässe abholen wollten. Er hatte kaum einmal vom vierten Gang hochgeschaltet. Die Straße lag vor ihm wie ein Fließband, das ihn unerbittlich dem Untergang entgegenbeförderte. Normalerweise konnte er beim Fahren gut nachdenken, aber an diesem Morgen arbeitete sein Gehirn so träge wie der Motor seines alten Renault.

»Ich weiß nicht«, log er. »Ich glaube, mit dem Motor stimmt was nicht.«

Er fuhr in eine Haltebucht und stieg unter dem Vorwand aus, einen Blick unter die Motorhaube zu werfen. *Ich hätte bei den Wald-und-Wiesen-Kriminellen bleiben sollen,* dachte er, als er das Handy herauszog. Von der hochgeklappten Motorhaube vor Lena verborgen, rief er mehrmals bei Irwin an. Einbrecher fangen oder betrunkene Autofahrer stoppen war eine klare Sache und führte nicht zu solchen Verwicklungen wie das Schmieden von Racheplänen mit einem so komplizierten Opfer wie Lena.

»Wo sind Sie, Derek?«, zischte er ins Telefon. »Ich hab Sie am Kreisverkehr nicht gesehen.«

Irwin zögerte mit der Antwort. »Sorry. Ich hatte einen Platten.« Er klang nicht aufrichtig.

»Was sollen die Ausflüchte? Die Sache ist todernst.«

»Warum sollte ausgerechnet ich bei Ihrem hirnrissigen Plan mitspielen?«

»Sie sind mir was schuldig, schon vergessen?«

»Hören Sie, ich verstehe einfach nicht, was das Ganze soll. Warum bringen Sie die Prostituierte nicht einfach zu uns in die Station? Sagen Sie ihr, der ganze Plan war nur eine Finte, um sie in ein Verhörzimmer zu schaffen.«

»Der einzige Weg aus diesem Chaos ist, die Sache durchzuziehen, aber dafür brauche ich Hilfe.«

Neben ihm tauchte Lena auf. Sie hatte eine Zigarette in der Hand und sah ihn fragend an.

»Was ist los?«

Daly drückte den Anruf weg. »Der Mechaniker glaubt, dass es nicht so schlimm ist.«

Während sie zusah, wie er den Stand der Kühlflüssigkeit prüfte, mischte sich Misstrauen in ihren von Natur aus melancholischen Ausdruck. Sie blies Rauch in die Luft und sah Daly an. Ihre Augen schienen unergründlich. »Keine Sorge, Celcius«, sagte sie. »Das Schlimmste, was Mikolajek tun kann, ist mich umbringen.« Dann blies sie ihm einen Luftkuss zu, drehte sich um und ging.

Sein Handy piepste. Er sah kurz auf die Nachricht. Sie kam von Irwin. *Kein schwarzer Jeep beim Cottage. Ins Haus wurde eingebrochen.* Daly schüttelte den Kopf. Wahnsinn, der ganze Plan war der blanke Wahnsinn. Die Falltür des Zweifels in ihm klappte ganz auf.

Er wollte Irwin zurückrufen und um bewaffnete Verstärkung bitten, als er Reifen quietschen hörte. Ein Jeep kam kreischend zum Stehen, dann wendete er.

Beim Knall eines Schusses duckte Daly sich hinters Auto. Er hörte Schritte, dann weitere Schüsse und Zischen. Eine Autotür wurde zugeschlagen, eine Frauenstimme rief seinen Namen. Als er aufsah, raste der Jeep in entgegengesetzter Richtung davon, und Lena war verschwunden. Er sprang ins Auto, ließ den Motor an und trat voll aufs Gas, aber sein Wagen eierte nur auf dem Asphalt. Er hatte zwei platte Reifen. Daly stieg aus und sah dem verschwindenden Jeep nach. Als er nach der Waffe in seiner Jacke griff, war auch sie verschwunden.

41

Während Josip Mikolajek im leeren Pub wartete, redete er sich ein, dass Frauen immer zu spät kamen. Er spürte die Wut in sich wachsen, zwang sich aber zur Geduld. Er musste einen kühlen Kopf bewahren, sonst gefährdete er seine Vorbereitungen und brachte sich um das Vergnügen, das er am Nachmittag mit Lena Novak erleben wollte. Er musste ruhig bleiben und sich mit dem Gleichmut der Schafhirten und Jäger in den Bergen bei Zagreb wappnen. Sie wussten, dass entlaufene Schafe immer zurückkehrten und um Hilfe blökten, dass die Beute über kurz oder lang den Jäger suchte. Das war das Gesetz der Wildnis. Und nach diesem Gesetz hatte er sein ganzes Leben gelebt.

Er ging zur Tür und warf einen Blick auf die Straße. Sah einer jungen Frau mit Kinderwagen nach. Obwohl er sich Mühe gab, konnte er sich Lena Novak nicht ins Gedächtnis rufen. Er hatte schon so vielen Mädchen einen Ausweg und ein neues Leben versprochen, dass der Versuch, sich an das Gesicht eines einzigen zu erinnern, in etwa so war, wie einem vor langer Zeit getrunkenen Glas billigem Wein nachzuschmecken. Die Art Wein, den man achtlos hinunterstürzt, ohne an das Kopfweh zu denken, das man am nächsten Morgen davon bekommen könnte.

Er seufzte. Die vergangenen Wochen zählten zu den schwierigsten in seinem Leben. Zuerst hatte er aus Angst vor einer Razzia das Bordell schließen müssen, dann waren die Anlage zum Entfärben von Agrardiesel und die Schnapsabfüllerei überfallen worden, und erst vor ein paar Tagen hatte die Polizei die Reinigungsfirma hochgenommen. Auf einmal war sein gesamtes Imperium ins Wanken gekommen. Wieder stieg Wut in ihm auf. Dieses Mädchen hatte das ganze Desaster verursacht. Sie hatte ihn mehr gedemütigt als irgendjemand sonst. In den letzten zwei Monaten hatten sich so viel Rachegelüste und Wut in ihm aufgestaut, dass er einen Krieg anzetteln könnte – von einem Mord an ihr gar nicht zu reden. Seit sie entwischt war, meinte er zu spüren, dass seine Landsleute sich über ihn lustig machten. »Schau dir den an, der hat nicht mal eine Frau aus einem Bergdorf im Griff. Kein Wunder, dass bei ihm alles den Bach runtergeht.«

Rache war jedoch nicht der einzige Grund, warum er Lena Novak in diesem schäbigen Pub erwartete. Da war auch das Geld oder wenigstens die Aussicht auf Geld. So viel Geld, dass er, wie er hoffte, seine Geschäfte erneut zum Laufen bringen würde. Zum ersten Mal seit Tagen war er zuversichtlich. Nach so vielen Rückschlägen musste er wieder lernen, die einfachen Dinge im Leben zu schätzen. Den Geschmack von gutem Wein, den Geruch einer kräftigen Zigarre, das Treffen mit der verschwundenen Prostituierten und die Aussicht auf einen Sieg über eine verzweifelte Frau. Er wollte sich den restlichen Nachmittag mit dem Auskosten dieses Sieges versüßen.

Eine Stimme zerriss die Stille.

»Ich wusste gar nicht, dass Tiere hier drin erlaubt sind.«

Mikolajek drehte sich um. Er hatte die Frau, die Lena sein musste, nicht eintreten gehört.

»Hedler kann heute nicht«, sagte er. »Er hat mich gebeten einzuspringen.«

Nervös strich ihr Blick durch den leeren Gastraum. »Ich wusste, dass du auf mich warten würdest.«

Sie musterte ihn von Kopf bis Fuß. In ihm stieg die vage Erinnerung an eine Winterlandschaft und ein Mädchen in einem eiskalten Bus empor. Aber Lena Novak hatte sich verändert. In einem schicken Hosenanzug und schwarzen Lederschuhen stand sie vor ihm. Ihre kurzen schwarzen Haare waren aus dem Gesicht gekämmt, und sie trug nur dezentes Make-up. Er hob eine Augenbraue. Sie sah eher wie eine gewiefte Geschäftsfrau aus als wie eine untergetauchte Nutte.

»Wo ist denn dein Bullenfreund? Der Loser mit dem Schrott-Renault?«

Ohne zu antworten, setzte Lena sich ihm gegenüber.

»Und, willst du wieder weglaufen?«

Sie schüttelte den Kopf. »Ich wusste von Anfang an, dass du mich finden würdest«, sagte sie. »Ich bin gekommen, damit du selbst siehst, wer ich bin. Eine schöne Frau, die ihr Leben noch vor sich hat. Kein Stück Dreck, das dir gehört.«

Jetzt musterte er sie genau. Nur die Profitmechanik des käuflichen Sex im Kopf, hatte er ihre Schönheit gar nicht bemerkt. Auf einmal erkannte er in ihr eine Wiedergängerin des Mädchens, dem er in Kroatien begegnet war. Er erinnerte sich an das hübsche Kleid – von Spaghettiträgern an schmalen Schultern gehalten –, das sie einmal getragen hatte, aber dieses Bild verblasste schnell. Ein erfolgreicher Mann ließ sich kein gutes Geschäft durch die Lappen gehen, und das hier fiel ihm praktisch in den Schoß.

»Hör auf, mich so anzuschauen«, sagte sie.

»Wie schau ich denn?«

»Als ob du mir was tun willst.«

»Keine Sorge, ich werde dir nicht wehtun, Lena Novak«, sagte er. »Im Moment jedenfalls nicht. Im Gegenteil, ich will dir eine Chance geben, deine Freiheit zu gewinnen.«

»Deswegen bin ich gekommen. Ich will mich freikaufen. Keine Frau sollte dich für den Rest ihres Lebens am Hals haben.«

»Was ist mit dem Geld, das du mir schuldest?«

Sie zog einen Kontoauszug aus der Handtasche, dazu einen Überweisungsschein mit einer Summe von einer Million Pfund. Beides gab sie ihm. »Für die Überweisung braucht es nur noch meine Unterschrift und meinen Pass. Du kannst selber eintragen, auf welches Konto das Geld gehen soll.«

Seine Augen huschten über den Überweisungsschein. Sie zog einen weiteren Zettel heraus, zerknittert und in ihrer Handschrift beschrieben. Es war eine Liste von Frauen, die verschleppt und zur Arbeit im Bordell gezwungen worden waren. Sie schob sie ihm hin.

»Was ist das? Deine Weihnachtspostliste?«

»Ich will außerdem, dass alle diese Frauen freikommen. Das Geld reicht, um alle Schulden zu bezahlen und dich für jeden etwaigen Verlust gut zu entschädigen.«

Es verstrich eine Minute, während er über ihr Angebot nachdachte.

»Bevor ich dir die Freiheit schenke, möchte ich, dass du ein kleines Spiel mit mir spielst.«

Er legte zwei Würfel vor sie.

»Das Schicksal war nicht nett zu dir, Lena«, sagte er mit einem mitfühlenden Lächeln. »Es hat dich deiner Familie geraubt und in dieses Land gebracht. Jetzt finden wir raus, ob du und die anderen Frauen es verdienen, als freie Menschen nach Hause zu fahren. Gerade oder ungerade – du entscheidest. Wenn du gewinnst, kannst du mit deinen Freundinnen gehen. Wenn du verlierst, krieg ich das Geld. Und du gehst zurück an die Arbeit, die du am besten kannst.«

»Ich bin schon frei. Ich bin nicht mehr deine Sklavin.«

»Ich behandle dich auch nicht wie eine Sklavin. An diesem Tisch sind wir beide gleich. Nimm die Würfel, und wenn du sie wirfst, achte darauf, nicht zu blinzeln.«

Er drängte auf eine Antwort. »Komm schon, Lena. Wenn ich was über dich gelernt hab, dann, dass du kein Feigling bist. Du hast Mumm. Im Leben gewinnt man oder verliert man, außer man ist ein Feigling, dann gewinnt man nie.«

»Und verliert auch nicht«, erwiderte sie.

Sie war versucht, die Würfel zu nehmen, seinen Worten und

Versprechungen zu glauben. Aber bei dieser Wette ging es um mehr als Würfelglück. Es ging auch um ihren Glauben, dass in seinem Innersten noch ein Fünkchen Aufrichtigkeit steckte, trotz allem Bösen, das er zu verantworten hatte. Sie nahm die Würfel.

»Ich schätze, das heißt Ja.«

»Woher weiß ich, dass du Wort hältst?«

»Warum sollte ich das Spiel vorschlagen, wenn ich es nicht ernst meine? Ich hab alle Trümpfe in der Hand, und du hast nichts außer einem Bankkonto, auf das du nicht zugreifen kannst. Wenn ich wollte, könnte ich dir das Geld hier und jetzt abnehmen. Wirf die Würfel, dann sehen wir, was das Schicksal mit dir vorhat.«

Sie war an einem Punkt in ihrem Leben angekommen, der alles ändern konnte. Die Würfel in ihrer Hand fühlten sich kalt und tot an. Sie holte Luft und warf sie, ohne daran denken zu wollen, dass eine tödlichere Kälte auf sie warten könnte.

42

»Deine Glückssträhne ist vorbei«, sagte Mikolajek mit einem abschätzigen Grinsen, als die Würfel liegen blieben. Er stand auf und steckte die Bankpapiere, die Lena auf den Tisch gelegt hatte, schwungvoll ein.

Sie blieb sitzen und sah sich um. Das Pub war leer. Es war niemand da, der ihr hätte beistehen oder ihre Niederlage bezeugen können.

»Nur damit du's weißt, die Polizei weiß, dass ich hier bin«, sagte sie, ohne ihn anzusehen. »Sie werden nach mir suchen.«

Mikolajek nickte beiläufig. Es wirkte nicht beunruhigt.

»Lena, nachdem du dein Leben verspielt hast, werd ich dich für einen guten Preis verkaufen«, sagte er. »An einen Mann, der weiß, wie er dich behandeln muss. Er hat in der Stadt zu tun. Wenn er kommt, wird er dich genau ansehen wollen.«

»Wie kommst du darauf, dass ich nicht wieder weglaufe?«

»Das wäre ziemlich unvernünftig.« Er zog eine Pistole aus der Jacke. »Dann würdest du wirklich dein Leben aufs Spiel setzen.«

»Ich gehöre weder dir noch jemand anderem.«

»Gehen wir. Es ist Zeit.« Er packte sie am Arm und zog sie auf die Beine.

»Warum hast du mich eigentlich nicht gleich entführt?«

»Weil so was in diesem Land verboten ist.« Er grinste. »Aber bei Glücksspiel ist es was anderes. Mit Glücksspiel kennen sich die Iren aus. Sie begreifen, dass jemand wie du, der nichts zu verlieren hat, sogar sein ganzes Leben verspielt.«

Er zog sie durch den Gastraum zum Hinterausgang und aus dem Pub, weiter durch eine Gasse bis in eine kleine Autowerkstatt.

Sie gingen in ein Büro mit einer zweiten, verschlossenen Tür. An der Wand hing ein alter Kroatien-Kalender, der unter einem Foto von schneebedeckten Bergen und Kiefernwäldern den falschen Monat zeigte. Es war, als sähe sie durch ein Fenster in die Vergangenheit. Das Heimweh, das sie überfiel, raubte ihr den Atem.

Mikolajek zog einen Schlüssel aus der Tasche und sperrte die Tür auf. Dann nahm er ein Seil aus einem Regal und drängte sie in das Hinterzimmer und auf das schmale Bett. Sie wehrte sich, als er anfing, ihr den Hosenanzug herunterzureißen. *Das ist das letzte Mal,* dachte sie, als sie seinen kräftigen Körper in ungezügelter Lust auf ihrem spürte. Sie zog sich in eine Dunkelheit zurück, die seine tastenden Hände nicht erreichten. Aus einer inneren Quelle schöpfte sie Kraft und tauchte gerade rechtzeitig wieder auf, als er ihr das Seil um die Handgelenke schlingen wollte.

Als sie sprach, war es, als kämen die Worte aus dem Mund von jemand anderem, als hätte nichts, was sie sagte, irgendetwas mit ihrer Situation zu tun.

»Ehe du weitermachst, muss ich dir was gestehen.«

»Was sagst du?« Er hielt inne und sah auf ihr blasses Gesicht.

»Ich bin gekommen, weil ich einen Plan habe.«

»Und?«

»Ich bin nicht wegen meinem Pass gekommen. Ich bin gekommen, um dich zu sehen und etwas über mich selbst zu erfahren. Zu entdecken, ob ich ein Feigling bin oder nicht.«

Er grinste sie verständnislos an. »Du bist eine Nutte. Im Grunde machen dir diese Sexspielchen doch Spaß.«

»Vielleicht hast du recht. Aber warum lässt du dir nicht zeigen, was ich im Bett alles kann? Überlass die Sache mir. Nur dieses eine Mal, Joško.«

Leise lachend rollte er von ihr herunter auf den Rücken, schob sich ein Kissen unter den Nacken und lehnte den Kopf gegen das Kopfteil.

»Zieh dich aus«, sagte sie im Befehlston, einen Anflug von Verruchtheit in der Stimme. »Sonst zahlen Männer dafür, dass sie tun, was sie wollen, nicht was ich will.« Mit dem Seil in der Hand beugte sie sich vor.

Mikolajek antwortete mit rauer Stimme. »Ich hab mit Frauen alles gemacht, wovon ein Mann träumen kann. Aber ich will immer noch mehr. Diesmal will ich alles, was du willst.«

»Dann musst du mir was schenken.«

»Was denn?«

»Etwas, das dir allein gehört.«

»Was soll das sein?«

»Deine Angst.« Sie warf ihm das Seil hin. »Ich will, dass du dich fesselst.«

Ohne Zögern band er seine Hände mithilfe der Zähne zusammen und befestigte sie am Bettgestell. Das Spiel erregte ihn so, dass er kein Gefühl für Gefahr hatte. Er fühlte sich lebendig wie seit Monaten nicht mehr. Sie kniete sich vor ihn und fesselte seine Füße mit dem übrigen Seil. Dann stellte sie sich vor ihn, ohne etwas zu sagen. Für lange Zeit.

Er wartete, zunehmend unsicher. »Warum glotzt du mich so an?«, fragte er aggressiv.

Sie antwortete nicht.

Seine Erregung verschwand. Er wurde unruhig, fühlte sich ausgesetzt. »Was für ein Spiel soll das werden?«

Er fing an, das Seil mit den Zähnen von seinen Händen zu lösen, aber ehe er sich befreien konnte, hatte sie eine Waffe aus ihrer Handtasche gezogen. Überrascht sah er, dass sie die Waffe wie ein Profi hielt. Sie setzte sich an das Fußende des Betts. Ihm wurde bewusst, dass sie nur einen Finger bewegen oder von einem Geräusch erschreckt werden musste, damit die Waffe losging.

»Ich kann deine Angst riechen«, sagte sie. »Ich sehe den Puls an deinem Hals pochen.« Sie hatte das Selbstvertrauen von jemand, der zum ersten Mal im Leben das eigene Schicksal völlig in der Hand hatte. »Deine Geschäfte sind in letzter Zeit ziemlich beschissen gelaufen«, sagte sie spöttisch.

»Wie kommst du darauf?«

»So hat's für mich ausgesehen. Zuerst musstest du dein Bordell dichtmachen, dann die illegale Dieselherstellung und schließlich die kleine Geldwäscherei im Home Sweet Home.«

»Glaubst du, jemand will mich rausdrängen?«

»Das ist schon passiert.« Sie lächelte. »Es hat gut getan zu merken, dass es dir schlecht geht. Es hat viel Spaß gemacht zuzuschauen, wie dein kleines Reich des Bösen untergeht.«

Mikolajek runzelte die Stirn. Seine schwache Position behagte ihm ganz und gar nicht mehr, und noch weniger gefiel ihm, wie sie redete. Worauf spielte sie an? Dass sie hinter den Problemen steckte, die er in letzter Zeit bekommen hatte? Er versuchte, den Sinn ihrer Worte zu verstehen, während er auf seine gefesselten Füße blickte, weiß und nutzlos wie die einer Leiche.

»Niemand findet es toll, wenn er sieht, wie sein Leben in den Abgrund stürzt«, sagte sie. »Stell dir vor, wie sich eine Neunzehnjährige fühlt, wenn sie von so einem Schwein wie dir betrogen und beschissen wird.«

Hinter ihr ging die Tür auf. Ein leicht hinkender Mann trat ins Zimmer, blieb aber diskret im Hintergrund, so als wäre er Zeuge einer Hinrichtung.

Lena drehte sich um und begrüßte ihn mit einem kurzen Nicken. Dann fuhr sie mit dem Lauf über Mikolajeks pochenden Hals.

»Ich hab schon zu viel meiner Lust verschenken müssen, Josip. Jetzt habe ich nur noch Schmerz anzubieten. Ich bin Lady Death. Wenn du mit mir schlafen willst, musst du mit dem Tod schlafen.«

43

Eine Hand packte Mikolajek und schüttelte ihn so kräftig, dass er wieder zu Bewusstsein kam. Als er die Augen aufriss und den Schweiß und Zigarettenrauch roch, sträubten sich ihm die Haare. Er war geknebelt worden, seine Augen aber nicht verbunden. Obwohl der Raum um ihn fast dunkel war, sah er im spärlichen Licht ein vergittertes Fenster und in der Wand rechts eine Tür ohne Griff. Er war gefesselt, und die Seile schnitten ihm in die Haut.

Er sah mehrere bläuliche Schatten um sich. Sie schienen sich zu unterhalten, hinter dem pochenden Schmerz an der Oberfläche seines Empfindens hörte er gedämpfte Stimmen. Panik befiel ihn, als ihm klar wurde, dass er in einem Raum voller Verschwundener gefangen war, Frauen, die er ihren Familien und Freunden in kroatischen und albanischen Dörfern entrissen hatte. Er wand sich am Boden, zerrte an den Fesseln, die nur noch schärfer einschnitten. Schließlich legte ihm jemand ein feuchtes Tuch über die Nase, und er wurde wieder ohnmächtig.

Als er erneut zu sich kam, starrte ihm ein Wesen mit forschenden grauen Augen ins Gesicht. Jetzt war er an einen Stuhl gefesselt und konnte sich nicht bewegen. Er fragte sich, ob es ein Vogel war. Oder ein anderes Tier, vielleicht ein Fuchs? Sogar ein Wolf? Er spannte jeden Muskel an, bis seine Augen vor Anstrengung hervortraten, wollte um sich schlagen, aber die Hände waren zu stramm gebunden. Das Augenpaar kam näher, die immer größer werdenden Pupillen schienen ihn in ihre Dunkelheit zu ziehen. In panischem Schrecken riss er den Kopf nach hinten, als ihm klar wurde, dass es eine Frau war, die ihn aufmerksam ansah. Ein Lächeln trat auf ihr Gesicht.

»Helfen Sie mir, um Gottes willen«, flüsterte er auf Kroatisch, aber sie verzog keine Miene. Er bäumte sich auf, und der Stuhl kippte um. Als er mit dem Kopf auf den Betonboden knallte, wurde wieder alles schwarz.

Die Stimmen kehrten zurück, zerrissen schrill den Schleier vor seinem Bewusstsein. Jetzt waren auch seine Augen verbunden.

»Sind die anderen bereit?«, fragte eine aufgeregte Stimme. »Wollen sie wirklich mitmachen?«

»Ganz sicher. Übel wird nur durch Übel vertrieben. Eine andere Gerechtigkeit existiert nicht für Frauen wie uns.«

Er versank wieder in Dunkelheit.

»Wie sollen wir's machen?« Eine Frauenstimme weckte ihn.

Es schien, als wäre er im richtigen Moment während ihres Gesprächs zu sich gekommen. Eine Stimme, die er als die Lenas erkannte, sprach. »Er soll wie ein Hund sterben. Er verdient es nicht anders.«

Dann sprachen die Frauen, manche mit zitternden Stimmen, einen Eid, mit dem sie sich Treue und Verschwiegenheit schworen. Er verstand nicht jedes einzelne Wort, aber ihre Entschlossenheit brannte sich ihm ins Bewusstsein. Zwei Hände entfernten seine Augenbinde. Er blinzelte, geblendet vom grellen Licht. Um ihn war ein Kreis von Gesichtern, von Kapuzen beschattet, die ihn in die kalte Realität holten.

»Wir sind deine Schwestern«, verkündete Lena. »Verlorene Frauen aus zerstörten Familien. Wir haben keine Namen und keine Gesichter. Wir haben dich als Geisel genommen, damit wir uns mit deinem Gesicht zeigen können und du dich mit unseren.«

44

Die erste Stunde nach Lenas Verschwinden versuchte Daly hektisch, Irwin auf dem Handy zu erreichen. Er war außer sich vor Sorge um ihre Sicherheit. Er konnte nur hoffen, dass sie sich irgendwie befreien und wieder mit ihm Kontakt aufnehmen würde.

»Die bringen sie vielleicht um!«, brüllte er Irwin an, als der sich am Telefon gleichgültig gab. Darauf veranlasste Daly eine Razzia in dem Pub, in dem sie die gefälschten Pässe abholen wollten.

Obwohl es eines der wenigen Dinge war, in denen die Special Branch wirklich gut war, blieb die überfallartige Aktion ohne Ergebnis. Das Pub war leer, und es gab keinen Hinweis darauf, dass Lena je da gewesen war. Am Abend errichtete die Polizei um Armagh Straßensperren, und Mikolajeks Name und Beschreibung wurden den benachbarten Polizeibezirken übermittelt. Auch die Medien waren eingeschaltet worden, und so kam die Bitte um Hinweise auf den Verbleib Lena Novaks in die Abendnachrichten.

Als Commander Boyd erfuhr, dass Lena höchstwahrscheinlich Dalys Dienstwaffe entwendet hatte, ließ er ihn mehrmals den Hergang schildern und verbiss sich in die Frage nach Dalys Rolle bei dem Plan, Mikolajek in die Falle zu locken.

»Ich will alles wissen, Daly, die ganze Geschichte von A bis Z. Diese Frau bereitet mir allmählich Kopfzerbrechen, und das ist was ganz Neues.«

Sie rekonstruierten das Geschehen und betrachteten Dalys Entscheidungen im kalten Licht der Tatsachen.

»Wenn sie Ihre Waffe dazu verwendet, jemand zu töten, dann kann man Ihnen Mittäterschaft bei einem Mord zur Last legen«, warnte Boyd. »Sie könnte es sogar so aussehen lassen, als ob Sie die Tat begangen haben. Die Spuren der Waffe führen immer zu Ihnen.«

Daly schwieg. Er war kalkweiß. Boyd ordnete an, dass er sich von der Suche fernhalten müsse. »Die Situation ist zu gefährlich, und Sie sind schon jetzt zu kompromittiert. Am Ende könnten wir vor einem Leichenberg stehen.«

»Mikolajek mag Berufsverbrecher sein, aber er ist kein Verrückter, der jeden, der ihm in die Quere kommt, über den Haufen schießt«, erwiderte Daly. »Vielleicht will er Lena und die anderen Frauen nur zurückhaben und ein neues Bordell aufmachen.«

Boyd rieb sich über die Stirn. »Wann hat sie Ihnen die Waffe gestohlen? War es, während Sie gefahren sind?«

»Ich weiß nicht. Ich hatte die ganze Zeit die Augen auf der Straße.«

»Erinnern Sie sich an weitere Einzelheiten der Fahrt?«

Daly dachte an die leere Straße, die hektischen Anrufversuche bei Irwin, die Blässe auf Lenas Gesicht, als sie ihm einen Luftkuss zublies, an den schwarzen Jeep, der vorbeischoss und dann mit quietschenden Bremsen anhielt.

»Vielleicht wollte sie sich verabschieden. Ich weiß es nicht genau.«

»Wir werden sie finden. Das ist jetzt unsere dringlichste Aufgabe. Wir können nicht zulassen, dass jemand wie Mikolajek einen neuen Unterschlupf findet.«

Daly wusste nicht, ob er sich schuldig fühlte, weil er die Trennlinie zwischen Polizist und Verdächtiger übertreten hatte oder weil er Lena durch seine Unfähigkeit verraten und in Gefahr gebracht hatte.

Am Abend kehrte er in sein Cottage zurück und wartete auf schlechte Nachrichten. Er dachte an seine entwendete Waffe und den erstaunlichen Umstand, dass Ashe den Jeep hinter seinem Cottage gefunden hatte. Er war wie vor den Kopf gestoßen, dass Lena so umstandslos gekidnappt worden war. Noch immer hatte er ihr Gesicht vor Augen, als sie von der hochgeklappten Motorhaube weggegangen war. Der Kuss, den sie ihm zugeworfen hatte, war für ihn ein Geheimnis oder Rätsel, dessen Lösung nur sie kannte. Er war wie erstarrt, in seinem Innersten gelähmt und konnte nur mit aufgerissenen Augen zusehen, wie die Dunkelheit wie eine Sturmböe über den See heranblies. Die dramatischen Ereignisse der vergangenen Woche hatten in ihm den Verdacht geweckt, dass er unfreiwillig an einem noch viel finstereren, verschlungeneren Komplott mitgewirkt hatte.

Kurz nach Morgengrauen weckte ihn das Telefon. Er nahm es und ging ran, ohne aufzustehen.

»Die Feier wird gleich anfangen«, flüsterte eine vertraute Frauenstimme in sein Ohr.

»Lena? Wo sind Sie?«

»Tief in einem Wald im Grenzland. Wir haben Mikolajek gekidnappt. Bis Sie uns finden, ist der Ritus vollzogen und das Feuer gelöscht.«

»Was soll das heißen?«

Stille. Sie hatte den Anruf beendet.

45

Eisiger Regen fiel auf Josip Mikolajeks nackte Haut. Als er wieder zu Bewusstsein kam, schauderte er. Wie nach einem schweren Unfall wusste er nicht, was passiert war und wo er sich befand. Er wollte sich aufrichten, aber jemand Stärkeres als er drückte sich gegen ihn und machte jede Bewegung unmöglich. Seine Augenbinde wurde abgerissen, und er blinzelte. Das Erste, was er sah, war eine Frau, die rittlings auf ihm saß. Als sie merkte, dass er wach war, blickte sie auf ihn herab und strich sich eine Haarsträhne aus dem Gesicht. Sie hatte einen knallroten Lippenstift in der Hand, dessen feuchte Spitze sie über seinen Hals zog. Ihn würgte Panik.

Er sah zur Seite und bemerkte, dass er gefesselt auf einem Holzstapel auf einer Waldlichtung lag. Er atmete angestrengt, wollte die wachsende Panik unterdrücken. Unmöglich zu sagen, welche Tageszeit war. Die dunklen Bäume am schattigen Rand der Lichtung schwankten im auffrischenden Wind. Er war nackt, zitterte am ganzen Körper. Vor seinen Füßen lagen eine Picknickdecke und ein Korb. Eine Mahlzeit war auf der Decke ausgebreitet, verschiedene Sorten Wurst, Brot, Oliven und Gemüsepasten. Fünf Frauen saßen auf der Decke, bequem und entspannt, halb liegend. Als er sie ansah, warfen sie lachend die Köpfe zurück. Gespenstergleich lachten sie lautlos mit offenem Mund.

Eine Frau fehlte. Ihre Abwesenheit löste einen Sturm in seinem Kopf aus. Er dachte an das, was er ihr angetan hatte, an das, was sie ihm antun könnte. Die wenigen Minuten des Wachseins genügten, um ihn keuchen zu lassen. Aber nicht vor Anstrengung, sondern vor Angst.

Martha Havel erhob sich von der Decke und stellte sich vor ihn. Sie hielt ihm einen Taschenspiegel vors Gesicht. Seine Augen füllten sich mit bitterkalten Tränen der Wut, als er sein entstelltes Spiegelbild sah. Er hatte eine blonde Perücke auf, sein Gesicht war grell geschminkt. Auf seine Lippen war knallllila Lippenstift, um seine Augen dick Mascara gekleistert. Es war, als gäbe es ihn nicht mehr, als könnte er nicht mehr wie gewohnt über seinen Körper verfügen. Eine groteske Schaufensterpuppenvariante seiner selbst hatte ihn ersetzt. Ein Schluchzer wuchs in seiner Brust, fand aber nicht den Weg aus seinem Mund.

»Sollen wir ihn nicht einfach töten?«, fragte Havel und knibbelte sich ein Stück Klebeband von den Fingern.

»Noch nicht«, rief eine Stimme hinter ihm.

Er musste sich nicht umdrehen, um zu wissen, dass Lena Novak hinter ihm stand. Sie legte einen Finger unter sein Kinn und drehte seinen Kopf zu sich. Ihre blauen Augen musterten ihn mit einem heiteren Strahlen. Er wusste, dass er dem Tod nah war und dass ihr Blick deswegen so entspannt wirkte. Sie war bereit, Rache zu nehmen.

»Eins hab ich von dir gelernt«, sagte sie. »Wenn man ihnen Angst einjagt, lassen sich Menschen leicht beherrschen.«

Havel holte eine Champagnerflasche und Kelche aus dem Korb. Er hörte den Korken ploppen, dann Gluckern, als die Gläser gefüllt wurden. Die Frauen prosteten einander zu und tranken, Triumph auf den Gesichtern. Nach einem weiteren Glas begannen ihre Augen zu funkeln wie die von jagenden Raubtieren. Nachdem die Flasche geleert war, tanzten sie um ihn herum. Ihre langen Kleider flatterten um ihre Füße, ihre Gesten verführerisch und gespielt unterwürfig. Eine schmale harte Hand schlug ihm ins Gesicht. Dann eine weitere. Und noch eine und noch eine. Er versuchte, den Kopf abzuwenden. Er war allein unter rachedurstigen Frauen, lag gefesselt und geknebelt auf einem vorbereiteten Scheiterhaufen mitten in einem dunklen Wald. Und es gab nichts, worauf er eine Hoffnung auf Flucht gründen konnte.

46

Erst am späten Vormittag entdeckte die Hubschrauberbesatzung ein Feuer im Slaney Forest, etwa eine Meile vor der Grenze.

Daly rannte zwischen den Bäumen durch. Der Frühling hatte den Wald in ein schwirrendes, von Gerüchen und Geräuschen erfülltes Wesen verwandelt. Daly tauchte mit dem Kopf unter Ästen durch und wäre mehrmals beinahe gestürzt. Seine Kollegen liefen weiter unten oder oben quer zum Abhang, sodass sie sich immer wieder aus den Augen verloren. Hinter ihm blitzten die Leuchtwesten der Sanitäter zwischen den zarten jungen Blättern auf.

Am Himmel über ihnen knatterte die schwarze Form des Hubschraubers und geleitete sie per Funk zum Brandort. Ein gelbes Blitzen, das auch eine Spiegelung von Sonnenlicht auf Wasser sein konnte, ließ Daly nach links abbiegen. Unvermittelt kam er auf eine Lichtung.

Das Feuer war fast völlig niedergebrannt, doch sein Rauch waberte noch in gespenstischen Formen in der feuchten Luft. Als er das Benzin roch, zögerte er. Die Brandstelle lag mitten auf der Lichtung, ohne jede Deckung. Er wusste nicht, wer oder was dort auf ihn wartete. Jede Faser seines Körpers spannte sich an, und er packte die Pistole in seiner Hand fester.

Ein halb verbrannter Holzscheit fiel fast geräuschlos in die Glutreste. Ansonsten herrschte gespenstische Stille. Auf der Suche nach etwas anderem als schwelendem Holz stocherte Daly mit dem Schuh in der Asche, fand jedoch nichts. Als er den schlammigen Boden rings um die Feuerstelle inspizierte, entdeckte er verschiedene Fußabdrücke. Sie waren unterschiedlich tief eingesunken, so als hätte man eine Art wilden Tanz aufgeführt, bei dem das umliegende Gras zertrampelt worden war. Ihm fiel auf, dass ein Paar Abdrücke, größer als die anderen, von nackten Füßen stammte und eine Barfußspur von dem Kreis wegführte. Die Spur verlief im Zickzack, so als hätte sich jemand panisch einen Weg durch Büsche und Unterholz gebahnt. Offenbar war hier jemand Hals über Kopf geflohen.

Daly löste sich von den Kollegen und folgte der Spur geknickter Zweige und abgerissener Blätter und Knospen. An einem Schlehdornast baumelte eine blonde Perücke. Er drang weiter in die Dunkelheit vor, stets darauf gefasst, dass irgendetwas oder jemand aus einem Versteck hervorbrach. Er spürte eine Präsenz in seiner Nähe. In der Luft hing der säuerliche Geruch von Angst, gemischt mit Benzin.

Mit den Bäumen verschwanden auch die Schatten. Daly war ans Ufer eines rasch dahinströmenden Flusses gekommen. Ein Mann kniete dort, hob den Kopf und sah ihn mit schreckgeweiteten Augen an. Sein Oberkörper war nackt, seine Hände mit festem Draht auf dem Rücken gefesselt, und sein Gesicht war mit grellen Farben grotesk-dämonisch geschminkt. Helles Blau und dunkles Rot waren mit Asche und Schlamm vermischt. Seine untere Körperhälfte war so verdreckt und mit alten Blättern und Zweigen verklebt, dass sich nicht sagen ließ, ob er eine Hose trug oder nicht. Der Mann musterte Daly, dann sprang er auf und stürzte sich ins Wasser.

»Stehen bleiben!«, rief Daly, hob seine Waffe und entsicherte sie. Dann senkte er sie wieder. Der Mann, der im eisigen Wasser sofort zu zittern begann, watete weiter. Daly war klar, dass er einen Rettungsring brauchte, keine Pistole.

»Sie sind in der Falle«, rief Daly. »Sie kommen hier nicht weg.«

Der Mann achtete nicht auf ihn. Das schnell fließende Wasser umspülte seine Schultern, als er sich auf das andere Ufer, auf das Versprechen von Freiheit zubewegte. Es schien Daly unsinnig, sein eigenes Leben zu riskieren, aber eine wilde Entschlossenheit, diese Geschichte zu beenden, veranlasste ihn, selbst ins Wasser zu springen. Der Fluss war so eisig, dass es ihm den Atem verschlug. Er wollte etwas rufen, aber das plötzliche Eintauchen hatte ihn aller Atemluft beraubt.

Mitten im Fluss blieb der Mann stehen, um nach Daly zu sehen. Die Sehnen an Hals und Schultern waren angespannt wie Stahlseile, als er im reißenden Fluss schwankend nach Halt suchte. Doch die Strömung war gnadenlos und trieb ihn immer weiter in Richtung des schäumenden schwarzen Wassers.

»Verdammte Scheiße! Ich weiß überhaupt nicht, wo ich hinsoll«, brüllte der Mann mit panischem Blick.

»Ich bin Polizist«, sagte Daly. »Sie halten nicht so lange durch wie ich. Es wäre besser, gleich mit mir zu kommen.«

Der Mann lachte, dann schwankte er. Er wirkte desorientiert. Er warf einen Blick zurück auf die ruhigen Bäume, dann verzog er das Gesicht wieder vor Schmerz. Das schwarze Wasser schlug gegen seinen Kopf.

»Wo sind die Frauen?«, fragte er.

»Welche Frauen?«

»Diese verdammten Weiber mit ihrem verdammten Picknick. Ich war so oft ohnmächtig, dass ich gar nicht mehr weiß, wie viele es waren.«

»War Lena Novak dabei?«

»Ja«, presste er zwischen klappernden Zähnen hervor. »Sie hat mich zu Tode erschreckt, aber sie hatte nicht den Mumm, mich zu töten.« Dann brach ein schweres Stöhnen aus ihm. Daly benötigte einen Moment, um zu begreifen, dass er lachte.

»Warum hätte sie Sie töten wollen?«

»Zur Strafe. Sie hat mich ausgesucht, um auf mir ihren Hass auf Männer abzuladen. Alle Männer. Sie sollten gut aufpassen, dass Sie nicht auch an die Reihe kommen.«

Daly arbeitete sich durch das kalte Wasser vor und streckte den Arm aus, um ihn zu fassen. Der Mann leistete keinen Widerstand.

»Ich bin Asylbewerber«, sagte er. »Ich suche in Ihrem Land Schutz. Ich habe keinen Pass. Keine Identität.«

»Sie sind Josip Mikolajek, und ich verhafte Sie wegen des Verdachts auf Mord und Menschenschmuggel.«

Daly zerrte ihn zurück zum Ufer. Er musste sich keine Sorgen machen, dass es mit dem Verdächtigen zu einem Kampf kam. Lenas Knoten waren exzellent.

47

»Der Flug nach Rom geht planmäßig«, sagte der Securitymann am Flughafen zu Daly, als er ihn in den Beobachtungsraum führte. Ein Trupp Wartungstechniker, der mit der Elektrik hinter der verschalten Wand beschäftigt war, unterbrach die Arbeit und sah sie neugierig an.

»Lena Novak hat Businessclass gebucht«, fügte der Securitymann hinzu. »Der Flieger startet in vierzig Minuten von Gate 28.«

Sobald Daly an jenem Morgen aus dem Wald gekommen war und wieder am Schreibtisch saß, hatte er die Flughäfen und Hafenbehörden angerufen und sie gebeten, ihre Passagierlisten durchzusehen. Bald kam die Bestätigung, dass Lena die Freiheit, die ihr der neue Pass eröffnete, nutzen wollte. Im Grenzland hielt sie nichts mehr. Daly war etwas unruhig, als er mit den Securityleuten wartete. Zwei von ihnen waren jüngere Männer, die ihn offensichtlich beeindrucken wollten, während der dritte, ein Mann mittleren Alters, so wirkte, als hätte man ihn gegen seinen Willen aus dem Bett gezerrt.

Daly starrte eine halbe Ewigkeit durch den Einwegspiegel auf die geschwungene Rolltreppe, die Passagiere zu ihren Gates brachte. Er fühlte sich wie in einer Blase, abgetrennt vom regen Betrieb des Flughafens. Das leise Rauschen einer Kaffeemaschine war das Einzige, was die Stille störte. Plötzlich empfand er den Flughafen als Labyrinth aus Gängen und Rolltreppen, einen verwirrenden Schrein der unstillbaren Sehnsucht des einundzwanzigsten Jahrhunderts nach Grenzüberschreitung und den idealen Ort für Flüchtige, die schnell verschwinden wollten.

Der ältere Securitymann schlug eine Zeitung auf und begann sie durchzublättern. Die anderen blickten immer wieder auf ihre Uhren, um die Zeit beim Vergehen zu erwischen. Punktiert wurde die Leere nur vom Rhythmus der Landungen und Abflüge.

Zwanzig Minuten vor dem planmäßigen Abflug bildete sich vor dem Boarding-Gate eine löchrige Schlange. Ein Passagier nach dem anderen ging langsam an dem Spiegel vorbei, hinter dem sich Daly postiert hatte. Hier gab es keine Schatten, in denen sich Lena verstecken konnte.

Daly hob die Hand, als einer der jüngeren Männer seine Waffe überprüfte.

»Ich will mit der Frau nur reden.«

»Ich dachte, wir sollen sie verhaften?«

»Nein. Wir wollen nur sicherstellen, dass sie ihre Freiheit wiederhat, nicht sie ihr wegnehmen.«

Mehrere Frauen in Lenas Alter gingen vorbei. Daly trat näher an den Spiegel und musterte sie eindringlich, aber sie hatten nur eine vage, schattenhafte Ähnlichkeit mit ihr und glichen eher Gespenstern, die bereits auf dem Weg über eine andere Grenze waren.

Auch nachdem die letzten Passagiere an Bord gegangen waren und das Gate schloss, blieb er stehen. Die Gangway wurde weggeschoben, das Flugzeug begann die Startvorbereitungen. Daly war Detective genug, um die richtigen Schlüsse zu ziehen. Er vermutete, dass Lena nie vorgehabt hatte, den Abendflug nach Rom zu nehmen. Sie hatte das Ticket gebucht, um ihn und alle anderen, die ihr folgen mochten, auf die falsche Fährte zu setzen. Er sah auf die Startbahn. Die Minuten verstrichen. Der Abendhimmel füllte sich mit Nacht und Tausenden von Leben, die sich von Flugzeugen in die entferntesten Winkel der Welt tragen lassen wollten. Sie hinterließen nur Kondensstreifen am Himmel, als wären sie der letzte Atemzug verlorener Seelen.

Langsam fuhr er nach Hause. Der Tag war ereignisreich gewesen, aber nichts, was geschehen war, hatte die Fragen beantwortet, die ihn seit Langem umtrieben. Warum hatte Lena ihn in ihre persönlichen Rachepläne hineingezogen? Hatte sie seine Pistole gestohlen, um ihm den Mord an Mikolajek in die Schuhe schieben zu können? Und wie war Mikolajek entkommen? Diese Gedanken gingen ihm nicht aus dem Kopf.

Kaum war er am Cottage angekommen, klingelte sein Handy.

»Hallo«, sagte er.

Am anderen Ende hörte er jemand atmen, aber keine Worte.

»Wer ist da?«

»Ich bin's, Celcius.« Sie klang nervös.

»Lena? Wo sind Sie? Ist alles in Ordnung?«

»Ich bin auf dem Weg nach Hause«, sagte sie ruhig.

»Sie haben nicht den Flug nach Rom genommen.«

»Nein. In letzter Minute hab ich einen anderen gebucht. Ich dachte, Sie suchen vielleicht noch nach mir.«

»Ja, das hab ich getan. Eine Weile dachte ich, ich würde Sie in einem Leichensack wiederfinden.« In seiner Stimme schwang Ärger mit.

»Ich bin in Sicherheit.«

Daly seufzte. Im nächsten Moment schlug die Erleichterung wieder in Gereiztheit um.

»Sie haben mich benutzt, oder?«

»Ich habe Sie nicht benutzt. Sie waren meine Rettung. Mehr als jeder andere.«

»Das verstehe ich nicht. Sie haben mich über alles im Dunkeln gelassen.« Jetzt klang er sachlich, nicht mehr anklagend. »Was ist mit Ashe? Welche Rolle hat er in Ihren Plänen gespielt?«

»Ist das für die Polizei von Bedeutung?« Ihre Stimme war ausdruckslos.

»Für mich ist das von Bedeutung.« Er fragte sich, ob sie ihn nur angerufen hatte, um ihm seine Ahnungslosigkeit unter die Nase zu reiben.

Er stand auf der Terrasse, als sie ihm alles von Anfang an schilderte. Während er zuhörte, blickte er auf den Lough Neagh wie auf eine andere, verlorene Welt.

Sie sagte, dass Fowler ihr für den Notfall Ashes Nummer gegeben hatte. Wenn sie in echten Schwierigkeiten steckte, sollte sie ihn anrufen. Den Zettel mit der Nummer hatte sie zusammen mit Notizen über Mikolajeks Menschenschmuggel in der Stoffpuppe versteckt. Es waren genug Informationen, um ihn für sehr lange Zeit ins Gefängnis zu bringen, wenn sie den Mut hatte, als Zeugin vor Gericht auszusagen. Als sie nach Fowlers Tod den verlorenen Zettel wieder in Händen hatte, rief sie Ashe an und konnte ihn überreden, für sie zu arbeiten statt für Mooney und seine republikanischen Kumpane.

»Ich dachte, Ihr Leben wäre in Gefahr.«

»Ich hätte von Anfang an offener mit Ihnen sein sollen. Aber ich hatte Angst, dass Sie mich nicht verstehen.«

»Warum denn?«

»Ich konnte nicht davon ausgehen, dass Sie meine schwärzesten Gefühle, meinen Wunsch nach Rache nachvollziehen.«

»Und was ist mit Ashe? Was haben Sie ihm erzählt?«

Sie zögerte. »Alles. Er wusste, wo ich herkam, er verstand meine Situation. Wir verstanden uns wie alte Freunde. Er hat mir von seinen Reisen erzählt, den schrecklichen Dingen, die er in der Vergangenheit getan hatte, von seiner Suche nach Frieden. Er hatte ein paar interessante Ideen, wie ich mich an Mikolajek rächen konnte. Wir haben uns einen Plan ausgedacht, wie wir ihn zur Strecke bringen konnten, seine kriminelle Organisation Stück für Stück vernichten. Deshalb bin ich nicht nach Dublin geflohen, sondern ins Grenzland zurückgekehrt. Nur nicht als Opfer, sondern als Jäger.«

»Sie haben mich hinters Licht geführt. Ich habe mehr als einmal gedacht, dass Ashe Ihnen was antun würde.«

Nach kurzem Zögern sagte sie mit leiser Stimme. »Tief in mir wollte ich, dass Sie mich retten, Celcius. Immer wieder. Wegen dem, was passiert ist, habe ich mich so schlecht und schmutzig gefühlt, dass ich dachte, kein anständiger Mann würde mich überhaupt schützen wollen. Ihre Hartnäckigkeit und Ausdauer haben mir geholfen, wieder Vertrauen zu mir selbst zu fassen. Jedes Mal wenn Sie mir die Hand gereicht haben, wurde ich ein Stück besser.«

Vielleicht hat sie recht, dachte Daly. Nie hätte er ihren inneren Antrieb, ihren geheimen Wunsch nach Rache verstanden.

»Deswegen konnte ich Mikolajek auch nicht töten«, sagte sie. »Es kam mir vor, als würde ich dadurch eine Grausamkeit an Ihnen begehen.«

»Ein Mord an Mikolajek hätte mir tatsächlich erhebliche Schereien beschert. Anstiftung und Beihilfe zum Mord wären nur der Anfang gewesen.«

»Das haben Sie nicht verdient, Celcius. John Ashe wurde ein Freund, aber er hat in mir nur die Wut und den Wunsch nach Rache bestärkt. Er hat das Schlimmste in mir angesprochen. Sie waren der bessere Freund. Dank Ihnen kann ich mit einem reinen Gewissen nach Hause zurückkehren.«

Daly schwieg. Er wollte gleichgültig reagieren, aber in Wahrheit hatten ihn ihre Worte berührt.

»Was ist mit dem Bankkonto? Was ist mit dem Geld passiert, das Jack abgezweigt hat?«

»Es gab kein Geld. Jack hatte da immer die Hand drauf. Er hat zwar Konten auf meinen Namen eingerichtet, aber das war nur zur Verschleierung, um die Rechnungsprüfer zu täuschen. Ich wusste, dass ich so tun musste, als hätte ich eine große Summe zu erwarten, damit ich Mikolajek in die Falle locken konnte, aber ich hatte die ganze Zeit kein Geld.«

»Dann war die ganze Aufregung um das geheime Konto also nur ein Trick?«

»Ich muss jetzt los, Celcius. Ich bin spät dran.« Er hörte Flugzeuglärm im Hintergrund. Er versuchte sich vorzustellen, wo sie stand, irgendwo an einem Telefon in einem vollen Flughafen, aber die vom Telefon geschaffene Illusion der Nähe ließ ihn denken, dass sie ihm viel näher war, sich irgendwo in den Schatten des Grenzlands versteckte.

Eine letzte Frage wollte er ihr noch stellen. »Warum haben Sie am Straßenrand meinen Namen gerufen, als Ashe mit dem Jeep ankam? Ich hielt es für den Schrei einer Frau, die Angst um ihr Leben hat.«

Ihre Antwort kam leise, nach kurzem Zögern. »Ich wollte Sie warnen, damit Sie zurückbleiben. Ich wollte nicht, dass Sie verletzt werden.«

»Ich gehe davon aus, dass Sie nicht nach Irland zurückwollen.«

»Ich nehme alles, was ich von Ihrem Land will, in mir mit. Meine letzte Erinnerung daran ist ein Telefongespräch mit einem Mann, der mich weder benutzen noch besitzen wollte.«

Sie legte auf, ehe einer von ihnen sich verabschieden konnte.

Auf emotionaler Ebene fühlte sich Daly bestätigt. Das Misstrauen ihr gegenüber hatte er nie ganz ablegen können, aber er hatte ihr immerhin zugehört und zu helfen versucht. Unruhig lief er im Haus und im Garten hin und her. Dabei spürte er, wie sich das Knäuel an Gefühlen löste und er sie allmählich klarer sah. Er war erleichtert, dass sie frei und – wichtiger noch – in Sicherheit war, aber ein Teil von ihm wünschte sie sich zurück. In der vergangenen Woche hatte sie seinem Leben eine neue Intensität gegeben, trotz des nagenden Zweifels und des Verdachts, die alle seine Gedanken überschattet hatten.

Selbst wenn sie es vielleicht gar nicht bemerkt hatte, hatte auch er von ihrer Bekanntschaft profitiert. Nicht als Jäger war er ihrer

Spur gefolgt, sondern als naiver liebeshungriger Mann auf der Suche nach Orientierung, nach einem Licht, das auch die verborgensten Tiefen seiner Gefühle ausleuchtete. Nur langsam hatte er begriffen, was sie für ihn bedeutete. Sie war das kleine bisschen Tod gewesen, dessen er bedurft hatte, um das Scheitern seiner Ehe anzuerkennen und seine eigenen Fehler zu akzeptieren, damit er sie auf den Grund eines dunklen Flusses sinken lassen konnte. Endlich machte er sich keine Illusionen mehr darüber, dass er die zerbrochene Beziehung zu Anna wieder kitten konnte. Vor seinem geistigen Auge sah er, wie diese Beziehung langsam unterging und verschwand.

48

Während der folgenden Tage, in denen Daly darauf wartete, dass Commander Boyd die internen Ermittlungen zu seinem Vorgehen im Fall Lena Novak abschloss, fühlte er sich wie im luftleeren Raum. Alle Fragen Boyds hatte er bereits wahrheitsgemäß beantwortet, aber der Commander hatte nur den Kopf geschüttelt, weil die Antworten wenig neues Licht auf das tatsächliche Geschehen warfen. Daly schrieb seinen Bericht und legte ihn auf den schnell wachsenden Papierstapel der dicken Akte zu diesem Fall. Boyd ließ sich Zeit, weil er alle Aspekte der Ermittlungen, angefangen beim Mord an Sergej Grgić über das Kidnapping der verschleppten Frauen bis zur Festnahme von Josip Mikolajek, mit in sein Urteil einfließen lassen wollte.

Seit seiner Inhaftierung verdichteten sich die Beweise gegen Mikolajek immer mehr. Seine Fingerabdrücke waren auf der CD-Hülle aus der Fowler-Villa gefunden worden. Darüber hinaus hatten sich Martha Havel und der Fahrer des Transporters bei der Polizei gemeldet und sich bereit erklärt, gegen Mikolajek auszusagen. Der Kroate mochte bei seinen Machenschaften rücksichtslos, gewieft und brutal vorgegangen sein, dennoch war er durch die Klugheit eines ganz auf sich gestellten Dorfmädchens zur Strecke gebracht worden.

Daly verbrachte die Tage eingeigelt zu Hause. Doch an einem warmen Frühlingsnachmittag öffnete er alle Türen und Fenster, nahm sich die Kartons vor, die er aus Annas Haus abgeholt hatte, und verbrannte alles, was er nicht mehr wollte, in einem großen Feuer in einer Ecke des Gartens. Nachdem die Flammen erloschen waren, ging er über die kleine Straße hinab zum Seeufer. Bienen summten in den blühenden Hecken. Ein Traktor brummte an einem gepflügten Feld entlang. Hinter einer Hecke aus Schlehdorn und Weißdorn sah er Kaninchen den sanften Hügel hinaufhoppeln. In ihm erwuchs das Gefühl, dass sämtliche Puzzleteile für ein glückliches Leben in Reichweite waren und er sie nur zusammensetzen musste.

Als er am Seeufer stand, brachen die unablässig heranschwappenden Wellen den Zauber. Das steinige Ufer knirschte unter seinen Schritten wie Zähne. Ihn beschlich der Verdacht, dass man sich von dem, was einen im Innersten quälte, nie ganz befreien konnte. Er nahm das Foto von Lena aus seiner Brieftasche und ließ es in die plätschernden Wellen fallen.

Daly machte sich auf den Rückweg zum Cottage. Um von sich selbst Abstand zu gewinnen, stieg er ins Auto und fuhr in Richtung Süden. Er kurvte über die unzähligen Sträßchen, die die Grenze wie eine Naht immer wieder überquerten, bis er die Einfahrt zu der Geistersiedlung Foxborough Mews erreichte. Die leeren Häuserzeilen hatten sich als Zuflucht für gefährdete Leben erwiesen.

Zwei Männer mit Bauhelmen und Warnwesten standen mit einer großen Landkarte in Händen vor der Siedlung. Einer davon war Michael Mooney. Er schien sich zu freuen, Daly zu sehen. Mit einem Grinsen kam er zu ihm und gab dem Detective die Hand.

»Ihre Ermittlungen waren für uns sehr wertvoll, Inspector«, sagte er. »Dank Ihnen kann die Gortin Regeneration Partnership weitermachen, trotz des Schadens, den Jack angerichtet hat.«

»Wie das?«

»Jack war das unglückliche Opfer einer miesen Erpressung durch eine Bande skrupelloser Verbrecher. Natürlich hat er seine Vertrauensposition missbraucht und Gelder aus dem Friedensfonds veruntreut, aber er war ein verzweifelter, in die Ecke getriebener Mann. Das ist die Geschichte, die ich den Rechnungsprüfern präsentiere. Greta Fowler wird dabei als wichtige Zeugin auftreten.«

»Klingt stark nach Schadensbegrenzung.«

»So kommt die Gesellschaft mit einem blauen Auge davon. Für manche dürfte das eine herbe Enttäuschung sein, da bin ich sicher. Die unionistischen Politiker hätten sich auf das Thema gestürzt wie Straßenköter auf Schlachtabfälle. Im September findet die nächste Runde zur Verteilung der Mittel aus dem Friedensfonds statt. Wir haben unsere Bewerbung schon eingereicht.«

»Und was wollen Sie mit dem Geld machen? Noch mehr Geisterhäuser bauen?«

»Wer weiß? Junge Kerle brauchen Beschäftigung, sonst greifen sie zu Bomben und Gewehren. Müßiggang ist aller Laster Anfang. Das wissen Sie doch auch.«

Ein donnerndes Röhren unterbrach ihr Gespräch. Über den Dächern vor ihnen stieg ein grauer Schleier auf. Es war kein Nebel, sondern der Staub abgerissener Gebäude. Eine Phalanx an Baggern walzte durch die erste Reihe der unfertigen Häuser und stampfte sie zurück in den Boden, aus dem sie erwachsen waren.

»Was machen die denn da?«, fragte Daly.

»Diese Bagger retten den Immobilienmarkt«, sagte Mooney ohne einen Anflug von Sarkasmus. »Im Land gibt's Tausende Häuser mehr, als in den nächsten zwanzig Jahren gebraucht werden. Aber wenn keine Häuser mehr gebaut werden, stürzt unsere Wirtschaft ins Bodenlose. Diese Zerstörung ist der Preis, den wir für unseren Wohlstand und geordnete Verhältnisse zahlen müssen.«

»Für mich sieht das eher wie ein Skandal aus.«

»Skandale gehören zu unseren Zeiten.«

Ein Bagger rumpelte über einen neuen Schutthaufen. Daly warf einen letzten Blick auf die makellosen, frisch gestrichenen und hoffnungsvollen Häuser, die möglichen Käufern aber nicht viel mehr bieten konnten als verheerende Schulden und ein Leben voll Zinssorgen. Irland war ein Land, in dem alles aus dem Ruder gelaufen war, sogar die Gier. Die Ziegel und der Mörtel von Foxborough Mews gehörten zu der unübersehbaren Bruchlinie, die das ganze Land von Norden bis Süden durchzog, abgelegene Dörfer und siechende Landstädte genauso wie die neuen zweispurigen Fernstraßen ohne Verkehr. Eine Vielzahl von Gespenstersiedlungen standen entlang eines klaffenden Abgrunds, der die Finanzen des Landes zu verschlingen drohte.

»Lieber Gott, bitte mach, dass wir nie wieder so viele leer stehende Hütten sehen müssen«, seufzte Mooney.

»Diese Häuser werden für lange Zeit weiterbestehen«, erwiderte Daly. »In den nächsten hundert Jahren werden sie Menschen in ihren Träumen heimsuchen.«

Aus einem geborstenen Abwasserrohr erhob sich ein Schwarm Schmeißfliegen, die sie wie ein brummender Abschiedsgruß umschwirrten.

Danksagung

Ich danke meinem Agenten Paul Feldstein sowie Otto Penzler und Rob Hart von MysteriousPress.com, allen Mitarbeitenden bei Open Road Integrated Media und dem Northern Ireland Arts Council für ihre Unterstützung und Förderung.

Bruchlinien

Ein Nachwort von Christian Koch

Frau ohne Ausweg ist chronologisch der zweite von fünf Romanen um Police Inspector Celcius Daly, die im Original zwischen 2012 und 2017 erschienen sind. Sie wirken heute extrem zeitlos, und das liegt vermutlich an den drei beherrschenden Themen, die wir immer wieder in Anthony J. Quinns Büchern finden und die er handwerklich exzellent mit den jeweiligen Plots verknüpft.

Zum einen sticht da die Grenze heraus. Sie bildet in Quinns Kriminalromanen das alles beherrschende Leitmotiv. Sie bietet, in Form der räumlichen Grenze zwischen Irland und Nordirland, genügend Raum für die Krimihandlung, wichtiger noch aber funktioniert sie als Symbol für die hohen Mauern und tiefen Gräben zwischen den beiden Bevölkerungsgruppen in Nordirland. Die republikanische Seite fordert mehrheitlich den Anschluss an Irland und die protestantische überwiegend die Beibehaltung des jetzigen Status als Landesteil vom Königreich Großbritannien. Die Grenze zwischen diesen beiden Blöcken und ihren politischen Ausrichtungen stellt sich auch heute noch als fast unüberwindbar dar.

Auch für die Romanfiguren haben Grenzen in *Frau ohne Ausweg* eine zentrale Bedeutung. Da ist zum einen die Hauptfigur Lena, die, zur Prostitution gezwungen, aus einem illegalen Bordell im Niemandsland des Grenzgebiets flieht und fortan verfolgt wird. Celcius Daly mag im Roman präsenter sein und auch häufiger auftauchen, Lena bestimmt aber zunehmend aus dem Hintergrund heraus die Handlung. Sie wandelt sich dabei, anfangs unbemerkt, von der Gejagten zur Jägerin und verschiebt so die erwarteten literarischen Grenzen.

Zum anderen spielen Grenzen und deren Überschreiten auch für Inspector Daly eine wichtige Rolle. Dass Polizisten Vorschriften übertreten, ist nichts Neues im Genre Kriminalroman. In dieser Dimension, und wie sich Daly quasi nur auf sein Bauchgefühl Lena betreffend verlässt, ist es vom Autor aber hier besonders hervorgehoben. Und Inspector Daly überschreitet auch private Grenzen, indem er sich, durch den Fall um Lena ausgelöst, ernsthaft auf seine eigene Situation einlässt und versucht, den Verlust seiner Frau Anna nach der Scheidung zu realisieren.

Seite 288: *»Selbst wenn sie es vielleicht gar nicht bemerkt hatte, hatte auch er von ihrer Bekanntschaft profitiert. Nicht als Jäger war er ihrer Spur gefolgt, sondern als naiver liebeshungriger Mann auf der Suche nach Orientierung, nach einem Licht, das auch die verborgensten Tiefen seiner Gefühle ausleuchtete. Nur langsam hatte er begriffen, was sie für ihn bedeutete. Sie war das kleine bisschen Tod gewesen, dessen er bedurft hatte, um das Scheitern seiner Ehe anzuerkennen und seine eigenen Fehler zu akzeptieren, damit er sie auf den Grund eines dunklen Flusses sinken lassen konnte. Endlich machte er sich keine Illusionen mehr darüber, dass er die zerbrochene Beziehung zu Anna wieder kitten konnte. Vor seinem geistigen Auge sah er, wie diese Beziehung langsam unterging und verschwand.«*

Aber nicht nur Gefühle vermag Anthony J. Quinn meisterlich darzustellen. Nach den Grenzen fällt das zweite wichtige Grundmotiv schnell ins Auge. Nämlich die Natur und ihre besondere Darstellung, um seinen Romanen Tiefe und Atmosphäre zu verleihen. Egal ob es um Lenas anfängliche Flucht, das Grenzgebiet, reihenweise seit der geplatzten Immobilienblase leerstehende Häuser oder auch Dalys Seelenzustand geht: Anthony J. Quinn verleiht mit seinem »kriminellen Nature Writing« jedem dieser Handlungsorte eine intensive und tiefe Bildhaftigkeit.

Seite 7: »*Grenzland war ihr vertraut. In jenem, das hinter ihr lag, in den schneebedeckten Eichen- und Kiefernwäldern, die ihre Heimat vom Rest der Welt trennten, gab es Wölfe, Bären und vergrabene Landminen.*

Während ihres erzwungenen Aufenthalts in einem verfallenden Cottage träumte sie von ihrem Land, bis die Schatten der Bäume von dort in das neue Grenzland fielen. In einem dunklen Winkel ihres Bewusstseins erschien ihr das vergessene Licht des Bauernhauses ihrer Großmutter am Fuß eines bewaldeten Bergs. Doch wenn sie die Augen aufschlug, sah sie nichts als eine gesprungene Fensterscheibe, die im Mondlicht glänzte, und die Gestalt einesweiteren Mannes, der seine Hose hochzog, sich das Hemd in den Bund stopfte und zur Tür hinauswankte.«

Dritter zentraler Punkt in Quinns Werk ist der Begriff Geschichte. Als Begriff für Vergangenes, aber auch als Bindeglied zwischen Menschen, deren jeweilige Historie beim Aufeinandertreffen und sich Begegnen eine neue, dann gemeinsame, Geschichte formt.

So spaziert der Plot geradezu durch die letzten Jahrzehnte und berührt dabei die Themen »Troubles«, »Karfreitagsabkommen«, »Immobiliencrash«, den heraufziehenden Brexit, bleibt zeitlich dabei aber komplett im Hier und Jetzt. Eben weil jede Figur eine Chronik hat und diese offengelegt und dann spinnennetzartig verknüpft werden. In dieser Perfektion erinnert Quinns Stil an die Hal-Challis-Romane von Garry Disher aus Australien.

Einiges an Spielraum bleibt dem Lesenden bei Quinns Romanen in puncto Fazit. Geben sie Hoffnung oder zeichnen sie eine eher düstere Zukunft Nordirlands? Quinn selber beschreibt es in einem Interview so:

»Die Herausforderung für Nordirland besteht darin, wie man

ehemalige Terroristen, politische Aktivisten, Freiheitskämpfer und sektiererische Unruhestifter in ein geregeltes und einfaches ziviles Leben integrieren kann. Sie verschwinden nicht einfach so in die Vorstadt.

Die Grenzgebiete in *Border Angels* stellen die Bruchlinie dar, die sich durch die nordirische Gesellschaft zieht, die Risse in der friedlichen, harmonischen neuen Gesellschaft, die sich das Karfreitagsabkommen ausgedacht hat. Der Preis, den wir alle zahlen müssen, ist dieses Ödland, in dem normale Werte auf den Kopf gestellt werden und in dem Kriminelle und Mörder scheinbar ungeschoren davonkommen. Rasche politische Veränderungen haben ehemalige Paramilitärs an die Macht getrieben, und dieser Hintergrund verleiht meinem Schreiben Spannung und Resonanz, insbesondere wenn sich Einzelpersonen in einen persönlichen Kampf zwischen Gut und Böse verwickeln.«

Anthony J. Quinn erwähnt vier nordirische Autoren, die ihn allesamt durch ihre Bücher beeinflusst haben. Colin Bateman, Brian McGilloway, Adrian McKinty und Stuart Neville. Von diesen vier las er die Romane und beschloss danach, seine eigenen Ideen aufs Papier zu bringen. Durchs Lesen ihrer Bücher erhielt er quasi die »Erlaubnis«, seine Erfahrungen und Einschätzungen in eigene Kriminalromane einzubringen. Sie haben (so Quinn) das alte nordirische Mantra »Was immer du auch sagst, sag nichts!« für ihn weggewischt und damit Türen für ihn aufgestoßen.

Zwei große Namen zählt Quinn als für ihn einflussreiche Schriftsteller*innen noch auf. Zum einen P. D. James, vor allem wegen ihrer Landschaftseinbindung und ihrer beeindruckenden Beschreibung von Trauer, und Graham Greene mit seinen subtilen Schattierungen zwischen Gut und Böse.

Um mehr über die Auswirkungen des Brexits auf Nordirland und die Grenze, aber auch das Leben dort heute gut 25 Jahre nach dem Friedensabkommen fernab von Sachbüchern zu erfahren, ist die Romanserie von Quinn bestens geeignet. Dem immer noch gültigen Motto »Schreib über das, was du kennst« folgend, ist Quinn ein famoser Chronist der Geschichte wie auch der Gegenwart.

Celcius Daly-Reihe

Band 1

Aus dem Englischen von Sven Koch
424 Seiten | Klappenbroschur
ISBN 978-3-948392-26-0
EUR (D) 14,00 / EUR (A) 14,60
auch als E-Book erhältlich
Coverfoto © JTATODD / Adobe Stock

Band 2

Aus dem Englischen von Sven Koch
304 Seiten | Klappenbroschur
ISBN 978-3-948392-85-7
EUR (D) 17,00 / EUR (A) 17,50
auch als E-Book erhältlich
Coverfoto © StockPhotosLV / shutterstock

Band 5

Aus dem Englischen von Robert Brack
320 Seiten | Gebunden mit Schutzumschlag
ISBN 978-3-945133-83-5
EUR (D) 20,00 / EUR (A) 20,60
auch als E-Book erhältlich
Coverfoto © nvphoto / fotolia